ダヴィデ

ミケランジェロの美しき〝弟〟

メアリ・ホフマン 著
西本かおる 訳

DAVID
The Unauthorised
Autobiography
by MARY HOFFMAN

求龍堂

Mika
OZAWA
ILLUSTRATION
WORKS.

親愛なるフィレンツェの友人
カルロ・ポエシオのために

‘David with his sling, I with my bow.’

Michelangelo (fragment)

「ダヴィデは投石器を、わたしはアルコを」

――ミケランジェロ(習作への自筆の書きこみ)

*アルコ=回転させながら石材に穴をあける弓型の道具。

時代背景

一五〇一年から一五〇四年はフィレンツェにとって激動の時期だった。ピエロ・デ・メディチが当主だったメディチ家は一四九四年に町から追放され、当時は共和制が確立していた。メディチ家没落後の四年間、ドメニコ会の狂信的な修道士ジローラモ・サヴォナローラが激烈な説教で市民を魅了し、町を支配した。サヴォナローラは芸術作品などの贅沢《ぜいたく》品の所有を禁じ、シニョリーア広場に集めて焼いたことで知られる(虚栄の焼却)。一四九八年にサヴォナローラ自身もふたりの修道士とともに絞首刑にされたあと、シニョリーア広場で焼かれた。

当時のフィレンツェではふたつの派閥が敵対していた。一方はサヴォナローラ支持者（フラテスキ）を含む共和派、もう一方はメディチ家支配の復活を望むメディチ派である。

史実ではメディチ派コンパニャッチのリーダーはドッフォ・スピーニという人物だったとされるが、わたしはこの物語のためにアントネッロ・デ・アルトビオンディという架空の人物を創りだした。コンパニャッチのメンバーは紫と緑、フラテスキのほうは黒ずくめという服装もわたしの創作である。リドルフィとベッラテスタは架空の人物だが、当時のフィレンツェに同名の有名なメディチ派の人物がいた。

主人公ガブリエル・デル・ラウロは完全に架空の人物である。ミケランジェロが一時期、セッティニャーノ村の石工の妻である乳母の家で暮らしていたのは事実だが、残念なことに、乳母の名前や家族については一切記録が残っていない。わたしは一五〇一年のフィレンツェにダヴィデ像の外見をもつ若者がいたらどんな体験をするか、空想を練ってみた。史実にできるかぎり忠実なストーリーにしたが、ガブリエルの行動、思想、人物の特徴はすべてフィクションである。

ミケランジェロは先代のロレンツォ・デ・メディチの庇護《ひご》を受けて育ったため、若い頃はメディチ派だったが、ロレンツォの死後は共和派に傾倒していった。

ダヴィデ像移設の初日に、登場人物と同じ名前の四人の若者がダヴィデ像に石を投げたのは史実だが、広場での戦いとミケランジェロの腕の負傷についてはわたしの創作である。

また、サンガッロ兄弟がダヴィデ像を運ぶ装置を考案したのは事実である。

メアリ・ホフマン

物語の舞台
イタリア・フィレンツェ

現在のフィレンツェ郊外

★＝物語に登場する地名

★ フィレンツェ
フィレンツェ中心部（pp.8-9）

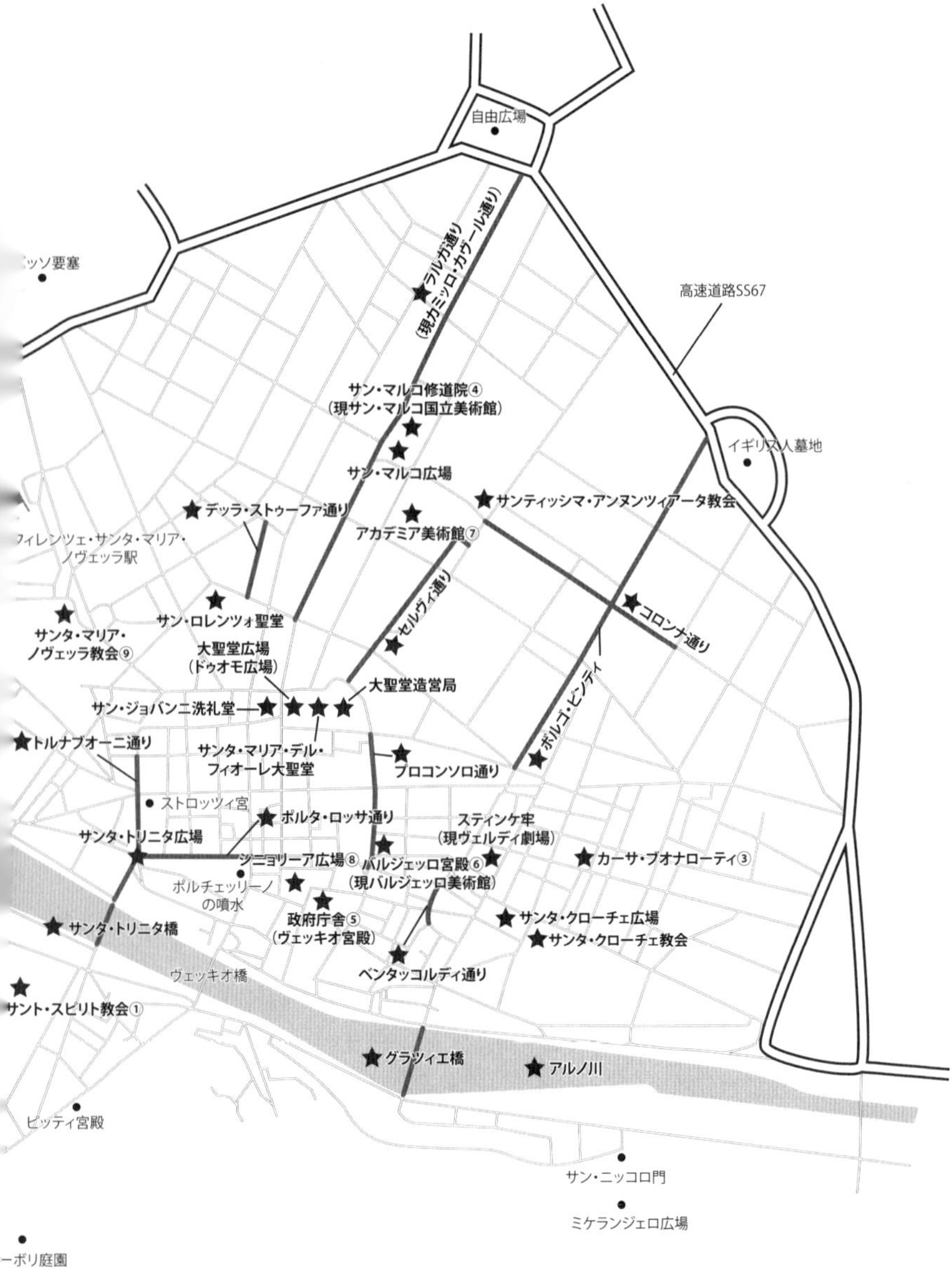

自由広場
ッソ要塞
ラルガ通り
（現カミッロ・カヴール通り）
高速道路SS67
サン・マルコ修道院④
（現サン・マルコ国立美術館）
イギリス人墓地
サン・マルコ広場
サンティッシマ・アンヌンツィアータ教会
デッラ・ストゥーファ通り
アカデミア美術館⑦
ィレンツェ・サンタ・マリア・
ノヴェッラ駅
セルヴィ通り
コロンナ通り
サン・ロレンツォ聖堂
サンタ・マリア・
ノヴェッラ教会⑨
大聖堂広場
（ドゥオモ広場）
大聖堂造営局
ボルゴ・ピンティ
サン・ジョバンニ洗礼堂
トルナブオーニ通り
サンタ・マリア・デル・
フィオーレ大聖堂
プロコンソロ通り
ストロッツィ宮
ポルタ・ロッサ通り
スティンケ牢
（現ヴェルディ劇場）
サンタ・トリニタ広場
シニョリーア広場⑧
バルジェッロ宮殿⑥
（現バルジェッロ美術館）
カーサ・ブオナローティ③
ポルチェッリーノ
の噴水
政府庁舎⑤
（ヴェッキオ宮殿）
サンタ・クローチェ広場
サンタ・トリニタ橋
サンタ・クローチェ教会
ベンタッコルディ通り
ヴェッキオ橋
サント・スピリト教会①
グラツィエ橋
アルノ川
ピッティ宮殿
サン・ニッコロ門
ミケランジェロ広場
ーボリ庭園

物語の舞台 イタリア・フィレンツェ

現在のフィレンツェ中心部

★＝物語に登場する地名、建物名など

物語に登場する作品

① ミケランジェロの《キリスト十字架像》が所蔵されている。

② 聖ペテロの生涯や楽園を追放されるアダムとイヴなど、マザッチョによるフレスコ画が、教会内のブランカッチ礼拝堂にある。

③ ミケランジェロが購入した邸宅で、現在は美術館になっている。ミケランジェロの《階段の聖母》と《ケンタウロスの戦い》が所蔵されている。

④ フラ・アンジェリコの《受胎告知》と《ノリ・メ・タンゲレ》、ドメニコ・ギルランダイオの《最後の晩餐》が所蔵されている。

⑤ ダ・ヴィンチの《アンギアーリの戦い》は、宮殿内の大会議室の壁に描かれたとされ、現存するのではないかといわれているが、発見には至っていない。
ドナテッロの《ユディトとホロフェルネス》のオリジナルが所蔵されている。

⑥ ミケランジェロ《トンド・ピッティ》と、ドナテッロの《マルゾッコ》と《ダヴィデ像》のオリジナルが所蔵されている。

⑦ ミケランジェロの《聖マタイ》と、《ダヴィデ像》のオリジナルが所蔵されている。《聖マタイ》は、12体シリーズで作られる予定であった彫刻のうち唯一途中まで彫られたもの。

⑧ 当時、ミケランジェロの《ダヴィデ》、ドナテッロの《ユディトとホロフェルネス》と《マルゾッコ》が設置された広場。いまはレプリカが置かれている。

⑨ マザッチョの《聖三位一体》が所蔵されている。

オーストリア
ハンガリー
アルプス山脈
スロベニア
クロアチア
ラノ
ヴェネツィア
ボローニャ
エミリア・ロマーニャ州
カッラーラ
ノヴァ
ボスニア・ヘルツェゴビナ
プラート
フィレンツェ
ピサ
ウルビーノ
アレッツォ
カーナ州
カメリーノ
シエナ⑩
アドリア海
モンテネグロ
コルシカ島
ローマ⑪／ヴァチカン
ガリリャーノ川
バーリ
ナポリ
デーニャ島
ティレニア海
イオニア海
パレルモ
シチリア島
カターニア
チュニジア
マルタ島

物語の舞台
イタリア

現在のイタリアと隣国

★＝物語に登場する地名

物語に登場する作品

⑩ ミケランジェロがピッコロミニ枢機卿から依頼された４体の彫刻《ピッコロミニ祭壇のための四聖人像》（聖パウロ、聖ペテロ、聖ピウス、聖グレゴリウス）がシエナ大聖堂に所蔵されている。

⑪ ミケランジェロの《ピエタ》がヴァチカンのサン・ピエトロ大聖堂に所蔵されている。

⑫ ダ・ヴィンチの《聖アンナと聖母子》と《モナ・リザ》がルーヴル美術館に所蔵されている。

※ ミケランジェロの《聖母子（ブルージュの聖母）》はベルギー・ブルージュの聖母教会に所蔵されている。

※ ボッティチェリの《神秘の降誕》はイギリス・ロンドンのナショナルギャラリーに所蔵されている。

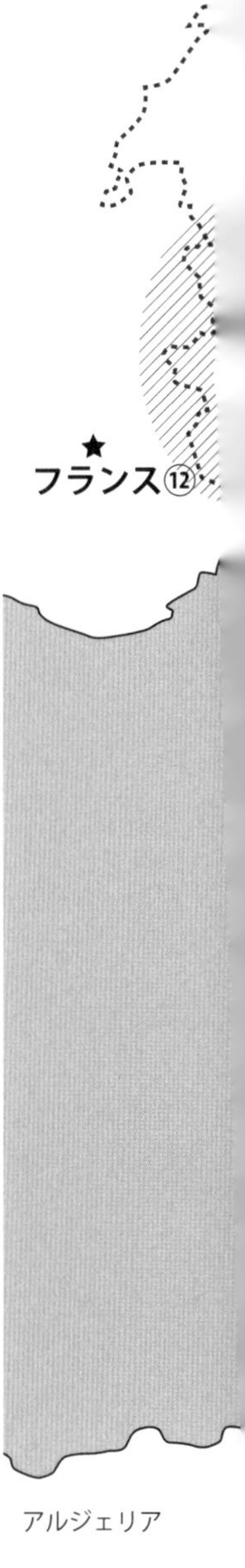

もくじ

時代背景　4
物語の舞台イタリアの地図　6
登場人物　14
1章　血と乳　21
2章　古い大理石　36
3章　楽あれば苦あり　52
4章　修道士党《フラテスキ》　68
5章　怒れる群れ　83
6章　母親たち　100
7章　始まりと終わり　114
8章　脅しと噂　129

9章　もうひとつのダヴィデ像　148
10章　マルスとヴィーナス　160
11章　痛い一撃　176
12章　真実の口　191
13章　迷宮の獣人　207
14章　月の山　222
15章　フィレンツェでいちばん有名な顔　238
16章　白い煙　253
17章　王子の死　271
18章　町の決定　286
19章　巨人の歩み　301
20章　大理石の男　316
21章　地獄の甘い部屋　331
22章　かつて我は汝の姿だった　349

登場人物（★は実在の人物）

ガブリエル・デル・ラウロ――セッティニャーノ村出身の石工、ダヴィデ像のモデル
ロザリア――ガブリエルの最初の恋人
クラリス・デ・ブオンヴィチーニ――フィレンツェの未亡人
ミケランジェロ・ブオナローティ★――彫刻家（一四七五―一五六四）
ロドヴィーコ・ブオナローティ★――ミケランジェロの父
リオナルド、ブオナロート、ジョヴァンシモーネ、シギスモンド（ジスモンド）★
――ミケランジェロの兄弟たち
アントネッロ・デ・アルトビオンディ――フィレンツェのメディチ派のリーダー

【共和派（フラテスキ）】
ダニエル――サヴォナローラ支持派（フラテスキ）のメンバー

ドナート――フラテスキのメンバー
ジュリオ――フラテスキのメンバー
フラ・パオロ――ドメニコ会の修道士、フラテスキのメンバー
ジャンバッティスタ――フラテスキのメンバー
シモネッタ――ジャンバッティスタの妹

【メディチ派（コンパニャッチ）】
アルノルフォ・リドルフィ――メディチ派の陰謀者
アレッサンドロ・ベッラテスタ――メディチ派の陰謀者
ヴィンセンツォ・ディ・コジモ・マルテッリ★
――一五〇四年五月一四日にダヴィデ像に石を投げた若い貴族のひとり
フィリッポ・ディ・フランチェスコ・デ・スピーニ★――同右
ラファエロ・パンシアティーチ★――同右
ゲラルド・マッフェイ・デ・ゲラルディーニ★――同右

【ヴィスドミーニ家の関係者】
アンドレア・ヴィスドミーニ——若い貴族
マッダレーナ——ヴィスドミーニの妻
グラツィア——ヴィスドミーニ家の小間使い
レオーネ——ヴィスドミーニの庇護を受ける若い画家

ジュリアーノ・ダ・サンガッロ★——彫刻家、建築家、軍事技師（一四四五頃―一五一六）
アントニオ・ダ・サンガッロ★——ジュリアーノの弟、建築家（一四五五頃―一五三四）
枢機卿《すうききょう》ジョヴァンニ・デ・メディチ★
——（のちのローマ教皇レオ十世）ロレンツォ・デ・メディチの次男（一四七五―一五二一）
レオナルド・ダ・ヴィンチ★——画家および発明家（一四五二―一五一九）
サライ★——ダ・ヴィンチの助手

ピエロ・ソデリーニ★

――フィレンツェのゴンファロニエーレ（最高執政官）、一五〇二年に永久的な身分（終身ゴンファロニエーレ）になる（一四五〇―一五二二）

フラ・ジローラモ・サヴォナローラ★

――サン・マルコ修道院のドメニコ会の狂信的な修道士。メディチ家の過剰な支配に反発する説教をした。一四九四―一四九八年はフィレンツェの実質的な支配者だったが、最後は処刑された（一四五二―一四九八）

フランチェスコ・ディ・バルトロメオ・デル・ジョコンド★――絹商人

リザ・ゲラルディーニ（モナ・リザ）★――ジョコンドの妻

フラ・アンジェリコ★

――別名ベアート（福者）・アンジェリコ。フレスコ画家であり、サン・マルコ修道院のドメニコ会修道士（一三九五頃―一四五五）

サンドロ・ボッティチェリ★

――画家、一時はサヴォナローラを支持していた（一四五五―一五一〇）

DAVID
The Unauthorised Autobiography
by Mary Hoffman
First published in Great Britain 2011 by Bloomsbury
This edition published 2016 by The Greystones Press Ltd

Japanese translation rights arranged with
RIGHTS PEOPLE, London
through Japan UNI Agency, Inc., Tokyo

装画（カバー・表紙・扉・カット）、口絵　オザワミカ
デザイン（カバー・表紙・扉）　常松靖史（TUNE）

ダヴィデ——ミケランジェロの美しき〝弟〟

1章　血と乳

先月、兄が死んだ。だれからも知らせは来なかった。そもそも、兄とぼくの本当の関係を知る者など、もうこの世にいない。当時のぼくを覚えていて、兄の弟子だったと話す者がいる。兄は弟子をとらない主義だったが、一時期ぼくは確かに弟子だった。また、兄の愛人だったと思っている者もいるのだが、それは兄のこともぼくのことも知らない証拠だ。

兄の甥《おい》が遺体をローマからフィレンツェへ運んでくると、フィレンツェ近郊のセッティニャーノ村のぼくのもとにも噂《うわさ》が届いた。

兄は、生きていれば先週が八十九歳の誕生日だった。ぼくが生まれてから八十一年と半年たったことになる。兄は弟の誕生を楽しみにし、自分が世話をすると言っていたそうだ。

そして、ぼくがフィレンツェの有名人になってから六十年。街角から、居酒屋から、「ダヴィデ！」と声をかけられたものだ。だが、本当の名はダヴィデではない。

これまでの人生で冒険らしいことをしたのは、フィレンツェで過ごしたあの三年半だけだ。ひと儲《もう》けするために兄を頼って故郷のセッティニャーノ村からフィレンツェに出たときには、冒険など望んではいなかった。

当時は、政治のことも、気まぐれな権力者たちの動向も、貴族の生活や上流階級の女たちの様子も、なにひとつ知らなかった。しかし、要領がよかったぼくはすぐに町になじみ、気づけば陰謀と策略と殺戮《さつりく》の中心にいた。

兄がこの世を去った今、当時のことをひとつの物語として語ろう。「むかしむかし」で始まるわけではなく、「末永く幸せに暮らしました」という結末とも少しちがうが、これはぼく自身の物語であり、自分にしか語れない物語である。

一五〇一年三月　フィレンツェ

町というものをぼくに最初に思い知らせたのは、のどに突きつけられたナイフと、背後から襲いかかってきた三人の暴漢だった。当時ぼくは長身で頑強だったので、三人を撃退するくらいたやすかったが、ナイフが相手ではどうしようもなかった。切っ先が肌に触れて、のどぼとけから血があふれ、なけなしの金を入れた小袋がベルトからあっさり切りとられた。三人が笑いながら走りだしたあと、まぬけな田舎者は腰にぶらさがる革ひもを呆然《ぼうぜん》と見おろすしかなかった。

「覚えとけよ、これが町ってもんだ！」叫び声とともに三人は遠くへ消えていった。

その日セッティニャーノ村からひとり徒歩でフィレンツェへ出たのだが、そもそも出発が遅れてしまった。まずは母から、兄への伝言とみやげ物をいやというほど託された。それから五人の姉が寄ってたかってキスをしては、かわいい坊やが行ってしまうと泣きわめいた。

姉から見れば坊やかもしれないが、もう十八歳と半年で、村の南の砂埃《すなぼこり》の道では恋人が待っていた。ロザリアから体を引きはがすには、母や姉から逃れるよりも時間がかかった。正直に言えば、もうしばらくからみあっていたかった。十五歳のロザリアは、ふっくらしていて、髪と目の色は黒く、頬《ほお》は名前のとおりばら色《ローザ》だった。ようやく体を起こし、髪についた草を払っていると、ロザリアがささやいた。

「行かないで、ガブリエル。寂しいわ」(前にも書いたように、ぼくの名はダヴィデではない)

「すぐにまた会えるよ。金を稼ぎに町に行くんだ。一年ほどで帰ってくる。そのあと結婚しよう」

ロザリアは小さく鼻をすすった。「町できれいな貴婦人たちに会ったら、わたしのことなんか忘れてしまうでしょ。シルクやベルベットや宝石で着飾っているんだもの」

「そんなもの、サヴォナローラが焼いてしまったから、もう残ってないさ」

ロザリアにはよくわからないようだったが、無理もない。町の実権を握っていた修道士サヴォナローラが、フィレンツェ市民から集めた贅沢品を広場に積みあげて燃やしたとき、ロザリアはまだ十二歳の子どもだった。サヴォナローラはその一年後に同じ広場で火あぶりにされた。

ぼくも町の政治のことはよく知らなかったが、ロザリアはさらに無知だった。

町の裕福な女がぼくを奪おうとしていると心配するロザリアは愛《いと》おしかった。それまで容姿を誉《ほ》めてくれたのは、ロザリアを除けば母と姉だけだったし、フィレンツェの町でなにが自分を待ち受けているのかはまだ想像もつかなかった。ある意味ではロザリアの不安が的中したのだが、ぼくは数多くの誘惑があってもロザリアを忘れたことは一度もなかった。

町に着いた最初の夜、ぼくは大聖堂の陰に無一文で立ちつくし、ロザリアに思いをはせていた。兄アンジェロを探して頼るほかなかったが、町にいるかどうかさえわからなかった。

町にはそれまで数えるほどしか行ったことがなく、どこを探せばいいのか見当がつかなかった。そもそも村を出るときにしっかりとした計画があったわけではない。ようやく自分の愚かさに気づきはじめた。フィレンツェに着いたときには、町じゅうから見える大聖堂が記憶にあったので、ただそれを目指して歩いた。思えばそれも愚かだった。巨大な丸屋根をぼんやり見あげていたところを例の三人組に襲われたのだから。

とぼとぼと大聖堂の正面にまわり、凹凸のあるファサードに背を向けて階段にすわった。荷袋にはパンとチーズが、革水筒にはワインが少し残っていた。少なくとも荷袋は盗《と》られずにすんだ。中には着替えや石切りの道具もある。道具をなくしたら金を稼ぐ手段を失うところだった。

計画と呼べるほどではなかったが、もっていた金で何泊か宿をとり、そのあいだに兄の消息をさぐるつもりだった。それが、わずかな食べ物があるだけの一文無しになってしまった。しかたなく段にすわって硬いパンをかじり、自分の愚かさと不運を恨みながら、しゃれた服装の人々が大聖堂とその向かいの洗礼堂のあいだを通っていくのをながめていた。

しだいに人々の視線が気になりはじめた。男も女もぼくをじろじろ見ている。ヨーロッパでもっとも豪華な建物の前でつましい食事をとる田舎者の姿が滑稽なのだろう。顔が熱くなり、いたたまれなくなった。移動しようと立ちあがって上着《ジャーキン》のパンくずを払ったものの、どこで夜を明かしたらいいか当てがなかった。

すると、ひとりの少女が近づいてきた。どこかの小間使いのようだが、着ている服はロザリアがため息をつきそうな上等なものだった。少女はそばで「お呼びです」とささやいた。

「お呼びだって？」

初めは兄からの伝言かと思ったが、兄はぼくが町に来たことなど知らないはずだ。

「奥様から言いつかってまいりました」少女は大聖堂広場に面した館のひとつを指さした。二階の窓に、ぼんやりと人影が映っていた。そこから、粗末な食事をとるぼくが見えていたようだ。

「奥様がいったい何の用だ？」

その小間使いはまだ子どものような年格好だったが、意味ありげにほほ笑んだ。ぼくはさらに顔が熱くなった。ロザリアの心配していたとおりだ。町の女には恥じらいがないらしい。だが、奥様に気に入られたのなら、少なくとも今夜は野宿をせずにすむだろう。もしかしたら、小遣いでももらって、兄が見つかるまでの期間をしのげるかもしれない。

ぼくは無知だったが、見返りになにを求められるかを知らないほど無知ではなかった。小間使いに案内されるまま、その貴婦人の館の立派な木製の扉をくぐった。

クラリス・デ・ブオンヴィチーニは、幼い娘がふたりいる若い未亡人だった。とくに美人ではないが気品に満ちていて、会ってまもなく自分が心の卑しい粗野な田舎者に思えてきた。

「あなたが途方に暮れた様子で大聖堂の階段にすわってらっしゃるのを見て、お力になれないかと思って」

ぼくは今回の災難について洗いざらい話した。クラリスは甘いワインとビスケットを出し、ぼくの話にいたく同情しながら聞いてくれた。兄の話題になると、とりわけ興味を示した。

「お兄様は今はフィレンツェにはいらっしゃらないと思うわ。わたしね、お兄様が彫られたサント・スピリト教会の十字架像を見たことがあるのよ。すばらしかったわ。ローマでも大成功なさったそうね」

「兄とぼくは血のつながった兄弟ではなく、ただの乳兄弟《ちきょうだい》なんです」

兄は大貴族カノッサ家の子孫らしいが、ぼくは貴族の血筋ではないし、そう主張しているようにとられたくなかった。クラリスは「あら、そう」と言っただけだった。

それから、夕食を一緒にどうか誘われた。いつも空腹だったし、さっきのパンではろくに腹の足しにならなかったので、申し出を受けることにした。ただ、自分の粗末な身なりと、いかにも労働者らしい大きな手が気になっていた。この家のワイングラスをもつには、なんともぶざまな手だ。

その気持ちを察したのか、クラリスは言葉を選びながら遠慮がちに言った。

「旅の汚れを落として着替えをなさったら？　盗人《ぬすっと》に遭《あ》われたというお話でしょう。もしよろしければ主人の服を用意させるわ。亡くなった主人もちょうどあなたのように背が高かったの」

さっきの小間使いがぼくを部屋に案内し、しゃくにさわる訳知り顔でベッドの上にシルクの白い長靴下と赤いベルベットの膝丈ズボンと胴着《ダブレット》を並べた。ひとりになって下着姿でベッドに腰かけ、たこで硬くなった手で豪華なブロケード織りのベッドカバーをなでていると、小間使いがたらいと湯をもって戻ってきた。むき出しの脚を見て、小間使いはまたにやにや笑った。

小間使いが出ていったあと、香りのついた湯を使った。借り物の立派な服をまとうと、自分が貴婦人の食卓につくのにふさわしい男だと錯覚しそうになった。ただし、ぶざまな手はどうしようもない。

生意気な小間使いにはうんざりしていたので、夕食の部屋まで自力で行こうとしたが、迷ってしまった。それでも運はまだ尽きていなかった。二度目にあけた扉の先にクラリスがいたのだ。

彼女はぼくを見ると弾《はじ》かれたように立ちあがって胸に手を当てた。亡き夫の服を着こんだ姿を見て、夫を思い出したのかもしれない。

服装のおかげか、ぼくはすっかり余裕ができて、クラリスの落としたナプキンを素早く拾って椅子を引いてあげた。ふたりで食事をとりながら、彫刻や大理石や石切り場についての話をした。クラリスがぼくの話を熱心に聞いてくれたので、気まずくならずにすんなりと時間が流れていった。

仕着せ姿の従僕たちが給仕をしていたが、ひとりが意地の悪い目つきで見ているのが気になって、その男にワインを注がれたり料理を出されたりするたびに手をナプキンの下に隠した。あの小間使いと同じ、みだらな想像をしているのが見え見えだった。

だがクラリス本人は気品ある態度をくずさず、食事がすむと、よかったらこの館に一泊してほしい、翌朝になれば兄を探しに人を送る、と丁重な言葉で申し出た。

ぼくがうなずくと、クラリスはベルを鳴らした。あの小間使いがろうそくをもってあらわれ、着替えをした部屋へ案内された。

ワインをかなり飲んでいたので、上等な服をだらしなく床に脱ぎちらかし、ほっとしてベッドに倒れこんだ。ロザリアにどう話そうか、彼女はフィレンツェの貴婦人を誤解している、などと思いながらすぐに眠りに落ちた。

ところが眠りについてまもなく、このうえなく甘美な夢が始まった。暖かな夜、ひんやりとした腕と脚がぼくの体に巻きついてくる。天国のような抱擁を受け、眠りながらも体が健康な十八歳らしく反応した。夢ではないと悟ったのは、しばらくしてからだ。夕食をともにした優雅な貴婦人がベッドにしのびこみ、裸体をからませてきたのだ。

翌朝、クラリスの姿はなかった。すべて妄想だったか、ワインによる幻だったかと思いながら鎧戸《よろいど》のすきまから差す日光の角度を見て、すっかり寝坊したのに気づいた。ブロケード織りのベッドカバーを体に巻いて窓辺に行ってみると、外は大聖堂広場ではなく中庭だった。

そこでは召使いたちが洗い物をしたり、ハーブをきざんだり、噂話をしたりしていた。何人かがぼくの窓を指して笑っているように思えて、姿を見られないよう飛びのいた。部屋を見まわしたが自分の服はなかった。きのうの上等な服を着るしかないが、日差しの中で見ると、けばけばしく滑稽に見えた。

どうやって逃げだせばいい？　金はないし、町で泊まる当てもない。ひどく気まずく恥ずかしかった。町に着いた最初の晩にロザリアを裏切ったのだ。

ノックの音がして、同じ小間使いがまた湯をもって入ってきた。腕には洗ってブラシをかけたぼくの服をかけていた。まずは裸のままではなかったことに、それから石工の服で本来の自分に戻れることに安堵《あんど》して、小間使いの表情はまったく気にならなかった。

服を着ると、人目を避けて階下に向かおうとしたが、二階の一室からあの貴婦人が出てきて、晴れやかな笑顔で手招きした。今朝はひときわ若々しく明るく見える。その理由は明らかだった。なにを話せばいいのか、どうふるまえばいいのか、途方に暮れた。ところが、彼女のほうはいたって冷静だった。

「おはよう、ガブリエル。お知らせがあるのよ」

部屋に招かれ、椅子を勧められた。ベルベットのクッションに触れる自分のむさ苦しい服が気になって、ぎこちない動きですわった。

「あなたが寝ているあいだに、遣いの者をやってあの彫刻家のことをさぐったの」

もう「お兄様」とは言わなかった。実の兄弟ではないと話したからだろう。乳は血より薄いというわけだ。

「今フィレンツェにはいないんですって」

落胆が顔に出ていたのか、クラリスは同情するようにぼくの肩をなでた。

「でも、そのうちに帰ってくるわ。こちらで仕事が入りそうだからまもなく帰ると、ローマからお父様に手紙が届いたそうよ」

さっきの落胆と同じく安堵がはっきり顔に出ていたことだろう。感情を隠すのは苦手だった。装うということに、まだちっとも慣れていなかった。

「だから、彼が帰ってきたという知らせが来るまで、うちにいるといいわ」

迷惑をかけたくないとか、なにかつぶやいたはずだが、気づいたら貴婦人がぼくの膝に乗っていた。キスをされながら、この人はぼくを留まらせるためなら服を隠すくらいのことはするだろうと思い知った。

フィレンツェの貴婦人たちのあいだには、使用人を経由するとても効率のいい情報網があった。男たちにもあれほどの組織があったら、政治はもっと円滑に進んだことだろう。

貴婦人の館にはたくさんの女たちが立ち寄る。洗濯物を受けとるため、髪結いのため、ドレスの採寸のため、帽子を売るためなど、さまざまな用向きがあるのだ。女たちの話し相手は、慎みのある貴婦人たちよりも、口の軽い女中たちだ。そして噂は女中からその家の女主人へ伝わる。

ぼくがクラリス・デ・ブオンヴィチーニの館でなにをしているか、クラリスと親しい貴婦人たちすべてに知られていることは、なんとなく感づいていた。おそらく、あの小間使い——名前はヴァンナという——が洗濯屋の女に話し、その女がほかの家の女中に話し、その女中が訪ねてきた髪結いに話し、という具合に広まったのだろう。髪の手入れに専門の髪結いを呼ぶのは大きな館の裕福な女主人たちばかりなので、ぼくの名はすぐさま最上格の貴婦人たちのあいだに広まった。

当時のぼくはこの地下情報網のことは知らなかった。ずいぶんあとになってから、クラリスの生意気な小間使いよりずっとぼく好みの、別の家の小間使いからその話を聞いたのだ。

フィレンツェの貴婦人たちは噂話に飢えていた。修道士サヴォナローラが人々にわずかな喜びをもたらす贅沢品を禁じた時代に、贅沢品に飢えていたのと同じくらい、噂話に飢えていた。貴婦人たちは情報の出どころをさぐり、結論にたどりついた。そしてクラリスの館へ多くの客がやってくることとなった。

初めのうち、ぼくは来客に関わらないよう避けていて、時間をもて余していた。ぼくはそれまで働くのが日課だった。石を切り出し、大きな塊を運ぶ肉体労働。手にできたたこが石工の証だ。ところが、クラリスの部屋で何日もだらだらと過ごすうちに、ぼくの手は彼女の手のようにやわらかくなっていった。

彼女の手のやわらかさを思うと、ついさっきその手がしていたことへの罪悪感で胸がいっぱいになるし、暇があればロザリアへの裏切りについてくよくよ考えてしまう。それで、クラリスに友人たちに紹介するからと呼ばれたときには、安堵に近いものを感じた。

いつも彼女の亡き夫の服を着るよう言われていて、もう石工の作業服のありかもわからなかった。

クラリスが友人たちに自分のことをどう説明しているのか知らなかったが、ワイングラスや銀のフォークの扱いには慣れてきた。紳士のふりをしたわけではない。きかれれば職業を答えた。しかし、話しかけられることはめったにない。彼女たちはぼくについて、クラリスに向かって、あるいは仲間同士で、小声で話していた。

彫刻家や画家のモデルになればいいのに、というささやきを最初に聞いたのは、クラリスの部屋でだった。ぼくはそのために村を出てきたわけではないし、自分の容姿にたいして自信はなかった。それなのに、何人もの貴族のご婦人がぼくの肖像画をほしいと言う。ぼくは大胆にも、何人かはぼく自身をほしがっていると思うようになっていった。

赤面を抑えるのもうまくなってきた。高名な芸術家のモデルになるのは、ご婦人方のあいだで愛玩犬のようにやりとりされるより名誉なことだろうと思った。

三年後にぼくはフィレンツェでもっとも有名な顔になるのだが、おそらくこれがその流れの始まりだったのだろう。

2章　古い大理石

兄についての情報が入ったのは二週間後で、その頃ぼくはすでにどっぷりと罪に浸っていた。クラリスの夫はすでに亡くなっていたから姦通罪《かんつうざい》ではない。ロザリアに対する裏切りの罪だ。いつかセッティニャーノ村に帰ってロザリアと結婚しても、町での浮気のことはなにも言うまいと心に決めていた。クラリスの館にいるあいだに一度教会の告解室に入ったが、なにも告白しなかった。

ある日、厨房《ちゅうぼう》で手伝いをしていると、クラリスから呼び出しがあった。ぼくは貴族の服を着るようになっても頻繁に厨房や中庭に出入りして、薪《まき》を割ったり火をおこしたりする手伝いをしていた。料理人の使う樽《たる》や箱を運ぶこともあった。ぼくは軽々と階段を駆けあがって——年老いた今ではうらやましいほどの身軽さで——クラリスの部屋に入った。彼女はなにやら悲しげな顔をしていた。

ぼくの顔を見ると、いつものようにほほ笑んだが、素早く涙をぬぐったようにも見えた。

「奥様、なにか悪いことでも？」

「いいえ、とんでもないわ。よい知らせよ。少なくとも、あなたにとってはね。ミケランジェロがフィレンツェに帰ってきたわ。遣いをやってなにか伝えましょうか？」

「いいえ！」ぼくは意気ごんだ。「家を教えてもらえれば自分で行きます」

「わたしから離れるのがうれしいのね、ガブリエル」

その悲しげな顔を見れば、自分がなにを言い、なにをすべきかわかった。それでも、数時間後には石工の身なりに戻ってキャンバス地の荷袋をかつぎ、館をあとにした。まるでたった今フィレンツェに到着したばかりで、この数週間はただの夢だったかのように。唯一のちがいは、セッティニャーノ村を出たときよりかなり重い財布をジャーキンの奥にしっかりしまってあることだった。

兄の家のあるアルノ川沿いの地区へ、足どりも軽く向かった。新たなスタートだと感じていた。といっても頭の奥では、クラリス・デ・ブオンヴィチーニとの関係が続くことはわかっていた。ぼくは肩をいからせ、まわりの好奇の目を無視しながら、大聖堂の陰から出て、バルジェッロ宮殿を通りすぎ、サンタ・クローチェ教会に向かった。

すでにあたりは薄暗く——彼女がなかなか放してくれなかったせいだ——兄の家を探

しているうちに、不安が芽生えて気がめいってしまった。人出は多く、若者の少人数の集団がいくつもあり、互いににらみを利かせながら仲間内でしゃべっている。ぼくはジャーキンを軽くたたいて財布が無事か確かめた。

だが、ここの若者たちは最初の晩に金を奪った悪党どもとは様子がちがった。育ちが良さそうで、着ている服も立派だし、泥棒というよりはクラリスの取り巻きのような風貌だ。もっとも、クラリスの男の友人には一度も会ったことはなかったが。ここの男たちは、貴族の若者グループが対立しているという雰囲気だった。とはいえ、危険がないわけではない。あちこちのベルトに刃物が光っているのが見えた。

安全な室内で気の知れた人たちに囲まれていられたらと思わずにはいられなかった。クラリスの館に滞在したことで、すっかりやわな人間になってしまった。

「夜中に通りを歩くなら、どっちの側につくか決めておけ」背後から聞き慣れただみ声が響いた。

振り向くと、乳兄弟の顔があり、思わず頬がゆるんだ。「どっちにもつかないよ」

「フィレンツェではそうはいかないぞ」アンジェロががっしりとぼくを抱きしめた。

「おまえが厄介ごとに巻きこまれないうちに助けてやらないとな」

そのあと、アンジェロの実父の家で乾杯した。セッティニャーノ村で飲んでいたような渋い赤ワインだ。年老いた父のロドヴィーコの姿はなく、兄弟たちもいなかった。ぼくはアンジェロの姿をしげしげとながめた。この顔を美男子と呼ぶ人はいないが、若い頃に友だちに鼻を折られていなかったら、まずまずの見た目だっただろう。だが兄は外見にはかまわず、服にも無頓着だった。

ぼくが物心ついてからずっと、兄は白い埃のもやに包まれていた。その姿を見ると気持ちが落ちつく。兄が埃まみれなのは一日じゅう彫刻をしているからでもあったが、主な理由はめったに服を着替えないせいだった。

兄はぼくをしげしげと見た。「ガブリエル、大きくなったな。もう一人前の男だ」

「そうでもないよ」兄の隣にいると子どもに戻ったように感じる。

「いや、美しい男だ。気をつけたほうがいいぞ」

赤面せずにはいられなかった。兄はからかうように目を細めた。

「ここしばらくおまえと遊んでいた奥方のことじゃないぞ。あんなのは予想済みだ。おれが言うのは男だ。フィレンツェにはおまえをおもちゃにするために大金を払う男がわんさといるだろう」

そんなことを言われると動揺せずにはいられない。そういえばクラリスに拾われる前、大聖堂の前にすわって粗末なパンを食べていたぼくを、女だけではなく大勢の男がながめていた。

「男なんて経験ないよ。そういう好みはないんだ」

兄は声をあげて短く笑った。「おまえの嗜好《しこう》なんか関係ない」そして、しばらくぼくのことを大理石を値踏みするような目で見てから言った。「そういう美しさは長くは続かないものだ。有効に使いたいと思うのも無理はない」

「やめてくれよ、兄さん。画家のモデルならやってもいいけど、それ以上はごめんだ。金を稼ぐなら石工をするほうがずっといい。そのためにフィレンツェに来たんだ。いい仕事があるんじゃないかと思って」

「本気で石工をやりたいなら、仕事は山ほどある。ただし、身を守るすべは覚えておけ」兄は物騒な短剣を差しだした。「ほら、これ。肌身離さずもってろ。万が一のためだ」

それから、兄はぼくがなにかの試験に合格したかのように表情をゆるめ、ふたり分の渋いワインを注ぎ足した。

「訪ねてくれてうれしいよ。母さんは元気か？」

アンジェロが――わが家では彼をこう呼んでいた――生まれると、実母のフランチェスカ・ブオナローティは彼をぼくの母に預けた。出産当時、ブオナローティ夫妻はフィレンツェを離れていたため、生後しばらくたってからのことだ。フランチェスカにはすでに二歳の息子がいたので、新しく生まれた下の子にも母乳を与えたかったのかもしれないが、夫のロドヴィーコは、妻が貴族のカノッサ家と遠縁なので、子どもに自ら乳を与えると品位が落ちると考えた。それで、小さなアンジェロは同じ年頃の子ども——ぼくの姉ジュリア——がいたわが家に預けられた。

奇遇にも、うちの母はぼくが生まれる前に女の子ばかり五人産み、アンジェロの母は亡くなる前に男の子ばかり五人産んだ。そういうことはよくあるらしい。

ブオナローティ夫人が五番目の息子を産んだあとに息を引きとったとき、六歳だったアンジェロは、またうちに来ることになった。ほかの四人の兄弟がどうなったのかは知らない。生まれたばかりの子には乳母があてがわれたはずだが、うちの母ではなかった。アンジェロ自身がうちに来たがり、父親にはほかに手立てがなかったので、アンジェロはぼくたちと暮らすことになったのだ。

ぼくたちと言っても、ぼくはまだ生まれていなかった。母はフランチェスカが亡くなったその晩にぼくを身ごもったのだという。それがぼくの名づけの理由だ。

「フランチェスカ様は大天使ミカエルの名前にちなんだミケランジェロをわたしら家族

に遺《のこ》してくださった。おまけにその晩のうちに、わたしのお腹《なか》には男の子が宿ったの。だからおまえには、もうひとりの大天使の名前をもらってガブリエルと名づけたのよ」

気まずい話だった。天使への冒瀆《ぼうとく》ではないか。

うちの両親は娘ばかり五人生まれたあと、息子を切望していた。石工だった父は息子に職を継がせたかったのだ。そして、ようやく息子をひとり授かった。幼いアンジェロを預かって九か月後のことだった。

そして、アンジェロも石を切る仕事をすることになった。といっても、大理石を彫る彫刻家という石工より華々しい仕事だ。兄はよく、うちの母の乳といっしょに石への愛を飲んで育ったと言っていた。名前のとおりの天使のような人物とは言えないが、ぼくは本当の兄のように慕っていた。兄はそのあとわが家で四年間を過ごし、そのあと実父に呼びもどされて学校に通った。ぼくのいちばん最初の記憶は、アンジェロが地面に棒で絵を描いてくれている場面だ。

「起きろ、ねぼすけ」兄がぼくの顔の上で濡れ布巾をしぼり、冷たいしずくが落ちてきた。

「太陽もおれもとっくに起きてるぞ」

「ごめん」ぼくは水を払いながら起きあがった。

「ブオンヴィチーニ夫人のとこですっかりたるんじまったようだな。セッティニャーノ村じゃこんな寝坊はしなかっただろ」

「うん、寝てられなかった」

「おまえ、なんでフィレンツェに来たんだ？　仕事なら村にいくらでもあるだろ？」兄が唐突にたずねた。

「あっても退屈な仕事ばかりだよ。切り出した石が美しい建物になるのを見たいんだ。そういう場所で働きたくて」

それは本当だった。最初の晩にまんまと強盗にやられたのは、大聖堂の壁にはめこまれた白と緑とピンクの大理石にぼんやり見とれていたせいだ。セッティニャーノ村の人間ならだれでも、あの模様や大理石の産地を知っている。白はカッラーラ、緑はプラート、ピンクはシエナ。だが間近で見たのは初めてだった。

アンジェロはぼくの頭をぽんとたたいた。

「おまえは夢想家だな。石工には向いていないかもしれない。彫刻をやってみるか？」

「無理だよ。夢はあっても、芸術の才能なんてないから」

「どうかな。さっさとパンを食え。本物の石を見に連れていってやる」

兄は朝の身支度に時間をかける男ではないので、ぼくは急いだ。朝食は硬いパンひと切れ。貴婦人の館の豪華な食事とは大ちがいだ。さっき水をかけられた顔にもう一度水をはたきつけ、髪を手でなでつける。五分後には、アンジェロは大聖堂に向かって歩きはじめていた。

クラリスの館を出てまもなかったので、近くへ行くのかと思うと少し緊張したが、兄は大聖堂の手前をまがって、大きな丸屋根の裏側に当たる大聖堂造営局の作業所に向かった。

兄は有名なようで、入っていくとみんなが挨拶をした。それでも兄のほうは短い声を発するか片手をあげるだけ。目的に向かって一直線だ。その場所に着くと、理由がよくわかった。

作業所の庭に古い大理石が横たわっていた。長さは九ブラッチア（注・約五メートル）はあっただろう。男の背丈の三倍ほどだ。表面はさわると痛いほど粗く、穴だらけだった。だれかがなにか生き物に、もしくは人物に、生まれ変わらせようとしかけて途中でやめたのだ。

「カッラーラ産だ」兄は大理石を足先で軽く蹴った。

「いつからここに？」ぼくはたずねた。

「もう四十年近くこのへんに放《ほ》ったらかされてるんだ」

「なにを彫りかけてたんだろ？」

「大聖堂の巨人だ」

「完成には程遠いね。彫ってたのはだれ？」

兄は両手のひらを上に向けた。石の過去に興味はないらしい。目の輝きが未来だけを考えていることを告げていた。

「この大理石を彫りたいんだね？」

「ああ、たぶん手に入る。厄介払いしたがっているようだからな」

「だろうね。四十年も置きっぱなしじゃ、通るたびに邪魔でしょうがないよ」

「だが、これをほしがっているのは、おれだけじゃないんだ。ただで手に入れようとしているやつがいる」

「へえ」

「彫刻ができあがったら高値をつけてやる。それにふさわしいものになるはずだ」

アンジェロがこの汚い石の塊に挑もうとしているのが伝わってきた。今やローマから評判が届くほどの芸術家だと知っていても、この醜い巨石から、見る価値のあるものを創りだせるとは、ぼくにはとても思えなかった。

「始めるぞ。まずは採寸だ」

七月には、アンジェロが大理石を彫る話がまとまりつつあった。大聖堂の芸術監督をになう造営局は、審査のために、アンジェロに作品の構想を示す模型を作るよう求めた。あんなに浮き立っている兄を見たのは初めてだった。とはいえ、兄がセッティニャーノ村のわが家を訪れるのはいつも休日だったので、仕事に向きあう姿を見ること自体が初めてだと思い当たった。

ところが、アンジェロはこのときすでにシエナのピッコロミニ枢機卿《すうききょう》から十五体の彫刻の依頼を請け負っていて、それを自慢げに話していた。大聖堂の古い大理石を彫ることになったら、シエナの十五体はどうするつもりなのだろうとぼくは思った。聞けば、ピッコロミニ枢機卿にはシエナの仕事を終えるまでほかの作品には着手しないと約束したらしいが、アンジェロはフィレンツェの大理石が手に入れば、すぐにでもとりかかろうと思っているようだった。

ぼくはずっとアンジェロの父親の家に泊まっていた。ブオナローティ家は快適とは言えなかったが、便利で安全だった。父のロドヴィーコと顔を合わせることはめったになかったが、彼はぼくの滞在を歓迎してくれた。家計は楽ではなさそうだった。アンジェロは家に快適さをまったく求めず、その意味では修道僧のようだった。白状すると、ぼくはしょっちゅう家を抜け出して、上質なワインと豊富な食べ物を求めてクラリスの家を訪ねていた。そう、ほかの快楽もだ。

クラリスのふたりの幼い娘たち、ベネデッタとカロリーナと遊ぶのも楽しみのひとつだった。ふたりは父親のいない寂しさからか、ぼくになついて訪問を心待ちにしていた。母親に似て、やさしい子たちだった。彼女たちの父については、一年半前に乗馬中の事故で亡くなったこと以外なにも知らない。

ぼくが家を留守にすることについて、アンジェロはなにも言わなかった。香水のにおいをさせて帰ると、さぐるような目つきで見るだけだ。アンジェロが大聖堂のそばの石工の工房に職を見つけてくれたので、ぼくはアンジェロの大理石にもクラリスの館にも近いその工房に毎日通うようになった。クラリスの部屋に泊まった翌朝はふらふらと仕事場に向かったが、昼休みの逢瀬《おうせ》のあとは大聖堂の作業場に足が向いた。あの大理石は兄だけではなく、ぼくのことも魅了しはじめていたのだ。

アンジェロは大理石を「ダヴィデ」と呼ぶようになっていた。大理石のまわりをぐるぐる歩きながら、あちこちに妙な印をつけては「すごいものができあがるぞ」とつぶやいた。

視線で石に穴をあけながら、中に閉じこめられているなにかをとらえようとしているように見えた。氷の塊の中の魚のように、大理石の中でかたまっているなにか――。ただし、アンジェロが彫り出そうとしていたのは魚ではなく、人だった。

ある晩、家に帰ると、アンジェロからモデルになってほしいと頼まれた。裸になってポーズをとるというから、ほかの人なら断っていたが、兄の頼みなので引き受けた。兄のことは完全に信用していたが、それでも家族のだれかが入ってくるのではと少し緊張した。何度か姿勢を直されたあと、右足に重心を置いて立ち、右の腰をひねって顔を左に向けるポーズに落ちついた。右腕は力を抜いて垂らし、左腕は投石器をもっているふりで肩のほうへ曲げる。左足で踏むのはカリフラワーだ。

「これは、ゴリアテの頭？」ぼくがたずねると、アンジェロは返事の代わりに短くうなり声を出した。

ポーズを保つのはきつかったし、裸体を凝視されるのは恥ずかしかった。

「ガブリエル、しかめ面だな」アンジェロは流れるような素早い線でスケッチしていく。

「ごめん」

「いや、それでいい。ダヴィデはそんな顔をしているだろうから」

何週間か続けるうちに、裸で立つのにもずいぶん慣れた。アンジェロはまわりを歩きながら、いろいろな角度からスケッチしていく。何枚ものスケッチができた。頭、腕、背中、尻。

しかめ面はやめたつもりだったのに、どのスケッチの表情もしかめ面のままだった。

「いらないのはないかな？」ある日、何気なくきいてみた。

「ああ、愛する奥様に一枚さしあげるか？」

図星を突かれて赤面したが、アンジェロは不要なスケッチを何枚か選んでくれた。それがきっかけで方針が定まったようで、次の日、今度は像の模型を作ると言いだした。

クラリスにスケッチを何枚かあげると喜ばれた。

「これを額縁に入れて寝室に飾るわ。だれにも見られない場所にね」

使用人以外は、という意味だろう。あの生意気な小間使いのヴァンナに裸を見られるかと思うと落ちつかない気分だった。

ほかのスケッチはそっともち帰った。理由は今もわからない。あの頃はダヴィデ像がどれほど有名になるか、ダヴィデ像にそっくりな姿がどれほど危険か、まったく知らずにいた。

兄はスケッチをもとに蠟《ろう》の模型を作ることに没頭しはじめた。ぼくの実物大より小さいサイズで、古い大理石と比べるとはるかに小さい。ぼくは自分の体と顔をもつ人形に引き寄せられるように、毎日進捗を見にいった。大聖堂造営局はアンジェロがなにをしているのか興味津々だったが、アンジェロはぼく以外だれひとり工房に入れなかった。模型が完成するまでは造営局の人にも見せないという秘密主義だったのだ。

その頃、ぼくは頭の中が真っ白になるような衝撃の事実をクラリスからぶつけられた。彼女の家での豪華な食事がすみ、召使いたちがさがってふたりになったときのことだ。

「ねえ、ガブリエル」クラリスは切りだした。「わたしたちの素敵な夜に終わりが近づいてきたみたいなの」

ぼくはぽかんと口をあけた。「どうして?」飽きられたからだと気づいてもよさそうなのに、なんともまぬけな問いかけだ。

「再婚することになったのよ」クラリスは素っ気なく言った。

ぼくの顔には動揺と嫌悪がありありと浮かんでいたことだろう。ほかの男の名前など一度も聞いたことがなかった。

「しばらく前からアントネッロ・デ・アルトビオンディに言い寄られていたんだけど、最近、求婚を受ける理由ができたから」

呆《あき》れられるだろうが、そこまで言われてもまだなんの話か見当もつかずにいた。

「もう、無邪気なんだから」クラリスはため息をつきながら、ぼくの頰を手でつかみ、少しゆすってから放した。「子どもができたの。未亡人にそんなこと許されないでしょ」

子ども！　彼女はぼくの子を宿している。そして、アントネッロ・デ・アルトビオンディという男が、生まれてくる子の父親になろうとしている。

3章　楽あれば苦あり

兄はたまの休みの日に、町を案内して優れた芸術作品を見せてくれることがあった。兄のお気に入りのひとつが川向こうのサンタ・マリア・デル・カルミネ教会だ。大聖堂からそう遠くはないのに、川を越えるとあたりは急に田舎の雰囲気になり、そこに聖ペテロの生涯が描かれた礼拝堂をもつ教会がある。

「十代に、毎日ここに来ていたんだ。今のおまえより若い頃だ。親方にここのフレスコ画の模写をさせられた。鼻を折られたのもここだ」

礼拝堂の中はしんと静かで、暴力沙汰が起きるような場所には思えなかった。今も画家見習いの若者たちが工房ごとに分かれてかたまってすわり、熱心に絵を描いている。

壁には見たこともないような絵画が並んでいた。

「これを描いたのは？」ぼくは小声でたずねた。

「マザッチョだ」兄はにやりとした。「先輩のマゾリーノが描きかけた絵を仕上げることなったんだが、はるか上を行ったな」

「知り合いだったの？」親しげに話すので驚いた。ぼくはまだまだ兄のことを知らなかった。

「いや、おれが生まれるずっと前の話だ。八十年近く前の絵だからな。けど、若いほうが優れた画家だというのは、だれの目にも明らかだ」

楽園を追放されるアダムとイヴのフレスコ画をじっと見た。イヴは泣き叫びながら両手で秘部を隠そうとしている。アダムのほうは両手で顔を覆って嘆いている。

その絵を見ていると、クラリスとの関係を思い出し、いたたまれない気分になった。彼女はぼくとの結婚など一瞬たりとも考えなかった。だが責めることもできない。貴族のご婦人と石工の結婚なんて、おとぎ話のようなものだ。それでも、彼女が子どものことをぼくに告げずに、ひとりで重大な決断を下したのだと思うと、胸を締めつけられるようだった。赤ん坊のことは女だけの問題で、ぼくは——アルトビオンディという貴族さえも——彼女が女王を演じるゲームの中の歩兵にすぎないのだ。

そんなぼくをよそに、兄は別の絵を指した。聖人ペテロが改宗者たち——初期のキリスト教徒たち——に洗礼をほどこしている場面で、新たな教えを授かろうとする人々が列を作っている。

「おれの鼻が変形した原因があの絵だ。洗礼を待っているあの若い男、わかるか?」

言われる前からその人物に目を引き寄せられていた。

その男は腰布一枚の姿で立ち、両腕で自身を抱くようにして震えをこらえている。川の流れに足を踏み入れて生まれ変わるときを待っているのだ。寒さと不安が伝わってくるような絵だった。

「トリジアーニのやつ、マザッチョのことを能なしだとほざきやがった。腕が小さすぎるだの、解剖学的な正確さに欠けるだの」

話の先行きは読めた気がしたが、兄が鼻を折られた話を詳しく聞く機会は貴重だった。

「それで、兄さんは?」

「なにもしてないぞ。誤りを指摘してやっただけだ。そこそこ細かくね」兄は目の前でその場面が再現されているかのように、にやけた顔になった。「トリジアーニは誤りを指摘されるのが嫌いだったらしい。殴りかかってきた。顔面に強烈な一撃だ。鼻の骨が折れる音がやつにもおれにも聞こえた。血がどっと噴き出して、おれの描きかけの絵は台無しだ」

「それから?」

「トリジアーニはとっとと逃げた。おれは彫刻の庭園に戻った」

「それで、ロレンツォ様は？」口に出すのもはばかられる偉大な人物の名だ。

兄は芸術のパトロンとして有名なロレンツォ・デ・メディチに少年時代から目をかけられていた。ロレンツォ様は兄を自宅に住まわせ、自分の子どもたちと同じ食卓につかせ、サン・マルコ修道院の彫刻の庭園で学ばせていた。十年ほど前の話だ。だが、それは長くは続かなかった。一四九二年にロレンツォ様が亡くなったからだ。

「トリジアーニには腹を立てておいでだったよ」アンジェロの目はその場面を回想するように遠くを見ていた。「おれは血まみれで、ひどい姿だったからな。ロレンツォ様に呼び出されて、説明した。ピエトロ・トリジアーニみたいな無能なやつから偉大な芸術家をかばったんだから、ロレンツォ様もお喜びだっただろうな」

「そのあとトリジアーニは？」

「あいつ、すぐに町から出ていった」兄は笑顔を見せた。「自分より有能な者に無礼なことを言うもんじゃないと身に染みただろう」

「どんな人だった？」

「トリジアーニが？」

「ちがうよ、ロレンツォ様のほうだ」

兄は柱の陰にだれかが隠れているかのように、あたりを見まわした。「もう出よう。

近くに居酒屋がある。すばらしい芸術に触れるとのどが渇くもんだ」

礼拝堂を出たぼくたちは、まもなくヴェルナッチャ（訳注・辛口の白ワイン）二本を前にすわっていた。ある八月の夕べだった。ぼくがフィレンツェに着いて五か月ほどたっていたが、町にはまだ知らないことや理解できないことが山ほどあった。

「おまえ、この町に来たばかりの頃、どっちの側にもつかないって言ったな。今でもそう思ってるのか？」

「政治に関わる気はないよ」迷わず答えると、兄はふんと鼻を鳴らした。

「自分がなにをしゃべってるのかわかってないやつの台詞《せりふ》だ。フィレンツェでは無知は危険だ。長く生きられない」

「けど、石工に政治なんか関係ないだろ？　政府庁舎で起こってることと、このぼくと、なんの関係がある？」

「昔はおれもそう思っていた。けど、十代の頃から町の重要人物に触れながら暮らしてきて、考え方が変わったんだ」

「じゃあ、根っからのメディチ派ってことか？」

また兄は壁に耳があるかのように用心深くあたりを見た。

「かつてはそうだった。心の底からロレンツォ様にお仕えしていた。あの頃は、だれひとりロレンツォ様に逆らわなかった。だがな、ロレンツォ様が亡くなって息子のピエロ様が跡を継いでからは、落胆させられることばかりだった。お父上の時代とは大ちがいだ」

兄は途方に暮れた顔つきになった。「ロレンツォ様は彫刻のために大理石をくださった。ところが、ピエロ様がくれたのは雪だ」

「雪？」たちの悪い冗談かと思った。

「九四年の冬のことだ。覚えてるか？　おまえが――十二歳のときか？　一月にフィレンツェで雪が積もった」

「覚えてるよ」セッティニャーノ村で友だちと雪合戦をしたのを思い出した。積雪を見たのはあのとき一度きりだ。

「ピエロ様はおれに雪だるまを作るよう依頼してきた。で、作ったんだ。立派な雪像ができた。けど、ほんの数日で水たまりと化した。ピエロというのは、そういう男だ。おれはロレンツォ様のために制作した大理石のレリーフをまだもってる。死ぬまで手元に置いておくだろうな。今度おまえに見せてやるよ」

「じゃあ、兄さんは共和派？」

兄は追加のワインを注文した。ふたりとも石工の仕事のあとのようにのどが渇いていた。のどに砂塵がからみついているような感覚だ。しばらくしてから兄は口を開いた。

「ロレンツォ様のような統治者なら単独の支配も大歓迎だ。だが、あんなお方はめったにいない。実の息子だって似ても似つかない。だから、そうだ、おれはいわゆる共和派だ」

「じゃあ、ぼくも共和派だ」

兄は吠えるように短く笑った。石工のせきのような笑いだった。

「そう簡単に言うな。人の真似するもんじゃない」

「真似じゃないよ。今の説明で納得したからだ。それより、そのレリーフを見たいな」

「わかった。おまえは石のことばかり考えて、自分が理解できないことには目を向けようとしないやつだな。気をつけろよ。今のフィレンツェでは共和派が優勢だが、メディチ家を復興させようとしてるメディチ派も大勢いるんだ。共和派とメディチ派はいがみあってる。おれには自分を育ててくれたメディチ家を憎むことはできない。それでも第二のロレンツォ様が現れないかぎり、おれは共和派だ。身に危険が及ばないよう、積極的な政治活動は避けているが――」

この会話のあとまもなく、アンジェロがダヴィデ像のポーズを変えることを決め、ぼくはまた多くのスケッチのモデルをやり直すはめになった。家政婦がうんざりするほど多くのキャベツとカリフラワーを使ったあげく、ある晩、兄は考えを変えた。

「ダヴィデ像というと、みんな決まって戦いのあとの姿を表現する。だが戦い前の、勝利をまだ知らない羊飼いの姿にしたらおもしろいんじゃないか？」

ぼくはそんなことは考えてもいなかった。像のテーマなどまったく気にしていなかったのだ。聖書に出てくるダヴィデは、父親の羊の世話をする若者で、兄が何人もいる。ぼくの故郷の村にもそういう若者ならいくらでもいた。聖書の中のダヴィデが他とちがうのは、武装した巨体のペリシテ人、ゴリアテを投石器ひとつで倒したことだ。

「なんとなくわかる気がするよ。ダヴィデはふだんからオオカミ退治なんかに使ってる投石器だけもって出ていったんだよね」

「敵は鎧に身を固めた巨人だが、ダヴィデのほうは小さな腰布ひとつだ。盾すらもってなかった」

「あ、腰布はつけるんだ？」

「いや、この像にはつけない。裸のほうが若者のもろさを強調できる。あとは顔だな。おまえの顔だ。ダヴィデの決意とたくましさ、それに不安と恐れもにじむような顔にするんだ」

「ひとつの像でそこまで表現するのは厳しそうだな」

「ああ、厳しいだろうな。そこに、さらに別のメッセージをこめる。共和派を喜ばせるような、フィレンツェの町を象徴する作品にするんだ。弱そうに見えて、どんなに強い相手が攻めてきても撃退する。誇らしい歴史をもつフィレンツェは強い」

そんな像を創ることができる人物がいるとすれば、それはアンジェロだろう。

野菜を使うのはやめて、右足に全体重をかけて立ち、左足を軽く曲げるポーズをとることになった。戦意と不安の両方を顔ににじませようとすると、兄は大笑いして、表情は自分に任せてポーズだけ保ってくれと言った。


クラリスに会いにいくことはなくなったが、彼女のことを考えてしまうことはあった。恋愛とは呼べなかったが好意はもっていたし、彼女はぼくの初めての子を身ごもっているのだ。彼女がほかの男をその子の父親にすることを易々と決めたと思うと、心穏やかではなかった。それで、わが子を奪うアルトビオンディという男について調べずにはいられなかった。

やがて、アントネッロ・デ・アルトビオンディは筋金入りのメディチ家支持者だと判明した。この情報は意外にも、アンジェロの実父ロドヴィーコから入ってきた。

ロドヴィーコはアンジェロの職業をよく思っていなかった。彫刻家は絵描きの一ランク上にすぎず、染め物や皮なめしと同じ職人仕事だと考えていたからだ。アンジェロの長兄のリオナルドはドメニコ会の修道士で、サヴォナローラの熱心な支持者だった。ちなみにサヴォナローラは自らが禁じて燃やした贅沢品と同じ運命をたどり、政府庁舎前のシニョリーア広場で火刑に処された。

ロドヴィーコの二番目の妻ルクレツィアは数年前に亡くなっていたが、アンジェロのほかに弟が三人まだ家にいた。男ばかりで着替えや洗濯に気を配る者などいない。年老いた家政婦がロドヴィーコから受けとるわずかな金をやりくりして食事を出していたが、腹をすかせた若い息子が四人もいては大変だ。ぼくを含めれば五人になる。

クラリスの家の豊かな食卓に栄養補給に行けなくなったぼくは、いつも腹ぺこだった。自分の給料からいくらかロドヴィーコに渡そうとしたが、断られた。息子の乳母の子から金を受けとるなど自尊心が許さなかったのだ。

それでも、ぼくの滞在は喜んでくれているようだった。

「きみはわが家に田舎の風を届けてくれた」ぼくが身を寄せたばかりの頃、ロドヴィーコはうれしそうに言っていた。「セッティニャーノ村のわたしの農園の様子を聞かせてくれ。なかなか頻繁には行けなくてな。作物はよく育っていたか？」

こちらが田舎の話をすると、代わりに町の生活について楽しそうにいろいろ教えてくれた。兄と例の政治の話をしたあと、ぼくは用心深くロドヴィーコをつついて町の派閥についてききだした。

こちらがアルトビオンディについて質問するまでもなく、ロドヴィーコの口からその名前が出た。

「わしは難しい立場でな。最初の妻がメディチ家の遠縁だったのだ。妻は母方がルチェライ家で、トルナブオーニ家の血も引いていた。偉大なるロレンツォ様の母上がトルナブオーニ家の出だったのは知っているだろう。貴族の血を引いた良き妻だった」ロドヴィーコは思い出に浸っているようだった。「だから、うちがみなメディチ派だと思いこんでる輩がいる。だが、うちの息子は少なくとも三人がサヴォナローラ支持だった。サヴォナローラはメディチ家の宿敵だ。ロレンツォ様がお亡くなりになった折には、死の床に呼ばれて臨終の告白を聞いたらしいがな」

「三人？」長男のリオナルドだけかと思っていた。

「ああ、リオナルドはサン・マルコ修道院で今も神に仕える身だ。だが、あの子だけではない。ミケランジェロとブオナロートもだ。下のふたりが傾倒しなかったのは、サヴォナローラの説教に感化されるにはまだ幼かっただけだ」

ロドヴィーコは兄のことを、ぼくの家族のようにアンジェロとは呼ばず、いつも大天使の名前を略さずにミケランジェロと呼んでいた。アンジェロがサヴォナローラの支持者だったとは初耳だった。本人に聞いて確かめなくてはと思った。メディチ派とサヴォナローラ派の両立はありえない。

「メディチ家と遠縁だからといって、アラビアーティの連中はわたしが肩入れすると踏んでいる。だがな、うちには少なくとも三人のピアニョーニがいるんだ」

ロドヴィーコの説明によれば、「怒る人たち」を意味する〈アラビアーティ〉は、サヴォナローラに反発した人々を指す。「泣く人たち」を意味する〈ピアニョーニ〉は、サヴォナローラの説教に感動して涙する人々を揶揄《やゆ》する呼び方だ。ただし、本人たちは「サヴォナローラ修道士の支持者」を意味する〈修道士党《フラテスキ》〉と呼ばれることを好む。

「アラビアーティが勢力を失って共和国政府ができたわけだが、活動は続いているし危険な連中だ。それから、メディチ家支持のコンパニャッチもいる。人数こそ一五〇人ほどしかいないが、アラビアーティより過激なメディチ派で、フラテスキとは一触即発だ」

未知の言葉を一気に聞かされて頭がくらくらしそうだったが、しっかり覚えておこうと決めた。フィレンツェの政治情勢はアンジェロに教えられたよりさらに複雑なのだ。

「アントネッロ・デ・アルトビオンディたちは、いつまでもおとなしくはしていないぞ」

ロドヴィーコの口からライバルの名前が飛びだして、ぼくは耳をそばだてた。

「やつらが立ち向かってきたら、最高執政官《ゴンファロニエーレ》のソデリーニもたまったもんじゃない」

「アルトビオンディ?」ぼくは探りを入れた。

「ああ、アントネッロだ。今はアルトビオンディ家の長で、コンパニャッチの指導者でもある。メディチ家を盛り立てようとしているんだ。やつらはうちの息子三人がメディチ派じゃないのを知っていて、敵視している。おまえも気をつけないと危ないぞ。人前で政治の話はしないことだ」

アンジェロとの会話を聞いていたのかと思うほどだった。

「アントネッロというのは、どんな人なんですか?」

「偉そうなやつだ。家柄を鼻にかけてな。まあ、確かに良家ではあるが」

「年格好は?」なるべくさりげなくたずねた。「どこかで会っても関わらないようにしようと思って」

「三十くらいか」ロドヴィーコは顔をしかめた。「なかなかの男前だ」

がっかりした。五十過ぎの鼻に大きないぼがある男を想像していたのに。

「がっしりしてるが、背は低い。黒っぽい髪で、鼻が大きい。そういえば、ブオンヴィチーニ家の未亡人と結婚するらしいぞ。ずいぶんと急な話だ。まもなく結婚式らしい。子どもができたという噂もある」

知っていたことなのに、改めて聞くと胸が痛んだ。ブオンヴィチーニ家の未亡人のお腹にいるのがぼくの子だと知ったら、ロドヴィーコはなんと言うだろうか。ぼくと彼女との関係はまったく知らないはずだ。

「あとは、紫と緑だな」

「えっ？」

「やつの家の色だ。アルトビオンディ家の。手下やコンパニャッチの連中は派閥の色として紫と緑を身につけている」

それならわかりやすくて避けるのも簡単だ。

「けど、そんなふうに堂々と派閥を示して歩くのは危険なんじゃないんですか？」

「ほう！　きみはこの町のことをまだまだ知らんな。今どきフィレンツェ市民が派閥を隠してどうする？」

「じゃあ、もうひとつのほう、フラテスキの派閥の色は？」

「黒だ。いつも黒ずくめだ」

こうして役立つ情報をたっぷり仕入れたものの、みんなが派閥の色を身につけているとは信じられなかった。だが、フィレンツェに着いてすぐ財布を盗まれた晩のことや、兄を探して歩いたサン・プロコロ地区の不穏な空気を思い返すと、そんな色の服を着た若者のグループが確かにいたと思う。そのときは色のちがいには気づかず、交錯する憎悪を感じとっただけだった。

翌日、初めてアントネッロ・デ・アルトビオンディに会った。昼休みに自分の職場からアンジェロの工房に向かう途中のことだ。パンとチーズだけの昼食を工房で食べようと思っていたら、クラリスの館から、背が低く、鼻が大きく、黒髪で、紫と緑のベルベットの服を着た男が出てきた。

その姿を見て、どれほど辛かったことか。すぐさまクラリスのベッドにいる彼の姿を想像し、焼けつくような嫉妬に胸をしめつけられた。

向こうはこちらに目もくれずに横を通りすぎていった。粉まみれの石工など馬も同然の存在だ。いや、馬以下だったのかもしれない。馬ならもう少し興味をもっただろう。

アルトビオンディに目をつけられなかったのは、喜ぶべきことなのかもしれない。フィレンツェでは男色の男が多いというが、彼はそのひとりではないということになる。ただし、だからといって、ぼくほど熱烈に女を愛するとはかぎらない。

アルトビオンディがぼくの外見と人格をまざまざと知る日がいずれ来るのだが、それはまだ先の話だ。あのときのぼくの唯一の慰めは、クラリスが寝室に飾っている自分の絵だった。もしかしたらアルトビオンディとベッドをともにするときには婚礼用衣装箱《カッソーネ》の奥に隠しているのだろうか。

怒りをむき出しにして工房に入っていくと、兄がたずねた。「どうした?」

「ついさっき敵に出会ったんだ」

「おまえに敵なんていないだろう?」

「アントネッロ・デ・アルトビオンディだよ。やつはクラリスと結婚するんだ」

「おいおい! それは本当に手ごわい敵だぞ」

4章　修道士党《フラテスキ》

蠟で作った模型が役に立ち、兄は八月に大聖堂造営局から巨大大理石の彫刻を依頼された。しかし、この蠟の模型は巨大像が完成するまでの二年間もちそうになかった。残暑で蠟が溶けはじめると、アンジェロは模型の型どりをし、そこに石膏を流しこんだ。ヴォルテッラ産の良質な大理石を砕いて混ぜこんで質のいい石膏を作ったので、ふたつの像を貼り合わせて乾かしてから型を壊すと、完成した彫刻と見まがう輝きの像ができた。

アンジェロは満足げになりながら、小さな鑿《のみ》で石膏像の仕上げをした。

ぼくは石膏像をながめてつぶやいた。「これ、ぼくなんだね」ポーズをとりつづけた日々を思い出す。筋肉が痛むまできつい姿勢を保ちつづけたのだ。小さな像の胸や腹の筋肉が張りつめているのが見てわかった。

「左足がおかしいな」兄は顔をしかめた。「大理石像はこの形じゃだめだ」

「カリフラワーをやめたあとのスケッチのとき、ぼくが変な格好をしたんだね」

「おまえのせいじゃない」アンジェロは素っ気なく言った。兄は問題点の原因には関心がなく、解決法ばかり考える人だった。

自分の裸体を四方から立体として見るのは、平面のスケッチを見るより恥ずかしかった。陰毛が頭の巻き毛とそっくりの細かい装飾的なパターンでかたどられている。像の模型を見ていると、自分の生きざまを外からながめているような妙な感覚に陥った。

初めてアルトビオンディの姿を見た翌日のことで、ぼくはいらだっていた。工具を手に石を切っているあいだはまだいいが、暇になると拳をにぎらずにはいられない。つねにだれかを殴りたい気分でいた。

アンジェロは大聖堂造営局の作業所内に仮設の工房を作った。巨大大理石の周囲に壁を作り、屋根をつけることで、人目を気にせず仕事ができる空間ができた。古い大理石の塊「ダヴィデ」は斜めに立てかけられ、彫刻にとりかかれる状態になっている。新しい石膏模型は木製の台の上にまっすぐに立てられている。兄はぼくと同じ真剣さで模型を見つめ、巨大大理石と見比べていた。古びた大理石から石膏像のような力強い作品を産みだせるとは、ぼくにはとても思えなかった。

拳をにぎり、開いてみた。自分は兄が模型で表現した筋肉質の強い男よりも、醜い石の塊に似ていると思った。あの大理石の内部に本当の自分がひそんでいるのだろうか？石のように感情のない存在になりたかった。

アンジェロが仕事に没頭しているときは会話が成立しないので、ぼくはふらりと外に出た。昼休みはあと一時間。職人たちが空いた場所を見つけて食後の仮眠をとっていたが、若いぼくの体内では行き場のないエネルギーがたぎっていた。

クラリスと会えなくなって一週間以上がたち、やり場のない情欲に苦しんでいたのだろう。年老いた今ではあの感覚は遠い日のものになってしまったが、当時のぼくはまだ十八歳の元気な若者だった。何週間も自分の、そして彼女の欲望を満たしつづけたあとだけに、欲求不満に陥るのは無理もなかった。

ぶらぶらと大聖堂のまわりを歩いていると、階段で黒い服の若者たちが会話に花を咲かせていた。ぼくは耳をそばだてた。サヴォナローラの支持者、ピアニョーニだろうか？　ひとりが熱い眼差《まなざ》しをぼくに向けると、群れを離れてこちらに歩いてきた。

「あんた、あの彫刻家の仲間だな？」

ぼくは笑いそうになった。フィレンツェには彫刻家がごまんといる。パン屋はどこかとたずねられたようなものだ。それでも、だれのことかはすぐわかった。

「ああ。ミケランジェロのことなら、生まれたときから知り合いだ」ぼくにはこれが自慢だったが、相手の素性や質問の目的を知るまでは乳兄弟だと明かさないつもりだった。

「ミケランジェロはどっちについてる?」黒服の男がたずねた。

ぼくほどではないが、長身で体格がいい。ぼくはおどけた返事をしようとしたが、言葉をのみこんだ。

「どっちの派閥に肩入れするかという意味だよ」群れからもうひとり、小柄な金髪の男が近づいてきて言った。

「そんなこと、どうでもいいじゃないか?」ぼくははぐらかそうとした。

「彼がメディチ家にとりこまれていたのは、だれだって知ってるんだぜ」最初の男が言う。「あの色狂いの道楽者、ロレンツォがパトロンだった」

「そうらしいね」相槌《あいづち》を打ったものの、兄の話しぶりから伝わってきたロレンツォ・デ・メディチはそんな人物ではなかった。

「今はどうなんだ?」小柄な金髪が言う。「今もメディチ家と関わってるのか?」

「それはないんじゃないかな。ピエロにはがっかりしてるよ」

この答えでよかったらしい。男たちは笑顔を見合わせた。

「じゃあ、共和派なのか？」

最初の男にたずねられて、「ああ」と答えた。同意を示しても害はなさそうだと思ったのだ。「もう行ってもいいかな？」

「きみはどうなんだ？」小柄なほうが言った。武器でももっているのか、長身のぼくを堂々と見あげている。相手は六、七人いるが、真っ昼間に襲われることはないだろう。

「えっ、ぼく？」

「どっちを支持する？　メディチ派か？」

「いや、共和派だ」

ぼくが答えると、全員の肩の力が抜けたように見えた。最初の男がぼくの腕をこづいた。

「いいぞ！　この筋肉は使えるぜ。来いよ。仲間を紹介する」

こうしてぼくはサヴォナローラ支持者になった。サヴォナローラに会ったことなどなかったし、そもそもすでに三年前に死んだ人物だというのに。

最初に話しかけてきた黒服の若者はダニエルという名前だった。フラテスキのメンバーはファミリーネームを名乗らない。ダニエルは、仲間に入るならサヴォナローラ修道士の支持者に敬意を払えと言った。小柄な金髪の男のほうはジャンバッティスタという名で、その晩サン・マルコ修道院のそばにある自宅での集まりにぼくを誘ってくれた。ほかにすることもなかったので行ってみると、サヴォナローラに直接会ったことがあるというドメニコ会の修道士《フラ》パオロと、ジュリオとドナートという双子のようにそっくりな二歳ちがいの兄弟を紹介された。

「ガブリエル・デル・ラウロだ」ダニエルがひとりひとりにぼくを引き合わせ、ジャンバッティスタはワインを注いでくれて、いつしかぼくは群れに溶けこんでいた。

どっちの側につくか決めておいたほうがいいぞ――兄の言葉が脳裏に浮かんだ。どうやらぼくは共和派、それもメディチ家に敵意をもち、メディチ家復興を阻止するための策略を練っている派閥についたらしい。

だが、その晩は策略について細かい話し合いはなかった。ふつうの若者の群れと同じように、飲んでしゃべっていただけだ。唯一のちがいは、その中にフラ・パオロがいたこと。ただし、彼の存在でみんなが緊張している様子はなかった。サヴォナローラを直接知っているのは彼だけだったが、ほかのメンバーも三年前にサヴォナローラが処刑された場に立ち会ったという。

「あれは悲惨だった」ジャンバッティスタは耐えがたい光景を前にしたように手で目を

覆った。「やつら、何週間も責め苦を負わせたあと、一か月間放置して、そのあとまた痛めつけたんだ。次になにがあるか知っているのは、どんなに辛かっただろう」

ぼくは残忍な好奇心をいだきながら処刑の目撃談を聞いていた。フィレンツェを支配した狂信的な修道士の話は、当時セッティニャーノ村まで届いていた。アンジェロから聞いたが、強烈な説教をする修道士で、大聖堂に集まった人々は壇上からとどろく彼の声に心をわしづかみにされたという。

新たな仲間たちにとって、サヴォナローラの説教と無残な死は、きのうのことのように生々しいのだ。

「ふたりの修道士とともに絞首刑にされたんだ」とダニエル。

「火あぶりにされたのかと思ってた」ぼくが口をはさんだ。セッティニャーノ村にはそう伝わっていた。

「それは絞首刑のあとだ」とジャンバッティスタ。「三人の体の動きがとまってから、火がつけられた。遺体が残らないようにと」

「灰まで荷車で運び去られた。遺品として奉《たてまつ》られるのを防ぐためにね」ドナートはまだ悔しそうだった。

「灰を少し壺《つぼ》に入れてもち帰ろうとした女が何人かいたが、番兵につかまって壺を割られたんだ」弟のジュリオがつけ加えた。

みんなが鮮明な絵を描いていき、ぼくはそのうち自分までその場にいたような気になってきた。サヴォナローラの敵と味方の入り交じった大群衆。絞首台に吊るされた男たち。肉体の焦げるにおい。フラ・パオロだけは言葉少なだったが、彼が口を開くと、若いメンバーよりさらに強い恨みを抱いているのがまざまざと伝わってきた。

「サン・マルコ修道院にも罰が課された。ピアニョーナ《泣く女》の鐘がもっていかれて、五十年後まで返さないというんだ。五十年だぞ！　この中の何人が一五四八年まで生きていると思う？」

あのときはぼく自身も生きているかどうかわからないと思っていた。サン・マルコ修道院の鐘はもう戻されたのだろうか？　今さら確かめることもないか。フラ・パオロはとっくの昔に死んでいるだろう。あの晩あそこにいた中で十年後まで生き延びた者は少ない。だが当時はそんなことは予想もしていなかった。

その晩は、新たに友人ができたことを喜びながら、ふらつく足でブオナローティ家に帰った。ろくに食べずに酒ばかり飲んだせいで、翌朝はひどく頭が痛かった。何度もポンプの下で頭に水をかけながら力仕事をしていると、数時間たってようやく頭が冴《さ》えた。そのときになって、ふと思った。友人たちの勧めでぼく自身も師と仰ぐことになった今は亡き修道士サヴォナローラは、いったい何者に殺されたのか？

メディチ家ではないはずだ。ピエロはその四年前、アンジェロがローマに行ったあとまもなくフィレンツェから追放された。そのときからフィレンツェの共和制が始まったのなら、サヴォナローラを殺したのは共和派ということになるが、ぼくもアンジェロも、ぼくを仲間に引き入れたフラテスキも、同じ共和派なのだ。

頭が冴えたと思ったのも束《つか》の間《ま》、そのあとワインによる曇りが晴れていくにつれ、自分がいかにフィレンツェの政治について無知だったか気づいた。そして、自分は誤った群れに入ってしまったのではないかと不安になった。


その日、久しぶりにクラリスを見かけた。クラリスはアントネッロ・デ・アルトビオンディと腕を組み、華やかな服装の人々に囲まれて大聖堂から出てきた。髪に花を飾り、金色のブロケード織りのドレスをまとっている。結婚式を挙げたのだ。

一行が洗礼堂のそばでぼくの横を通りすぎていくとき、アルトビオンディは前と同様にぼくがまるで目に入らないようだったが、クラリスはぼくの視線に気づいた。その目に情がにじんだように見えたのは気のせいだろうか？　彼女の金色の帯の下のふくらみを見てとったのは、ぼくひとりだろうか？

彼女は新たな夫をあざむきつづけるつもりだろう。ぼくは絶望感に襲われた。そんな女の嘘《うそ》と悪知恵を許せる男などいるわけがない。彼女はアルトビオンディに日にちをごまかし、ぼくの子が月足らずで生まれたことにする気だろう。求婚を受け入れてすぐ、彼をベッドに引き入れたにちがいない。そう思うとさらに心が乱れた。

暗い気分のまま兄の工房を訪ねた。

兄はめずらしく手を休めて、大理石をぼんやりながめてすわっていたが、ぼくの顔を見るとはっと我に返って立ちあがった。

「どうした?」

「ついさっき、クラリスと新しい亭主を見かけた」

「どのみち、わかっていたことじゃないか」

「彼女のお腹にはぼくの子どもがいるんだ」ぼくは重荷をひとりで背負いきれなくなって打ちあけた。

兄はうなるような声とともに大きく息を吐き、いつものように埃にまみれた手をぼくの腕に置いた。

「ガブリエル、それは辛いな」長いあいだ、だまってぼくの目を見つめていた。「助言してもいいか?」

兄にそんなことを言われたのは初めてだったので、驚きながらもうなずいた。まぶたの奥に涙が浮かんできたが、兄の前では泣きたくなかった。

「肉体的な愛にエネルギーを浪費するのはよくない。力を吸いとられ、自分の目的を見失う」

「兄さんにとってはそうだろうね」自分の声が喧嘩《けんか》腰に聞こえた。まるで子どもだ。

「兄さんには目的がある。偉大な彫刻家だからさ。ぼくの場合、力を吸いとられないように守って、それをなにに向けるっていうんだ？　ただの石工なのに」

口に出しながら、その事実が重くのしかかってくるのを感じた。自分の人生の目的はなんなのか？

「なら結婚すればいい。健康ないい娘《こ》を見つけて身を固めろ」

セッティニャーノ村で待っているロザリアのことを思った。いつまで待っていてくれるだろうか？　村に帰るまで自分は修道士のように生きるべきなのか？　フラテスキに仲間入りしたといっても名前だけなのに。

「ほらな。不機嫌な顔になった」兄は言った。

「じゃあ、兄さんは結婚するのかよ？」

兄が顔をしかめたので、言いすぎて怒らせたかと思った。兄は短気で知られている。

ところが、兄はぼくの問いかけに答えた。

「昔、愛なんて苦しいばかりだと気づいた。それ以来、自分の感情をすべて作品に注いでいる」

本心なのはよくわかった。過去にひどい経験をしたのだろう。セッティニャーノ村の家族にもフィレンツェの家族にも打ちあけられないできごとがあったのだ。

「じゃあ、兄さんは愛にエネルギーを費やさないくせに、いつか結婚するの?」

兄は奇妙な表情を浮かべた。半分怒って半分笑っているような顔つきだ。

「いや、おれは結婚はしない」

そのあとの数年間でぼくは何度もこの会話について考えることになるのだが、あのときのぼくは、兄も恋愛がうまくいっていないことに慰められていた。兄のそばにすわって黙々とパンを食べたが、なぜか心地よい沈黙で、胸で渦巻いていた痛みがしだいに引いていった。

クラリスの決断を責めるつもりはなかった。悔しいのは、彼女がぼくに告げずに決めたことだ。初めて経験する肉体的な嫉妬を彼女の新たな夫に感じていた。自分が大人になったように感じた。もはや幼い末っ子ではなく、大人の悩みを抱える一人前の男だ。

そして、ぼくは決意した。クラリスのことは忘れて仕事に集中し、金を貯めて故郷に帰って、まだ待っていてくれたらの話だが、ロザリアと結婚できるよう努力しようと。

女に気をとられないようにと思うと、ダニエルやフラテスキの仲間たちと過ごす夜が増えていった。サン・マルコ修道院に近いジャンバッティスタの家がいつものたまり場で、日を重ねるにつれてさらに多くの仲間に出会った。二度目からは、若い娘がワインを運んできてくれるようになり、そのうちジャンバッティスタの妹だと知った。初めはなぜ良家の娘が酒の給仕など品位を落とすような手伝いをするのかと思ったが、やがて彼女自身もサヴォナローラの支持者なのがわかった。

「ぼくたちの会合は秘密なんだ」ジャンバッティスタが教えてくれた。「召使いに噂を広められるとまずい。シモネッタは信頼していいよ。妹も同志なんだ」

シモネッタはクラリスとはまったくちがうタイプの女性だった。濃い色の豊かな髪をきっちり束ねて地味なネットで包み、飾り気のない黒い質素なドレスを着ている。それでも美しい人だった。輝く白い肌やこげ茶色の大きな目は隠しようがない。ぼくは女に関わらないと決意したばかりで、彼女の美しさに目を留めてはいけなかったのだが、それは無理だった。

彼女のことが気になってしかたがなかった。ジャンバッティスタとシモネッタの名字は知らないし、親を見かけることもなかったが、兄妹が住んでいる家を見れば貴族の子なのは明らかだった。よくわからなかったのは、兄妹と同志たちがぼくになにを期待しているのかということだった。フラテスキのメンバーの中でぼくだけが労働者階級なのだ。

全員が黒服で髪を短くしていたので、作業服姿で伸び放題の巻き毛のぼくは目立つ存在だったが、身なりを変えろとはだれからも言われなかった。

初対面の日にダニエルが「この筋肉は使える」と言っていたのを思い出すと、彼らが求めているのはきっと、ぼくの若さと強さなのだろう。

それから何週間もたってすっかりメンバーに打ち解けてから、最初の晩からずっと気になっていたことを質問した。

「きみたちの指導者を死に追いやったのは、何者なんだ？　その頃はフィレンツェはすでに共和制になっていたのに、どうしてメディチ家を批判した人を処罰したんだ？」

「きみはまだまだなにも知らないな」フラ・パオロが厳《いか》めしい顔をした。

だが、ジャンバッティスタがぼくの無知をかばってくれた。

「フィレンツェ市民なら派閥に敏感だけど、田舎から来た若者が事情を知らないのは無理もないですよ。彼が疑問に思うのもしかたありません。ガブリエル、きみはもう同志なんだから、ちゃんと教えておかないとな」

「サヴォナローラはローマ教皇の怒りを買ってしまったんだ」ダニエルが言う。「教皇は、サヴォナローラは権力をにぎりすぎたと考えたんだ。それに、フィレンツェにもサヴォナローラに敵対するやつらがいた。アラビアーティだけじゃない。贅沢品や派手な遊びが好きな連中さ」

「コンパニャッチ。〈乱暴な同志〉という意味だ」とジャンバッティスタ。「ぼくたちみたいな貴族出身の若者グループが、サヴォナローラを陥れようと陰謀をはかったんだ。アルトビオンディという男がリーダーだ」

またアルトビオンディだ！

「そいつらは共和派なのか？」ぼくはロドヴィーコとの会話を思い起こしたが、まだ状況が把握できずにいた。

「いや、根っからのメディチ派だ」ダニエルが言う。「食卓やベッドで贅にふけるやつらさ。ベルベットやレースや香水や高価な食べ物を捨てられない」

「紫と緑の服がコンパニャッチの印だ」とドナート。「アルトビオンディ家の紋章の色でリーダーへの忠誠を示しているんだ」

本当にみんなが自分の支持する派閥の色を身につけているなら、危険は避けられる。それなら、自分もいずれ黒ずくめの服を着るようになるのだろうか。

5章　怒れる群れ

九月になり、故郷を出て初めての誕生日を迎えた。特別なできごとはなかったが、十八歳の少年だった頃と比べれば、十九歳になった自分はずっと大人に感じられた。

九月の中頃、兄は大理石の塊に最初の鑿を入れた。祝うべき瞬間だ。それまでは巨人の胸になるあたりを少し削り落としただけだった。

「羊飼いのマントには結び目か留め具が必要か……」と兄はつぶやいた。彫刻のこととなると、他人の意見は一切聞き入れない人だった。

兄は大理石のまわりを歩きながら木炭で下書きの印をつけ終えると、いよいよ大理石のかけらを飛びちらせながら彫りはじめた。仮設の工房に入るのをただひとり許されていたぼくは誇らしかった。といっても、まだ見ておもしろいようなものはない。

工房の片隅には大きな古い水盤があった。兄は洗いものをするような人ではないので、初めは不思議に思っていたが、ある日、兄は石膏像を水盤に沈めると言いだした。これには驚いたが、ふたりがかりで像を水盤に寝かせると、兄は像の全身がつかるまでポンプで水を注いだ。

仰向けに横たわった自分が溺れているようで、かわいそうな気がした。

水盤の底には小さな穴があり、栓を抜くと水が少しずつ落ちて排水溝に流れていく仕掛になっていた。

「わかるか?」アンジェロが言った。

像の左脚の膝が水面から突き出ているのが見えた。

「どこまで削り落とせばいいか、これでわかるんだ。毎日少しずつ水を減らしながら彫っていく。そのあとで形を見ながら細部を仕上げるんだ」

そう言ったきりアンジェロはだまりこんだ。

もともとあまりしゃべらないうえに、仕事に没頭するとさらに口数が減る。これが大理石にとりくみはじめた日のことで、ぼくはそのあとすぐに、アンジェロの仕事中には静かに入っていって、ひとりでパンとチーズを黙々と食べることを覚えた。

考えることはいくらでもあった。石工の稼ぎが安かったので、金を貯めて故郷でロザリアと結婚するまでには何年もかかりそうだった。今になって思うと恥ずかしい話だが、あの頃はロザリアが待っていることを信じて疑わなかった。クラリスの再婚で屈辱を味わったあと、最初の恋人ロザリアのもとに戻ることを決意し、別れた時点からそのままの関係を再開できると勝手に思っていた。

とはいえ、ほかの女たちにまったく関心がなかったわけではない。

ある朝早く政府庁舎前のシニョリーア広場を歩いていると、妙なことをしている女たちが目に入った。広場の一か所にかたまっていたかと思うと、周囲を見まわし、花束を落として逃げるように立ち去ったのだ。サヴォナローラが死んだ場所だとすぐに見当はついた。その中のひとりはシモネッタだった。

怒鳴り声とともに役人が走ってきて花を拾い、まわりを見た。ぼくは急いで女たちに近づいて、シモネッタに腕を差しだした。ほかのふたりは素早く姿をくらました。シモネッタが震えながら強く体を押しつけてきたので、腕に乳房の重みを感じた。

「大丈夫?」たずねると、彼女はやっとのことでうなずいた。「あんなことをしたら危険ですよ」

「見えていたんですか?」シモネッタは怯《おび》えるように茶色い目を見開いた。

「ああ、もう明るいから」

シモネッタが静かに泣きだし、ぼくは動揺した。大粒の涙が両目からこぼれて、広場の赤い石畳に落ちた。シモネッタは顔を拭こうともしない。

「夜中なら役人に見つからないでしょうけど、暗くなってから外を出歩くわけにはいかないんです。早朝も女だけで外に出るのは安全とは言えないけど、偉大な師を悼むためだから」

「家まで送っていきます。危ない目に遭って、まだ動揺しているでしょうから」

サヴォナローラの死んだ場所や彼にまつわるものに敬意を表することはフィレンツェの法律で禁じられていた。職場とは逆方向で仕事に遅れそうだったが、シモネッタを送っていくと思うとうれしかった。もちろん良心の呵責《かしゃく》などなかった。

家に着くと、シモネッタが勧めるワインを飲んだ。ワインを注ぐシモネッタを見ながら、またもやクラリスとは大ちがいだと思った。クラリスはいつも華やかなドレスをまとい、その優雅さが地味な顔立ちを補っていた。だが、シモネッタはつねに師が勧める黒い地味な服装で、レースもフリルも一切つけない。その質素な姿が美しかった。

カップを差しだしたシモネッタの手がぼくの手に軽く触れたとき、ぼくはよからぬ妄想を抱いた。

「少し待っていてください」と言い残してシモネッタは出ていき、飾り気のない木箱をもってくると、ふたをあけて中の泥のようなものを見せた。ぼくは愚かにも、なんだろ

う と 考えてしまった。

「絞首刑にされたあと、燃やされたんです。遺灰は川に捨てられました」

サヴォナローラの遺灰だけではなく、木の柱や同時に処刑されたふたりの修道士の遺体の灰も混じっていると指摘する気にはならなかった。シモネッタはそれが聖なる遺品だと固く信じていた。

「でも、仲間が何人か川に入っていって一部を回収してきてくれたんです。これをもっているのは忠実なフラテスキだけです」

このとき、ぼくはすでに忠実なフラテスキの一員になっていたのかもしれない。すでに死んだ人をあがめ、遺灰だと信じて泥を大事にもっている彼女に同調はできなかったが、この信心深い若い女性にすっかり魅了されていた。シモネッタは修道女のようで、人間の欲望の手が届かないところにいるべき存在なのに、裸の彼女を腕に抱く想像をせずにはいられない。彼女の兄やフラテスキのメンバーを怒らせるようなことをしでかす前に、急いでそこを出ようと思った。

ワインと木箱を見せてくれた礼を言ってそそくさと外に出ると、職場へ走り、腹痛で遅れたと嘘をついた。確かに、その日の午前中は熱に浮かされたように震えて仕事に集中できなかった。兄の言ったとおり、情欲とは厄介なものだ。

アンジェロは約束どおり二枚の大理石のレリーフを見せてくれた。ふたつともロレンツォ様がパトロンだった時期の作で、大理石もロレンツォ様から与えられたという。対照的な二作だった。

「おれの初めての本格的な彫刻だ」アンジェロは片方のレリーフをくるんだ布を開いた。「若くて経験の浅い彫刻家の作だとすぐにわかる」

そうは思えなかった。ぼくの目には美しいレリーフに映った。中央には階段にすわる聖母が描かれ、階段は左上に続いている。聖母は農民のように筋肉質な体つきで、ぼくの母に少し似ていた。乳房を布で隠していて、やはり筋肉質な幼子キリストが乳を飲み終えたばかりのようだ。全体が美しいアイボリー色で、ピカピカに磨きこまれ、何時間でもながめていたいほどだった。

「こっちはどうだ？　出来がいいだろう？」アンジェロはもうひとつの包みを開いた。まったくちがう雰囲気の作品だった。苦しげに身をよじる裸の男たちの群れがくっきりと浮きあがっている。

「これは？」

「古い物語で、ケンタウロスとラピタイ族の戦いだ」

「ケンタウロスは神話に出てくる半人半獣の生き物だよね。ラピタイ族っていうのは？」

「おれたちと同じ人間だ。ラピタイ族の王の結婚式に招待されたケンタウロスたちが酔っ払って悪ふざけをした。ケンタウロスのひとりが花嫁をさらっていこうとしたもんだから大騒ぎだ」

情景がありありと浮かんできた。激しくからみあう手足と筋肉。ワインの飲みすぎで結婚式が荒れるのはめずらしいことではないだろう。アンジェロのレリーフはその瞬間を鋭くとらえていた。そう告げるとアンジェロはうれしそうだった。


ジャンバッティスタの家でフラテスキの面々と過ごす時間が増えていった。じつをいうと、政治的思想より、彼の妹の魅力がその理由だった。ジャンバッティスタは、シモネッタがぼくに聖なる遺灰を見せたことをとがめなかった。シニョリーア広場での一件のあと彼女を家まで送り届けたと聞いて、ぼくを信頼したようだ。

試験に合格したぼくはフラテスキの中核メンバーとして迎えられたようなものだった。集会に行くときはいつも、シモネッタにひと目だけでも会いたい、指先だけでも触れたいと思っていた。それでも、自分が彼女の家から娘の相手として認められるなどという愚かな考えは抱かなかった。そんなことは望んでいなかったのかもしれない。ただ心の中にシモネッタがいることで、新たな夫に抱かれるクラリスの姿を思いえがかなくなったし、ロザリアのもとに帰るのは遠い先だと思いつめずにすんだ。

「やつらの計画を知りたいよな」ある晩ダニエルが言った。

「やつら？」ぼくはぼんやりシモネッタを見ていた。

「コンパニャッチに決まってるだろう」フラ・パオロが馬鹿にする目つきでこちらを見た。この修道士はぼくのことを高貴なフラテスキのメンバーにあるまじき田舎者だとみなしていた。

「ピエロ・デ・メディチを復活させようとしているんだろうな」ドナートが言った。

「それはもう失敗したんじゃないのか？」ぼくはたずねた。数年前にピエロが町の城門でなにか事件を起こしたという話をアンジェロから聞きかじっていた。

「ぶざまだったな、あれは」とジャンバッティスタ。「一四九七年だよ。ピエロは小隊を率いて南のほうの城門に行ったんだ」

「それで？」

「政府がピエロの支持者を全員とらえて人質にした」ドナートが答える。「コンパニャッチのお坊ちゃまが五十人以上だ。ピエロは大事な支持者が殺されれば権力がゆらぐから、見捨てるわけにはいかなかった。それですっかり落ちぶれたわけだ」

「八月には首謀者五人が処刑された」とダニエル。「そのひとりは町の最高執政官《ゴンファロニエーレ》だぜ」

「バルジェッロ宮殿で早朝の斬首刑だ」フラ・パオロが続けた。「ゴンファロニエーレ・ネロの首が落ちるまで斧《おの》を五回も振ったらしい」

　これをうれしそうに語るとは悪趣味だ。

「コンパニャッチとアラビアーティは五人が処刑されたことを恨んで、政府を許さなかった」ジャンバッティスタが言う。「やつらはピエロの復権をねらっているにちがいない。今度はもっと大勢で来るだろう」

「まさにアラビアーティ《怒る人たち》の名がぴったりだな」とドナート。「メディチ家を追放したがる者がいること自体に怒ってるんだ」

「どうしてそんなにメディチ家が大事なんだ?」ぼくにはよくわからなかった。

「金だ」フラ・パオロが説明する。「メディチ家は最初は毛織物で、のちには銀行業で富を築き、町の実権をにぎるようになった」

「ぼくの……友だちの、あの彫刻家が……」兄というのは避けた。「ロレンツォ様はすごいお方だと言ってたけど」

「まあ、いいこともしたけど、見方によっては、ほかのメディチ家のやつらと同じだぜ。

町を支配する権利があると思ってたんだからな」ダニエルが言った。「フィレンツェは共和制なのに！」とジュリオ。「百年前にコジモを追放したのが正しかったんだ。復帰を許したのがまちがいだ（注・史実では一四三三年に追放、翌三四年に復帰）。金で権力を買うなんてとんでもない」

会話がどんどん熱くなって異常な高まりを見せたとき、ダニエルが真剣な顔でこちらを見た。

「ガブリエル、やつらの計画をさぐってくれないか？」

「ぼくが？」

「そうだ。スパイとしてメディチ派の集会に忍びこむんだ」

「どうやって？　ぼくは貴族じゃないし」

「アルトビオンディにコネがあるだろ」ジャンバッティスタが声をひそめた。「奥方に」

ぼくは弾かれたように立ちあがった。そもそもフラテスキが声をかけてきたのは、それがねらいだったのか？　だが、クラリスとの関係を知っているなら、夫の館で歓迎されるはずがないじゃないか？　シモネッタも知っているのかと思うと、目も向けられなかった。

「そうだな。まともな服を用意しよう。その顔なら行けるぜ」ダニエルが言った。

翌日になっても、なんとかスパイの仕事を断れないか思い悩んでいた。それで、職場の外で若い娘が待っていることに、なかなか気づかなかった。服装を見て、初めはクラリスの家の小間使いかと思ったが、それなら半年前に初めてぼくをあの館に呼び入れた生意気な小娘ヴァンナが来そうなものだった。

その小間使いはぼくと同じ年頃の大柄な美人だった。つつましく目を伏せていたが、ぼくが外に出て手の粉をはたき落としていると、一瞬品定めするような目つきになってから声をかけてきた。

「うちの旦那様がお呼びです」

名前と住所が書かれた紙を差しだされた。

「旦那様？　なんの用だ？」

「存じません。主《あるじ》のアンドレア・ヴィスドミーニから、プロコンソロ通りの石工の工房にいるガブリエル・デル・ラウロ様に伝言をお渡しするよう言われてきました」

「どうしてぼくだとわかった？」

「それは、その……旦那様から……とても美しい方だと聞いて」お互いに気まずくなった。

「きみの名前は？」

「グラツィアです」彼女は貴婦人のようにおじぎをした。

「ぼくのことはガブリエルと呼んでくれ。今すぐ来いということなのかな？　体を洗いたいし、昼食がまだなんだ」

「お仕事が終わってからでいいそうです。道はおわかりですか？」

迎えにきてくれと言いたかったが言葉をのみこんだ。すでに複雑な女性関係にこの美人を加えるわけにはいかない。

名残惜しかったが、グラツィアを見送って兄の工房に向かった。入っていくと、兄は挨拶代わりに短いうなり声を出した。

ぼくが粉だらけの髪と白くなった手に柄杓《ひしゃく》で水をかけていると、アンジェロは低くかすれる声で笑った。

「そのうち、おまえとダヴィデ像の区別がだれにもつかなくなるぞ」

この言葉をのちのち何度も思い出すことになるのだが、そのときはなんとも思わず、いつものパンとチーズをかじりながら、アンドレア・ヴィスドミーニを知っているかたずねた。

「あの男がどうした？」

「会いたいって言われてさ。なんの用かわからないんだけど」

「ああ、金持ちで芸術家のパトロンだ。おれのほうに用があるんじゃないのか?」

「石工のガブリエルって名指しで呼びにきたんだ」

「で、行くのか?」

「行ったほうがいいと思うけど、どっちの側の人かが気になるな」

「おまえもフィレンツェ人らしくなってきたな」


仕事が終わるといつもの汚い荷袋をかつぎ、そのままヴィスドミーニ家に向かった。なんの用か知らないが、ありのままの自分を見せようと思った。自分はこの大きな町の労働者のひとりにすぎない。

従僕が戸口に出てきた。美人のグラツィアの姿は見えない。壮大な館の主階《ピアノ・ノビーレ》の応接間に通され、待たされた。兄の言ったとおり、周囲を取りかこむように置かれたブロンズ像や大理石像が、ヴィスドミーニは金持ちで趣味のいい人物なのを物語っていた。メディチ派の支持者にちがいない。

ところが、軽い足どりであらわれたのは、ぼくとそう歳の変わらない若者で、裕福なパトロンにはとても見えなかった。袖口にはレース飾り、丈の長い服は紫色のブロケード織りという立派な身なりだが、体つきが華奢《きゃしゃ》で、薄茶色の髪は長く、高めのきれいな声をしていた。

「やあ、ガブリエル！」近づいてくると、手の汚れを気にも留めず、子どもの頃からの知り合いのように握手した。埃まみれのぼくに、まったくひるんでいない。

「飲み物も出していないとは失礼したね。のどが渇いているだろ。一日じゅう石を切っていたらのどがからからだよね」召使いにワインと湯をもってくるよう命じた。

ワインも湯もありがたかった。そのしゃれた若者が物欲しそうな目で見つめている前で手や顔を洗った。腹をすかせた男の前に出された上質なチーズの気分だったが、なぜか恥ずかしくはなかった。

召使いが湯を下げると、ヴィスドミーニは自らぼくのゴブレットにワインを注ぎながらたずねた。

「きみは芸術家だよね？」

がっかりだった。やはり目当ては兄のほうだったのだ。

「いいえ、決められたとおりに石を切るだけの職人です。芸術家なのは、ぼくの……友人のミケランジェロです」

「きみはミケランジェロの家に住んでいるよね」

「父親のロドヴィーコの家です。ブオナローティ家はぼくの故郷のセッティニャーノ村に農場と石切り場をもっていて、うちの家族は昔から世話になってます」

「じゃあ、パトロンということかな？」

どう答えるべきか迷った。この男はぼくのパトロンになりたいのか？　その見返りは？

「どうして呼ばれたかと思ってるよね？　ぼくは父の遺産を受け継いだばかりなんだ」

父親の死を悲しむ様子はまったくない。「父はパトロンで美術品の蒐集《しゅうしゅう》家だった。亡きロレンツォ・デ・メディチの仲間だったんだ」

予想どおりだった。

「父のしてきたことを引き継ぎたいと思ってね。美しいものを買い集めたいんだ。これからは絵画の時代だ。うちの礼拝堂には宗教画がいろいろあるけど、そういうのじゃない。イーゼルに立てて部屋に飾れるような絵画だ」

なにを言いたいのかよくわからなかった。ぼくも兄も絵なんか描けないというのに。

「もっとワインはどう？」

ゴブレットにワインを注がれた。気をゆるめてはいけないと思ったが、一日じゅう酷使した体に上質のワインが入るとそうもいかなかった。

「画家に、ええと、援助をしているんですか？」

「そうなんだ。レオーネという若い男で、すばらしい画家がいる。ただし、モデルがいないんだよ」

ようやくなにを望まれているのか、わかってきた。

「レオーネのモデルになってくれないかな？」

ぼくはうろたえてしまい、なんと答えればいいかわからなかった。報酬は？　服は脱がなくていいのか？　兄の前では裸でポーズをとるが、それとはわけがちがう。見知らぬ画家やそのパトロンの目にさらされるのはいやだった。

「きみはいい体をしている。面と向かってそう言われるのにも慣れているだろう？　おまけにその顔立ち。まさにギリシャ神話の神々のようだ。ヘラクレスにもペルセウスにもなれる。もちろん報酬ははずむよ」

そのとき、ふと思った。この家に通うようになれば、アルトビオンディ夫妻に近づかなくても、フラテスキの面々がほしがっている情報を得られるかもしれない。

「この館で？」

「そうだよ。引き受けてくれるなら、中庭にレオーネのアトリエを作ろう。週に二回、石工の仕事のあとに来てくれれば、報酬として……」

提示された額は、石工の給料よりはるかによかった。稼ぎが倍になれば、その分まるまる貯金にまわせる。おまけに仲間が求めている情報を得られるなら、こんないい話はない。

「いいよ」口に出してから、無作法だと気づいた。「ええと、ありがたくお引き受けします」

ヴィスドミーニは薄いヘーゼル色の目でぼくを見ていた。なにを考えているのかさっぱりわからなかった。彼は笑顔でもう一度ぼくの手をにぎった。

「よかった。すばらしい。早ければ明日の夜からでも来てほしい。モデルの仕事が終わったら、おいしい夕食を出すよ」

ブオナローティ家の粗末な食卓を思い浮かべた。ヴィスドミーニ家でモデルをする前に向こうの家で食べてくる時間もある。貯金を減らすことなく、たらふく食えるわけだ。申し分のない話ではないか！

6章　母親たち

アンドレア・ヴィスドミーニと初めて会った翌日、兄の工房に行くと、見知らぬ人物がふたりいた。制作途中の像は布で隠され、ふたりからは見えていなかったが、兄が工房に人を入れるとは意外だった。

「来た来た！　うちのモデルだ」

兄が告げると、ふたりは笑顔でぼくの手をにぎり、長身のぼくを見あげながら自己紹介した。兄ジュリアーノ・ダ・サンガッロと弟アントニオ・ダ・サンガッロ。ジュリアーノが数年前に手がけた建物で有名になった建築家のサンガッロ兄弟だ。兄のほうはロレンツォ様のお気に入りだったので、メディチ家の食卓で少年時代のアンジェロと知り合った。弟は十歳年下だ。

ジュリアーノはひげのない知的な顔つきで、頭の回転が速そうな人だった。ゴンディ家の新たな館を建設中で、その現場から来たという。弟も似た外見で、ふたりともアンジェロの旧友らしい。ふたりとも平凡な中年紳士に見えたが、めったに人に気を許さないアンジェロが厚い信頼を寄せているようだった。

「今日は大事な日だぞ、ガブリエル。彼を裏返すんだ」

アンジェロに言われて、しばらくしてから像のことだと気づいた。つまり、ダヴィデ像の前面の作業が一段落して、これから裏にとりかかるわけだ。

顔がにやけるのをこらえた。昼休みには力をもて余したぼくが来るのを知っていたはずなのに、兄はこのふたりに手助けを頼んだ。年上のほうは五十近い歳だというのに！申し訳ないことに当時のぼくは、五十歳はもう年寄りだと思っていた。十九の誕生日を迎えてまもない小僧にとって五十歳とは、ローマのパンテオン神殿のような、話に聞くことはあっても自分の目で見るなど想像もしないような存在だったのだ。

アンジェロがサンガッロ兄弟を呼んだのは、腕力を当てにしたのではなく、誠実で思慮深い人たちだからだ。アンジェロが像にかけてある布を引こうとすると、兄弟は袖をまくった。

ところが、その作りかけの像を目にすると、三人とも言葉を失った。ぼくは模型を見てきたし、モデルは自分自身だが、この像は別格だった。大理石の中から巨人が飛びだそうとしていた。その顔はぼくの顔なのだが、斜めを向いた渋い表情は自分がまったく知らない顔だった。左脚が少し前に出ていて、右足が重心を支えることになる。前にだれかがあけていた穴をうまく利用し、左右の脚のすきまにしてあった。

自分と同じ顔をもつ巨人を見あげながら、その半身がまだ大理石の内部に埋もれていて、アンジェロの鑿で彫り出されるのを待っているように思えた。溶岩の塊に閉じこめられていた大男が、半分だけ脱け出してきたようにも見えた。

数週間でアンジェロがそこまで作業を進めて像を裏返せるほどになっていたとは知らなかった。この日ぼくは、この像は人々が正面から鑑賞するために高い台に設置するものではないと気づいた。アンジェロはこれを、まわりを歩きながらあらゆる角度から見あげられる作品にするつもりなのだ。

「そっくりだ」ジュリアーノがぼくを手で示した。「モデルがだれか、町じゅうがすぐ気づくだろうな」

「きみはダヴィデと呼ばれるようになるよ」アントニオが言った。「すばらしい名誉だ」

ダヴィデと呼ばれるようになるのは当たっていたが、もうひとつの言葉は当たらなかった。

昼休みいっぱいかけて、四人で巨人が半身をあらわした古い大理石の塊を白い腹が下になるよう返し、裏の荒い面にアンジェロが鑿を入れられるようにした。それがすむと、アンジェロはもってきたワインをあけた。ふだん家で飲むよりはるかに高級なワインだ。アントニオに教わった滑車とロープの仕掛けを使ったが、ほとんどぼくひとりの力で動かしたようなものだったので、のどが渇いてワインをごくごく飲んだ。そういえば、アンジェロはそのあとも大きな彫刻作品を立てるときにはこの仕掛けを使っていたらしい。

ぼくが仕事に戻るときには、三人は満足げに像をながめていた。赤ワインと力仕事で体が温まったのがありがたかった。もう冬で、キャンバス地のシャツの上に重ねた毛織物の上着の前をかき合わせながら、クラリスの館の前を通りすぎた。

クラリスはトルナブオーニ通りにあるアルトビオンディ家にすでに移っていて、もちろんぼくもそれは知っていた。石造りの館は打ち捨てられたような悲しげな姿に見えたが、もちろん石に感情はない。捨てられた気分なのはぼく自身だった。


ヴィスドミーニ家の初日は無事に過ぎていった。まずはブオナローティ家でいつにも増して質素な夕食をかきこむと、急いでセルヴィ通りに向かった。日が暮れてから時間がたっていて、真っ暗だった。フィレンツェの通りを歩くのにもすっかり慣れ、つねに背後の足音に聞き耳を立て、人の視線に気づくよう目配りをする癖がついていた。

アンドレア・ヴィスドミーニ家に着くと、画家のレオーネだけではなく、ヴィスドミーニ夫人にまで紹介されて驚いた。彼に妻がいたことも意外だった。金髪のほっそりとしたきれいな若い女性で、舌足らずな話し方をする。アンドレアは妻を妹のように扱った。レオーネは体格のいい若者で、獅子《しし》鼻とレスラーのような腕のもち主だった。この男が敵ではなくてよかったと思った。アンドレアは華奢な青白い妻をロビーに残して、レオーネとぼくを中庭に面したアトリエへ案内した。

アトリエのしつらえは信じられないほど整っていた。レオーネを横目で見ると、裕福で見識あるパトロンを得た幸運を嚙《か》みしめているのが伝わってきた。低い木製のテーブルには絵の具を作るのに必要なものがすべてそろい、材料をすりつぶす見習い小僧までいた。その子は三本脚の丸椅子にすわって居眠りしていたが、ぼくたちが入っていくと飛び起きた。

キャンバスや絵の具だけではない。部屋には大きな窓のほかに天窓まであり、ベルベットのソファや、小道具に使う豪華なタペストリーや布も用意されていた。真鍮《しんちゅう》の水差し、水の入った鉢、白鑞《しろめ》（訳注・錫と鉛の合金）製のピッチャーにはワイン、鉢に盛ったフルーツ。そのままで静物画を描けそうなアトリエだった。

幸運な画家だ。

燭台の灯《あか》りが部屋を明るく照らしていたが、冬の夜はスケッチや色塗りにはいい時期ではない。ここに来るまで思いいたらなかったが、こんな時期だということを考えれば、ヴィスドミーニの申し出た額は破格だった。

パトロンは画家とぼくと少年を残して出ていった。レオーネが今夜は絵の具はいらないと言うと、少年はテーブルの下の藁《わら》のマットに寝そべった。今夜はぼくの頭部の最初のスケッチだけでいいようだ。

「きみはじっとしているのがうまいな」

ダヴィデ像の模型のモデルを務めたことを話すと、レオーネは顔を輝かせた。

「あの偉大なミケランジェロのモデルを?」

「ああ。今、ぼくは彼の父親の家に住んでるから、頼みやすかったんじゃないかな」

レオーネが兄のことを高く評価しているのはうれしかった。スケッチは二時間ほどで、すわったポーズだったので保つのは難しくなかった。だんだんきつくなっていくだろうが、今夜のところは楽なわりにいい報酬だと思った。

時間になると、レオーネは小さな鐘を鳴らし、うれしいことにグラツィアが食事を運んできた。肉とパンとオリーブと野菜のオリーブオイル漬け《ソット・オーリオ》。上質なワインのピッチャーもあった。

「しばらくしゃべっていかないか」レオーネがグラツィアに言った。ぼくも同じことを言おうと思っていた。

「旦那様から、これ」グラッツィアはぼくに金の入った袋を渡すと、見習い小僧の丸椅子にすわり、ワインを少し口にした。

「ガブリエルは最高のモデルなんだ」レオーネがグラッツィアの前でぼくの名前を出したのがうれしかった。忘れられているかもしれないと思っていたからだ。

「見てもいい？」グラッツィアはスケッチに手を伸ばした。

いい傾向だった。紙とぼくを見比べるだろうから。レオーネは三つ以上のアングルからスケッチをしていた。

「だれの絵になるの？」グラッツィアは今夜はとても気さくにしゃべる。

「ヘラクレスだ。彼の体格ならぴったりだろ？」

グラッツィアに賞賛の目で見つめられて気をよくしていると、意外な人物が入ってきた。グラッツィアがぴょんと立ちあがってワインをこぼしたのを見て、ぼくも気づいた。

「奥様！」

「いいのよ、グラッツィア」ヴィスドミーニ夫人だった。「順調にいっているか見にきただけなの。ガブリエルにちゃんとお給料と夕食が届いているか見てこいと主人が言うから。主人は今夜は用があって出かけたのよ」

「ありがとうございます、奥様。よくしてもらってます」ぼくは答えた。

そのあと、ヴィスドミーニ夫人もグラッツィアと同じく絵を見たがった。本当に夫に頼まれて様子を見にきたのか、それともただの好奇心からなのかわからないが、美人がもうひとり、ぼくの容姿に視線を注ぐのは悪い気がしなかった。

夜の仕事にすっかり満足して帰宅すると、もらった金をマットレスの下に隠した。モデルの仕事は石を切って加工するよりずっと楽だ。


聖ニコラの祭日が月曜日に当たって、休みが二日続いた。夜にはレオーネのモデルをする予定だったが、アンジェロに教会に誘われて、喜んでついていった。最近ではダヴィデ像の作業中以外にいっしょに過ごす時間はほとんどなかったのだ。

サンタ・クローチェ教会はブオナローティ家の最寄りの大きな教会で、一家はいつもそこに通っていた。礼拝のあと、この日の目的がわかった。兄弟と父がそろって墓地に行き、簡素な墓石の前に並んだ。

フランチェスカ・ディ・ネリ・デル・ミニアート・ディ・シエナ
一四五五―一四八一

ロドヴィーコ・ディ・リオナルド・ディ・ブオナローティ・シモーニの愛する妻

アンジェロの母に祈りを捧げに来たのだ。

「二十年前の今日、亡くなったんだ」アンジェロがささやいた。

その直後にぼくを身ごもったと母が言っていた。思い出すと妙な気分になり、気をそらそうと墓石に書かれた年号に目をやった。

「二十六歳の若さで？」ロドヴィーコがそばにいたので声をひそめた。そんな若い妻には釣りあわない老人だ。

「そうだ。今のおれと同じ歳だ。母さんは永遠に二十六歳のままなんだ」

言葉がみつからなかった。フランチェスカに会ったことはないが、アンジェロから何度も話は聞いていた。六歳で母を亡くしたアンジェロ。しかも母とともに過ごした時間はあまりに少なかった。それでも母は理想の女性だった。アンジェロはローマのピエタの像で名声を博したが、その聖母は自分の母の顔だと聞いたことがある。それが本当なら、フランチェスカ・ディ・ネリは、ここサンタ・クローチェ教会の粗末な墓石よりはるかにすばらしい記念碑をもっていることになる。

「出産で無理をしたせいだ。八年間に五人の息子を産んだんだぞ！」アンジェロは小声で言った。「生きて育った息子だけでも五人だ。ジスモンドを産んだときに、とうとう死んでしまった」父親をにらみながら吐き捨てるように言った。「獣の欲望だな。前にも言っただろ。女は避けたほうがいい」

「それじゃ世の中から人間がいなくなるじゃないか。それに、ぼくには結婚しろって言ったくせに」

アンジェロは両手で目をこすった。「そうだな。気にしないでくれ。母さんにもっと長生きしてほしかっただけなんだ。おれの仕事を見てほしかった」

ロドヴィーコと兄弟たちは墓地から出ていったので、ぼくもアンジェロをひとりにしてやろうと思い、離れようとした。

ところが、アンジェロはぼくの腕をつかんだ。

「なあ。今から生きてる母さんに会いにいこう」

ふたりでセッティニャーノ村まで歩こうというのだ。胸が弾んだ。

兄と埃の立つ道を通って故郷の村に足を踏み入れると、最高に美しい光景が広がった。曇った寒い日で、暗くなってからの帰り道は骨まで冷えるだろうと思ったが、前となにも変わらない質素なわが家を目にするのはよいものだった。

母は驚いて、兄とぼくのどちらに先にキスするか戸惑った。父はふたりの肩を強く抱きよせた。姉たちは笑い声や甲高い歓声とともに幼い甥や姪《めい》を連れてきた。歓迎が一段落すると、母はぼくたちに出す聖ニコラの日のごちそうが足りないと気をもみはじめた。なんのみやげももたずに来たことが恥ずかしかったが、アンジェロの提案が突然だったので金をとりに帰る暇もなかった。

アンジェロのほうはもってきた銀貨の袋を父に渡した。それから、子どものおもちゃ用に木材を彫りはじめたので、ぼくも手伝った。今までたずねそびれていたが、あのときの木彫りのオオカミやクマやライオンやイヌはまだ残っているだろうか。ミケランジェロの手による彫刻作品だ。今あれば莫大な値がつく。

母の手料理を食べたあと、ぼくはじっとしていられなくなってロザリアを探しにいった。いざ会えるときになって、彼女に歓迎されるか不安になったが、その必要はなかった。

窓越しにぼくの姿を見ると、彼女は叫びながら飛びだしてきた。離れている九か月のあいだに互いに誕生日を迎えたので、ロザリアは今や花盛りの十六歳だ。ふたりきりになりたかったが、祭日の食卓にそろっていた家族が、町でのぼくの様子を知りたくてうずうずしていた。

まずい部分はもちろん省いて話した。すぐに夕暮れが迫り、長い道のりを歩きはじめなければならなかった。ロザリアはぼくのうちまでついてきた。

「つらいわ。ずっと待っていたのに、ほんの一時間しかいっしょにいられないなんて」ロザリアの目から涙がこぼれた。聖ニコラの日の贈りものさえ買ってやれなかった貧しい自分が情けなかった。

抱きしめて別れのキスをしながら、さらに自分が許せなくなった。彼女の純粋な愛を裏切ったとは、ネズミか虫けらも同然だ。

町に向けて出発する頃には、胸の中でいくつもの感情が渦巻いていた。アンジェロのほうは対照的にとても穏やかだった。

「いい家族だな」

ぼくは不機嫌な声を出しただけだった。

「それに、あんなかわいい恋人がいるとは、おまえは幸せな悪魔だな。彼女のことは本気なのか？」

「本気だよ」そう答えたものの、そのときはロザリアに心底申し訳ないと思っていた。アンジェロは横目でこちらを見た。風の中でぼくたちはマントで顔を隠すように歩いていたが、兄が疑っているのは明らかだった。

「気楽に行け。フィレンツェでは馬鹿げたゲームに関わっているようだが、あの村娘に知らせることはない。金を貯めたら村に戻って結婚すればいい。そのあと彼女ひと筋で行けば、なんとかなるさ」

結局そのとおりになった。もっと早く兄の忠告に従っていればよかったのにと思わずにはいられない。

ブオナローティ家に帰っても、ゆっくり食事をとる時間などなかった。亡き妻を忍んで息子たち全員と一日を過ごそうと思っていたロドヴィーコは不機嫌だった。アンジェロがなにも言わずに消えたのだから怒るのも無理はない。

ぼくは逃げるようにヴィスドミーニ家に向かったが、それでも少し遅れてしまった。頭の中は母親たちのことでいっぱいだった。自分の生きている母親と、アンジェロの死んだ母親。そして、いつかぼくの子の母親になるロザリア。そう思ったら、クラリスのことがまた浮かんでしまった。ぼくの子を宿し、そろそろ腹が大きくなろうとしているクラリス。たった九か月で、自分の人生をめちゃくちゃにしてしまったような気がした。

レオーネのアトリエに着くと、グラツィアが気持ちのいい笑顔で迎えてくれた。ぼくもほほ笑んだ。人生そう悪くないのかもしれない。

レオーネはライオンの毛皮をまとうヘラクレスを描くために、裸になって一枚の布を肩にかけてくれと言った。小さな火鉢には火が入っていて、横には薪が積んである。見習いの少年が薪をくべるために起きているので、寒くはないだろう。

画家がスケッチを始めてまもなく、背後の扉があいた。布で前を隠したかったが、動かずにこらえた。上質な布が床の石にすれる音とともに、アンドレア・ヴィスドミーニの姿が目に入った。ヴィスドミーニはぼくのまわりを一周してから、レオーネの絵に見入った。

ろうそくと火鉢の灯りのおかげで主人に顔色を見られずにすんでよかった。主人は値踏みするようにぼくと絵をじろじろ見比べた。ぼくを買いたがっているかのように。ある意味、そうだったのかもしれない。

もうこの館に来るのはやめようかと思っていると、また扉があいた。息をのむ音がして、入ってきたのは女性だとわかった。今度は布で股間を隠して振り向くと、グラツィアが口をおさえて立っていた。ヴィスドミーニがにやけた顔で言った。

「なんの用だ？　わたしが忙しいのがわからないか？」

「も、申し訳ありません、旦那様。ですが、お客様です。アルトビオンディ様とお友だちがいらっしゃいました」

ぼくは服を引っつかんで逃げだした。今夜は給料も夕食もなしでいい。

7章　始まりと終わり

いい稼ぎ口を失ったと悔やんだが、裸でいるところに合図もなしに人が入ってくるなど耐えられなかった。翌日、石工の仕事に向かいながら自分の神経質さにいやけが差してきた。給料と食事だけではない。グラツィアが告げた客の名前は、ヴィスドミーニがメディチ派の陰謀に深く関わっているという推測を裏づけていた。フラテスキの力になれる機会をみすみす逃したのかもしれない。

ところが、心配は無用だった。翌朝まだ早いうちから、ヴィスドミーニ本人がぼくの職場の前で待っていたのだ。両手を広げ、顔に後悔をにじませて近づいてきた。

「ガブリエル！　ゆうべのことは本当に申し訳なかった。なんとか気を直してレオーネのモデルを続けてくれないかな」

金持ちの男が自分に対してそんな態度をとるなど初めてのことで、妙に落ちつかなかった。

ヴィスドミーニは金の入った袋を出して、なおも謝りながらぼくの手に押しつけた。ふだんの給料より大きな袋だった。

「アトリエの扉の内側にかんぬきをとりつけているところだ。きみがアトリエにいるときは、必ずノックをして、きみが、ええと、落ちついた状態になるまで、返事を待ってから入るという決まりにするよ。もちろん、わたし自身も決まりは守る」

本心から悔いているようだったが、約束を破って逃げだしたのはぼくのほうだ。

「謝るのはこちらのほうです。仕事の途中で出ていって、すみませんでした。驚いたものですから」

「当然のことだ。あんなことは二度と起こらないようにするから、また来ると言ってくれるよね。レオーネはヘラクレスが未完成になってしまうと心配しているんだ」

返す言葉などあるだろうか？　金をもらう筋合いはなかったが、ヴィスドミーニが引かないので受けとった。仕事が終わるとすぐに買い物に行き、もらった金を全部使ってロザリアのために小さなカメオの指輪を買った。

数日後に恋人宛ての小さな包みを荷馬車で送った。キリストの誕生日の前には、セッティニャーノ村の代書屋が書いた手紙が届いた。ロザリアが指輪をもらった喜びを素朴な言葉で伝えてきたので、ヘラクレスの裸体に見入るパトロンの目つきのことはぼくの頭から消えていった。

ヴィスドミーニは約束を守り、グラッツィアは給料と食事を運んでくるときには扉をノックするようになった。レオーネはぼくが服を着るまでグラッツィアを待たせるようになった。ぼくはレオーネとともに食事をとるのが習慣になった。グラッツィアはときにはすわってワインを飲むが、急ぎの用事があるときはふたりを残して去っていく。

レオーネは絵に色を塗りはじめ、緑と茶色の混じった背景からヘラクレスが浮きあがってきた。その筋肉は黄褐色のライオンの毛皮のように輝いていた。

モデルの仕事がない日は、サン・マルコ修道院のそばのフラテスキの集まりに加わった。メディチ派の重要人物の家の雇われ人になったことを告げると、もうだれもアルトビオンディのグループに潜入しろとは言わなくなった。

しかし、あの屈辱の夜にヴィスドミーニの家にメディチ派が集まっていたことを知ったあとは、彼らの様子は一切耳に入ってこなかった。やがて、ヴィスドミーニ家の内部にいるとはいえ、これでは主人のサロンでなにが起きているか知るすべはなく、むしろ通りから人の出入りを見張っているほうがいいとさえ思えてきた。

年が変わっても新たな情報はつかめず、男女の関係を利用したほうがいい結果につながるのではないかなどと思いはじめていた。

ある晩、画家の前でポーズをとりはじめて三十分もしないうちに、アトリエの扉をせわしなくたたく音がした。

「ちくしょう！　仕事の邪魔をするのはだれだ？」レオーネがぼやいた。

ぼくは急いで服を着た。

食事が出るには早すぎたが、ノックしたのはグラツィアだった。主人から急ぎの伝言を届けにきた。

「お仲間に絵を見せたいそうよ。もうすぐここに来るわ」

レオーネはなにやら悪態をついた。画家はたいてい仕上がるまでは人に絵を見られたくないものだ。とはいえ断れるわけもなかった。パトロンに場所と食事と衣服をあてがわれ、材料費もすべて出してもらい、最後には絵を買いあげてもらうのだ。レオーネにはなんの権限もなかった。そもそも、ヴィスドミーニはレオーネの絵の構想にふさわしいモデルとしてぼくを選んだというよりは、ぼくがヘラクレスになった絵をほしかったためにその題材を注文したのだろう。

大勢が入ってきたが、そのリーダー格はアルトビオンディだった。ついに彼が初めてぼくに視線を向けるときがやってきた。

「いい画家をおもちだな。そっくりだ」アルトビオンディはぼくとキャンバスを見比べながらヴィスドミーニに言った。「今どきどこでこんな立派なヘラクレスを見つけてきたんだ?」

「プロコンソロ通りですよ」パトロンは笑った。「どうです、素手でライオンを倒せそうな筋肉。ガブリエル、見せてごらん」

袖をまくられ、力こぶを出すように拳をにぎらされた。屈辱で顔が熱くなったが、すべての怒りを拳にこめた。本当はアルトビオンディの顔を殴ってやりたかった。

「これは見事だな」アルトビオンディは友人から新しい猟犬か鷹《たか》でも見せられたような口ぶりだった。

あんたの奥さんも同感だろうな、と舌の先まで出かかったが、アルトビオンディがベルトにさげている剣で追いまわされたくはなかったのでだまっていた。

男たちは長居はしなかった。ヴィスドミーニはお抱え画家と立派なアトリエと飼いならしたヘラクレスを見せびらかしたかっただけで、仲間の賞賛を浴びて満足したのだ。一行はなにやら階上でやっていたことに戻っていった。

「貴族め!」レオーネがぼやいて、客が押しつけていった硬貨の重さを量るように手を上下させた。ぼくもかなりの額をもらっていて、マットレスの下の結婚資金にすべて入れようかと思ったが、ふたりとも少しグラッツィアに分けることにした。

「そんな！　わたしは自分の仕事をしているだけなのに」グラツィアは驚きながらも喜んでくれた。

「おれたちだってそうだ」レオーネの言葉で、彼も小間使いやモデルと同じく使用人のひとりなのだと初めて気づいた。「あいつらには反吐《へど》が出る。きれいな服を着て、お高くとまって、生まれながらに人を使う権利があると思いこんでいやがる」

革新的な思想だ。ぼくはつい、ヴィスドミーニの仲間のひとりが美人の小間使いやぼくが目当てでこっそり残っているのではと背後を見まわしたが、だれもいなかった。

「貴族が嫌いなんですか？」小声でたずねた。

「そう思わない労働者がいるかよ？」レオーネは反感をむき出しにした。「とはいえ、おれはパトロンに頼っているけどな」

アルトビオンディが投げるようによこした硬貨が手の中で燃えるように熱い。

「ぼくも同じ考えです。共和派で」

「けど、サン・プロコロ地区にいるきみの仲間の彫刻家はメディチ派じゃないか」

仕事は中断した。グラツィアも真剣に話を聞いている。

「子どもの頃からロレンツォ・デ・メディチに世話になったから、メディチ家には恩があるんです。けど、サヴォナローラを支持するようになりました。兄弟のうちほかのふたりも。いちばん上の兄は今もサン・マルコ修道院の修道士ですよ」

口に出してしまった。レオーネは壁に耳ありというように周囲を見まわした。

「きみはどうなんだ？　フラテスキなのか？」

うなずくと、手をにぎられた。

「ここではこれ以上の話はよそう。けど、仲間だとわかって気分が明るくなった」

レオーネはグラツィアに目を向けた。「秘密にしておいてくれるか？　労働者は団結するべきなんだ」

「じゃあ、上の階でどんな話をしているか教えるわ。給仕に行くとき耳に入ってくるの。ああ、そろそろワインをもっていかなくちゃ。お客様が飲み食いしてるときにここに長居してたら怒られるから」

「上でどんな話をしてるんだ？　今まで聞いたのは？」ぼくはたずねた。

「あの人たち、メディチ家を復興させようとしてるの」

「それは周知の事実だ。メディチ家が戻ってくれれば、自分たちのポケットも前のように潤うと思ってやがる」レオーネが言った。

「で、具体的には？」ぼくはなおもたずねた。陰謀の詳細をさぐるチャンスだ。

遠くでベルが鳴り、グラツィアは慌てて立ちあがった。

「もう行かなきゃ。明日は聖レミギウスの祭日だから、あたし半日休めるの。正午に洗礼堂で会いましょう。知ってること全部教えるわ」

グラツィアが出ていくと、レオーネはにやけた顔でぼくを見てから、かんぬきをかけた。

「おれに教えると言わなかったよな。さあ、そろそろ服を脱いでくれ。おれたちはおしゃべりするために金をもらってるわけじゃないからな」

洗礼堂の前で待っていると鐘楼の鐘が正午を告げ、見まちがえるように豪華な服を着たグラツィアがあらわれた。モスグリーンのベルベットのドレスは女主人のおさがりだとすぐにわかった。赤茶色の外套《がいとう》で半分しか覆っていないのは、見せたいからだろう。髪には深紅色のリボン。アクセサリーはもっていないのか、なにもつけていなかったが、その寒い一月の昼どき、町のだれよりもきれいだった。

町には若い男が若い女を連れていける暖かい場所はほとんどなかった。とくに祭日だったからなおさらだ。だが、ぼくは近くのパン屋が休日でもかまどに火を入れているのを知っていた。そのパン屋はブオナローティ一家と縁があり、ぼくも数か月前から親しくしてもらっていた。店主のガンディーニにはいい家の出の美人の奥さんがいて、しきりと肖像画をほしがっていたので、芸術家に近づきたかったのだろう。

それでグラツィアをガンディーニの店に連れていき、温かいロールパンを買って店の隅で食べた。飲食する店ではないが、常連客が何人か来ていて、奥さんが聖レミギウスの祭日だからとスパイス入りホットワインを出してくれた。

グラツィアと並んで心地よい店の一角にすわっていると、はたからは貴重な休日を楽しむ恋人同士に見えることに気づき、ロザリアのことを打ちあけなければと思った。

ところが、グラツィアは声をひそめ、早口でヴィスドミーニたちの密談について話しはじめた。彼女のほうはこれをデートだなどとは思っていないのは確かだ。

「あの人たちがメディチ家の当主として推してるのは、ひとりじゃないの。前はピエロだったけど、いろいろあったからもう期待してないみたい。今話題になっているのはジョヴァンニ。ローマで枢機卿をしている人よ。それから、もうひとり……ジュリアーノだっけ？　ちがう、ジュリオね。ロレンツォ様の弟の私生児だけど、あの人たちはジュリオを、殺された父親の跡継ぎにしようと画策してる」

どきりとした。久しぶりにクラリスのことを思い浮かべた。貴族が妻以外の女に産ませた子は高い位につく。だが、ぼくのような庶民の子どもは話が別だ。

それでも、フラテスキの連中に伝えるべき役立つ情報だった。

「メディチ家を町に戻す時期については、なにか知ってるか?」

とても親密な雰囲気だった。パン屋で身を寄せあって暖をとりながら、顔と顔が触れそうになっている。外の通りには霜がおりていた。

「いいえ、部分的にしか聞いてないのよ。今の話だって何週間もかかってやっとわかってきたの」

「貴重な情報、助かるよ。けど、きみを危険な目に遭わせたくない」

「どうして助かるの? なにに使うの?」

「ぼくがメディチ家寄りじゃないのは知ってるだろ。じつは、そういう情報をほしがってる、ええと……仲間がいて」

「仲間って、なにをしようとしてる人たちなの?」それはぼくもよく知らなかった。

「ほかになにか知ってることはないか?」

グラツィアの手をにぎりながらたずねた。荒れた手だった。クラリスとはちがう。ロザリアと同じ、働いて荒れた手。グラツィアもロザリアも立派に働いている。グラツィアは顔を赤らめたが、引っ込めようとはしなかった。

「ねえ、レオーネの絵のモデルをしたあと、まっすぐ家に帰らなくてもいいのよ」

確かに、いつも食事がすむとグラツィアが見送ってくれていた。ランタンをもってぼくが裏口を出るのを見届けてから鍵をかける。それが一日の最後の役目なのだろう。

「帰る前にあたしの部屋に寄ってくれたら、新しい情報を教えてあげる。あたし、自分の部屋をもってるのよ」

自室があるとは、主人に気に入られている待遇のいい使用人なのだろう。だが、彼女の寝室でふたりきりになると思うと、新たな危険を感じた。仲間のために彼女からの情報がほしいが、その代償は高く、そして甘いだろう。


アンジェロは像の仕上げにとりかかっていた。表側の細部を彫れるように、もう一度像を裏返してある。

「頭のてっぺんは彫らずに残しておく」アンジェロが言った。

足場にのぼっていってダヴィデの頭頂部を見ると、巻き毛のてっぺんに鑿を入れていない粗い大理石の面が残っていた。思わず手が自分の頭に行き、アンジェロがかすれた声で笑った。さびた錠前の中で鍵がまわるような声だ。

「なんのために?」

「もとの大理石の端がわかるようにだ。こうしておけば、大理石の全体を使って、なにも継ぎ足さずに仕上げたことが、造営局の連中にもわかるだろ」

古びた四角い大理石から、中に閉じこめられていた人物を呼び起こす方法を見出《みいだ》したというプライドを示すためだった。

「天才だね」ぼくは本当にそう思っていた。兄以外のだれがこんなことを成し遂げられるだろう？　だからこそ兄は引き受けたのだ。与えられた制限に挑むことが兄の喜びだった。打ち捨てられ、人が見向きもしなかった大理石から、そこそこの出来の像を作るのではなく、人々が息をのむすばらしい芸術作品を作りたかったのだ。

モデルを務め、大理石から像が育っていくのを日々見ていたぼくでさえ息をのんだ。サンガッロ兄弟のほかはまだだれもこの像を拝む特権を得ていない。いずれ公開されるときのフィレンツェ市民の驚きが目に浮かぶようだった。フラテスキは賞賛するだろうが、メディチ派はちがう反応を見せるだろう。

ダヴィデ像は、抵抗を象徴していた。まるで、羊飼いの若者が手にした投石器の革ひもにその言葉がきざまれているかのように。野原で働く庶民が投石器と石だけをもって、鎧に身を固めた巨人に挑みにいく。物語の結末はだれもが知っているから、アンジェロはそれを表現する必要はない。ダヴィデの足元に兜《かぶと》をかぶった血まみれのゴリアテの頭部が転がっていなくてもいいのだ。

ダヴィデの目に光る決意と、顔ににじむ集中力は、彼が放つ石が巨人の眉間を直撃し、一発で相手が倒れることを物語っている。ダヴィデは自分に似せて作られたものだが、ぼくは初めて自分がダヴィデに似ていると感じた。ぼくはわずかな情報と共和制への熱い理想だけで武装し、町の歴史上もっとも有名で権力のある一族に戦いを挑もうとしていた。

アンジェロがダヴィデを裸の像にした理由がよくわかった。不可能な難題に立ち向かうとき、人は自分が裸のように感じるものだ。

足場からおりていくと、アンジェロが笑顔で待っていた。

「このあいだ、また別の美人といっしょにいるのを見かけたぞ。おれの忠告に従うんじゃなかったのか?」

言葉に詰まった。メディチ派の陰謀について聞くためにグラツィアの部屋を訪ねるようになると、当然のなりゆきが待っていた。ロザリアに対する罪悪感は、グラツィアからの情報は陰謀をとめるために必要だからと自分に言い聞かせてのみこんだ。そしてぼくの臆病さのせいで、グラツィアはロザリアの存在をまだ知らずにいた。

グラツィアとの関係が始まって何週間かたち、すでにぼくはフラテスキに多くの情報を流していた。今回、コンパニャッチはゆっくり作戦を進めるようだった。ピエロもほかのメディチ家の跡継ぎも、間に合わせの小隊を引き連れて城門に突然あらわれることはないだろう。首謀者たちは派閥のメンバーの安全を確保してから憎まれ者の暴君を権力の座に戻そうと、周到に準備しているようだった。

二月の末、アルトビオンディがまたヴィスドミーニの家にやってきたとグラッツィアから聞かされた。今回はひとりだった。

「息子が生まれたお祝いに乾杯をしていたわ」ベッドで互いの体に腕をまわしてくつろぎながら、グラッツィアが言った。

「息子?」まぬけなことをきいたものだ。

「ええ、新しい奥さんよ。ブオンヴィチーニ家の未亡人だった人が、跡とり息子を産んだって」

グラッツィアに顔を見られていなくて助かった。自分の息子が生まれたのだ! 貴族の男として成長し、おそらくはコンパニャッチになる息子。彼は実の父親が力仕事をする庶民で、共和派だと知ることはないだろう。そう思うといくつもの感情がせめぎ合い、じっと横たわっていられない思いだった。だが、グラッツィアにはクラリスとの関係を知られたくなかった。ロザリアのことさえ隠していたのだから。そう、ぼくは臆病なだけではなく、ろくでなしだった。わかっていても、どうしようもなかった。

「その子の名前は聞いた？」平静を装ってたずねた。

「どうして？　聞いたけど」グラッツィアはぼくが興味を示したのが意外なようだった。

「ダヴィデに乾杯って」

ダヴィデとは！　クラリスはぼくを忘れたわけではなかった。これはぼくに知らせるための暗号だ。彼女は決して忘れない。初めての息子が衣装箱の底に隠した似顔絵の人物の子だと。

8章　脅しと噂

そのあとの数か月のことはろくに覚えていない。その前後の記憶は鮮やかなのに、おかしなものだ。だが、ダヴィデ・ディ・アントネッロ・デ・アルトビオンディという名の子どもが生まれて最初の数か月は、自分のことがまったくわからなくなっていた。

ぼくは毎日工房に働きに行く石工だった。週に二晩はレオーネの前でポーズをとるモデルで、初めはヘラクレスに、次はバッカスになった。そのほかの晩は集会に顔を出すフラテスキのスパイ。そして、ふたりの女の恋人——それもクラリスを数に入れずに。

ところが、自分がどんな気持ちでいたかというと、なにひとつ思い出せない。おそらくその年の春から初夏まで、夢の中にいるか、強打されて脳が麻痺《まひ》したかのような状態だったのだろう。当時のぼくは目に見えない大理石の中に閉じこめられた像だった。感情を失い、そこから逃げられずにいた。いや、逃げようという意思さえもてなかった。

そして、ちょうどそれはフィレンツェが恐怖に怯えた時期だった。メディチ家ともサヴォナローラとも無関係の恐るべき敵が町に迫っていたのだ。

パン屋のガンディーニに聞かされた。「チェーザレ・ボルジアっていう男が危険なんだ」

ぼくは名前もろくに知らなかったが、重要なのはその男がローマ教皇の息子だという点だった。町の噂では、怪物と英雄がひとつになったような人物で、打ち負かすこともあざむくこともできないという。チェーザレ・ボルジアは多くの人を死に追いやり、多くの女の恋心を奪った。とにかくフィレンツェじゅうの人が彼の噂をしていた。

「もとは枢機卿だったんだって」グラツィアに教えられた。「父親も枢機卿だったの。今ではローマ教皇だけどね。でも、チェーザレは枢機卿の座を捨てたのよ」

「どうして?」気のない受け答えをした。当時はそんなことはどうでもいいと思っていたのだ。

「噂では、お兄さんに毒を盛ったらしいの（訳注・兄は刺殺されたという説もある）。お兄さんもチェーザレも、末の弟の奥さんと関係をもってたんだって。そんなの信じられる?」

わが身を振り返ると他人の恋愛事情に口を出せる分際ではなかったが、教会の高位の人間がそんなことをするとはおぞましいと言いたげな顔をしてみせた。

「チェーザレはフランス国王から公爵に任命されて、聖職者から戦士になったというわけ。五人の傭兵《ようへい》隊長といっしょにローマ教皇の軍隊を率いているの」

「けど、ぼくたちには関係ないだろ？　ローマの軍隊の話が、どうしてフィレンツェで騒がれてるんだ？」

「町の噂を聞いてないの？　その傭兵隊長のひとりがヴィテロッツォ・ヴィテッリなのよ！」

それを聞いてもぴんと来なかった。そんなぼくを見てグラツィアがいらだった。

「ヴィテッリはね、前はフィレンツェと組んでピサの軍と戦ったのよ」

「なら、フィレンツェの味方？」

「だからね、今はちがうの！　何年か前にお兄さんのパオロがフィレンツェの裏切りのせいで死んだから、彼は復讐《ふくしゅう》を誓ったの。ヴィテッリもチェーザレも田舎をうろつきながら、フィレンツェにどんどん迫ってきてるんだって。ふたりが組んでフィレンツェに攻めこんできたら大変なことになるわよ！」

そのあとまもなく、グラツィアの不安が的中しそうになった。傭兵隊長ヴィテッリがアレッツォの町を征服したという知らせがフィレンツェに届いたのだ。こうなったらフィレンツェ市民も穏やかではいられない。

ブオナローティ家では、フィレンツェ政府がローマ教皇アレクサンデル六世に介入を求めて大使を派遣したという噂でもちきりだった。その返答を待つフィレンツェ市民のあいだで緊張が高まってきた頃、新たに恐ろしい噂がまわりはじめた。

「ピサがチェーザレ・ボルジア支持を表明したんだってさ」ジスモンドが言った。彼は兵士になりたがっていて、軍隊の動向にはいつも耳をそばだてていた。「ピサ市民は城壁の砲塔からチェーザレ・ボルジアの旗を振ってるんだって」

これは大問題だった。ピサとフィレンツェは長らく対立していたが、フィレンツェ市民は、ライバルが自分たちとよりを戻すのではなく、チェーザレ・ボルジア側についたことに激怒した。

もうひとつの情報源であるパン屋のガンディーニは、いつものように店で多くの噂を仕入れていた。「けど、チェーザレのほうはピサを受け入れないだろうよ。カメリーノ攻略に行ったんだから」

ぼくは歴史だけではなく地理もろくに知らず、カメリーノという町はピサより遠いのだろうとぼんやり思う程度だった。

そんなぼくでも、ウルビーノの名前くらいは知っていた。そして、まもなく、チェーザレ・ボルジアがウルビーノ公爵のグイドバルド・ダ・モンテフェルトロをウルビーノの町から追い出したという情報が入ってきた。カメリーノ包囲には一部の隊だけを送って、自分はウルビーノにいたのだ。

やがて、チェーザレ・ボルジアからフィレンツェ政府に、ウルビーノへ大使をよこせという要求が届いた。

「それで、ソデリーニを送ることになったんだってさ」ジスモンドは言った。

「最高執政官《ゴンファロニエーレ》のソデリーニ？」

「ちがうんだ。ゴンファロニエーレの弟で、司教のフランチェスコ・ソデリーニさ。マキャヴェッリも同伴することになったんだ」

聞いたことのない名前だった。のちにその知力と外交手腕でイタリア全土に知れわたった人物だが、当時はニッコロ・マキャヴェッリの名を知らない人が大半だった。

ソデリーニは、チェーザレ・ボルジアは並みはずれた男だとフィレンツェ側に伝えてきた。「偉大」で「すばらしい」人物だと何度もくりかえしたうえで、フィレンツェ政府がチェーザレの側につくと宣言しなければ敵とみなされてしまうと。

フィレンツェ市民は、そんな手ごわい相手を敵にまわしたくはなかった。だが、フィレンツェは誇り高き町だ。暴君の一族メディチ家を追放したあと、すぐに別の暴君を迎える気はなかった。フランスの大軍がフィレンツェ援護のために移動中で、ソデリーニは時間稼ぎをしているという噂が出まわった。

ジスモンドはシニョリーア広場で新たな情報を仕入れて走ってきた。「おい、チェーザレ・ボルジアもフランス軍のことを聞きつけたらしいぞ。傭兵隊長ヴィテッリにアレッツォから退《ひ》けって命じたんだってさ」


町の外でそんなことが起きていた頃、グラツィアから、フィレンツェの女たちのあいだに裕福な婦人もその召使いも含む大きな情報網があることを聞かされた。初めは貴婦人たちが美しい若者を探すためのものかと思っていたが、しだいにメディチ派の陰謀を暴くのに利用できることがわかってきた。

「アントネッロ・デ・アルトビオンディがメディチ派のリーダーよ」グラツィアの話は一年前にロドヴィーコに聞いた話と一致した。「アルトビオンディの奥様とうちの奥様は親しいの」

それは初耳だった。暖かい季節になると、フィレンツェの貴婦人たちは互いの家を訪ねあうようになった。

日暮れが遅くなり、レオーネは鎧戸をあけて、自然光で絵を描くようになった。まだ

《バッカス》の制作中で、ぼくはふつうの布を身にまとってポーズをとり、粗末な金属のゴブレットを手にもってポーズをとる。画家はキャンバスにヒョウの毛皮を着て豪華なワイングラスをもつ姿を描いていった。

七月のある晩、予期せぬできごとが起きた。予想可能なことだったのに、夢遊病のようにぼんやりしていたせいで、まったく思いつかなかったのだ。その日、扉をノックする音がしたが、きちんと服を着ないまま応じた。どうせグラツィアだろうと思ったし、すでに彼女はぼくのすべてを見慣れていたからだ。

確かにグラツィアだった。ところが、その後ろからヴィスドミーニ夫人と、そしてクラリスがあらわれた。さらに恐ろしいことに、クラリスは生後数か月の元気そうな巻き毛の赤ん坊を抱いていた。わが息子、ダヴィデだ。

「まあ、あなたの言ったとおりね、マッダレーナ」クラリスは言った。「お宅のモデルさんはまさにギリシャ神話に出てきそう」

ぼくの気持ちが想像できるか？　クラリスとわが子がグラツィアと同じ部屋にいる。おまけにパトロンの妻もだ。もっと人生経験豊富で賢い男でなければ、こんな状況に対処できるはずがない。

マッダレーナ・ヴィスドミーニはありがたいことに室内の張りつめた空気に気づかず、

レオーネとぼくをクラリスに紹介したが、グラッツィアは刺すような目をぼくに向けていた。それでもぼくは、たった一度のこの機会を逃すわけにはいかなかった。

「椅子を用意しましょう、奥様がた。坊やはわたしが抱きましょうか？　重いでしょうから」

クラリスはだまってダヴィデをぼくに預けた。ぼくもなにも言えなかった。姉ばかりの大家族の末っ子として育ったぼくは、赤ん坊といえば姪や甥しか知らなかった。正直なところ、歩いたりしゃべったりするようになる前の赤ん坊にはそれまであまり興味がなかった。

ところが、この子はわけがちがう。自分の初めての子だ。ダヴィデの深い青色の目に見あげられた瞬間、この子を守るためなら命を捨ててもいいと思った。なにから守るのかもわからないまま。

ありがたいことに、レオーネがふたりの貴婦人の話し相手を続けていた。すでに完成して、額縁に入れるためにアトリエに置いていた《ヘラクレス》を見せている。ふたりは制作中の絵もしげしげとながめた。ぼくが小さなダヴィデを抱いていたのは十分ほどだ。無意識のうちにそっとゆすっていると、ダヴィデは目を閉じ、小さな体から力が抜けていった。

母親が手を伸ばしてきたので、そっと子どもを返した。自分の胸から肉を引きはがされるようだったが、なにも言えなかった。

その晩グラツィアの部屋で、クラリスとの関係を問いただされた。

「あの人のこと、知ってるんでしょ?」

「ああ、知ってる」この善良な女に嘘をつきつづけることはできなかった。

「彼女の愛人だったって聞いたわよ」グラツィアが声をひそめた。

だれから聞いたかは、たずねるまでもなかった。女たちの情報網を通じてグラツィアの耳に噂が届くまでに、これほど時間がかかったのが不思議なくらいだ。

だまっていると、肯定の意味だと解釈された。「じゃあ、もしかして、あの子は……?」

ぼくは顔をそむけた。子どもの話だけはできなかった。

つぎにヴィスドミーニ家に行くのは翌週の予定で、何日か空きがあった。クラリスとの困惑の再会の翌日、フラテスキの集まりに行くと、みんな興奮気味だった。彼らにはぼくのほかにもさまざまな情報源があり、コンパニャッチがピエロ・デ・メディチと接触しはじめたことをつかんでいた。コンパニャッチがメディチ家による実質的支配を復活させるべく動きだしたわけだ。

「やつらの動きはぼくらが阻止してやる！　勝手なことはさせない」背が低く気も短いジャンバッティスタが息巻いた。

「ぼくらって、何人くらいいるんだ？」ぼくはたずねた。それまでは疑問に感じていなかったが、この家に集まる六、七人ではたいしたことはできないではないか。

「おまえが思っているより多いんだぜ」ダニエルが答えた。「この家で開いてるような集まりがフィレンツェじゅうのあちこちの家で開かれているし、一般市民の応援もある。サヴォナローラを処刑した政府をいまだに許していない人が無数にいるからな」

「コンパニャッチを阻止するといっても、どうやって同志と集結するんだ？」

「しっかりとした組織がある」フラ・パオロが言ったが、ぼくに詳細を教えたくないのがありありと伝わってきた。この修道士はぼくをまったく信用していない。ぼくは女たちの情報網を思い出した。共和派にもそういううまい仕組みがあるのだろうか。

「心配いらないよ、ガブリエル」とジャンバッティスタ。「声がかかるまで待機しててくれ。市内にいるコンパニャッチがピエロとその軍隊を招き入れないようにするんだ」

このぼくが貴族を誘拐したり、城門を守ったりするということか？

「ガブリエル、なにをにやにやしている？　これは子どもの遊びではないぞ」フラ・パオロが言った。

アルトビオンディを捕えて、共和政府への反逆の罪で差しだしてやろうと考えていた。アルトビオンディのほうは、ぼくに個人的に恨まれているとは夢にも思っていないだろうが。

「ぼくにもなにかできることがあるといいんだけど」本心が口をついて出た。

「すぐに役がまわってくる。いざとなったら逃げたくなるかもしれないがな」ドナートが言った。

その晩、帰り道にジュリオとドナートの兄弟といっしょになった。一年でいちばん昼が長い時期で、まだ外は明るく、サンタ・クローチェ広場の上空に月と太陽が同時に見えていた。

「きみたちはどうしてサヴォナローラ支持者になったんだ?」この兄弟と三人だけになったのは初めてだったので質問してみた。

「サヴォナローラ様の少年団にいたんだ」ジュリオが答えた
少年団のことは聞いたことがあった。五年前、少年たちが仕事を任されて町をまわっていたという。ふたりともぼくとそう歳は変らないから、当時はまだ子どもだっただろう。

「少年団ってどんなことをするんだ？」

「最高の二年間だったな」ドナートが当時を振り返り、弟のジュリオもうなずいた。

「コンパニャッチの家をまわって、贅沢品を差しださせるんだ」

「それを燃やすんだね？」

「シニョリーア広場で大きな焚《た》き火をたいて、櫛《くし》や仮面やかつらや絵画やレースをくべていく。すごい燃え方だったな！」

「こっそりなにかくすねたりしなかったのか？　誘惑にかられるだろう？」

　ふたりは不機嫌な顔で目を見合わせた。

「するもんか。何百人もの子がいたけど、サヴォナローラ様は全員を信頼してくださった」

　黒いローブ姿で髪にオリーブの葉を飾った何百という少年が町を歩き、おだてたり脅したりしながら人々が大事にしている美しいものをとりあげていく場面を想像した。その天使のような子どもたちの中に、すべてを焚き火にくべるのが惜しくなる子がいなかったとは思えない。

　クラリスやヴィスドミーニ夫人のように宝石や櫛やレースに喜びを感じる女たちが罪深く、シモネッタのような誠実で地味な女が善良だというのか？　ロザリアでさえ数少ない美しい小物を大事にしている。サヴォナローラの時代には、ぼくが贈ったカメオの指輪をもつことも許されなかったことだろう。そう思うと、自分がサヴォナローラを支持するべきなのか疑問を覚えた。

次の日曜日、アンジェロが長兄リオナルドを訪ねると言うので、ぼくも同行した。ふたりでサン・マルコ修道院への道を歩いた。ジャンバッティスタの家での集会に通うために何度も通った道だ。といっても、ヴィスドミーニ家に行かない晩にどこに出かけているか、兄にはまだ話していなかった。

「ロレンツォ様に仕えていた頃、ここで彫刻を学んだんだ」兄が唐突に言った。

「修道院で?」

「いや、彫刻の庭園だ。反対側にある」

「今でも?」兄が最初に芸術を学んだ場所がここだとは初耳だった。

「ちょっと見ていこう」アンジェロはサン・マルコ広場のそばにある鉄門に近づいていった。

静かな界隈で、ほんの数年前にサヴォナローラが修道院に立てこもって大騒動になったとは信じがたいほどだった。フラ・パオロは、そのあとに鐘がとりあげられて五十年後まで返却されないと話していた。

「中を見てみろ。当時この庭園にはローマ時代の彫刻がいっぱいあったんだ。完全な全身像もあったし、部分しかないものもあった。ロレンツォ様のコレクションだったんだ」

「今はどこに？」

庭園はがらんと静まり返っていた。像はひとつもなく、若い彫刻家たちが槌や鑿で大理石を打つ音もない。当時はセッティニャーノ村のような石切り場から運ばれた大理石が並んでいたのだろう。静けさの中に身を置くと、松明《たいまつ》とマスケット銃をかかげる男たちの姿ではなく、彫刻を学ぶ若者たちの姿が目に浮かんだ。

「ピエロ・デ・メディチがフィレンツェから追放されたときに、撤去されたんだろうな。サヴォナローラに壊されたのかもしれない。政府はメディチ家にあった像をすべて庁舎に運んだ。ブロンズ像は今もあそこにあるが、ここにあった大理石の像はどうなったんだろうな」

もしピエロがフィレンツェに戻ってきたら、父親のコレクションが町のあちこちに散ったのを知ることになる。兄はそのことを考えているのかと思ったら、ちがったようだ。

「おれたちが作りあげるものは、もろいんだ。人間の命のように儚《はかな》い」アンジェロは言った。

「でも、美術品は作者が死んだあとも長く残るじゃないか。いつか、マザッチョのフレスコ画を見せてくれたけど、とっくの昔に死んだ人だろ?」

「ああ。だが、大きな槌で像をたたき割ったり、キャンバスを火にくべたりすれば、それでおしまいだ。生身の人間となんの変わりもない。サヴォナローラには本質的な美を愛《め》でる時間の余裕がなかった。おれは彼のそういうところには賛同できなかった。あのボッティチェリがサヴォナローラに感化されて、自分の絵を焚き火に投げこんだという話は知ってるか?」

ボッティチェリという老画家には、ぼくも一度会っていた。偉大な画家で、ロレンツォ様のお気に入りだったとアンジェロから聞いたが、サヴォナローラに傾倒し、師が処刑された混乱の時期を生き抜いたものの、フィレンツェの有名画家としての地位をすっかり失ったという。

アンジェロが、シニョリーア広場で三人の男が処刑されたことより、多くの芸術作品が破壊されたことに胸を痛めているのがよくわかった。アンジェロがサヴォナローラの絵画や彫刻の扱いには納得しなかったのは当然だ。それでサヴォナローラを全面的に支持することはなかったのだ。

仕事道具のほかは自分の外見やもち物にはまるで無頓着なアンジェロだが、美しいものを愛し、あがめていた。自らの作品を燃やすなど、とんでもないことだっただろう。

「この庭園で修行していた頃は、まだほんの子どもだった」アンジェロはため息とともに鉄門から離れた。「幸せな時期だったな。もう当時の倍の歳になってしまった」

修道院へ戻ろうとすると、通りの先にシモネッタがいた。ジャンバッティスタもいっしょだったが、シモネッタの姿ばかりが目に飛びこんできた。ちょうどアンジェロが角を曲がったので、ふたりに道をあけた形になった。ジャンバッティスタが軽く会釈し、シモネッタは目だけで挨拶した。

ふたりをアンジェロに紹介しようかと迷ったが、すぐに離れたので機会を逃した。

「あのきれいなお嬢さんを知っているのか?」たずねられてうなずくと、アンジェロは小さく笑った。「ガブリエル、おまえはどうしようもないやつだな。町に来てからその美貌で何人の女をものにした?」

思わず赤面した。「シモネッタはものにしてなんかいない! お兄さんのほうと友だちになったんだ。ふたりともフラテスキでさ」

「へえ、まあいい。なら彼女は、フィレンツェで数少ない、おまえの魅力に屈しない女というわけか」

ぼくたちは修道院に入っていった。暑い午後に外を歩いてきたので、空気がひんやりと心地よかった。修道院の厳かな静けさの中、石畳の床に足音が響きわたった。石の階段をのぼって長兄の部屋へ向かうとき、ぼくは驚いて息をのんだ。

階段上の壁一面に大きな《受胎告知》のフレスコ画があった。左には神からの伝言をたずさえて降りてきた天使、右には粗末な木の椅子にすわる聖母の姿。どちらも胸の前でゆるく腕を交差させ、相手の真似をしているかのようだ。

「おまえが名前をもらった大天使だ」

自分が母の胎内に宿った晩の話を思い返した。兄もぼくも大天使の名をもらった。ぼくは希望と喜びの使者ガブリエルで、ミケランジェロは燃える剣を手にした恐ろしい守護者ミカエルだ。そのとき初めて兄と自分のちがいを感じた。

「気に入ったか?」

「すばらしいね」本当に心を奪われていた。

「来た甲斐《かい》があったな」アンジェロはほほ笑んだ。

《受胎告知》に見入ったあと、廊下を進んで左側のいちばん手前の部屋をノックした。修道士たちは夜間以外は扉を閉めない習慣で、その扉も少しあいていた。そこがリオナルドの小部屋だった。リオナルドが扉にあらわれたとき、背後の壁が目に入った。ぼくが絵に感嘆しているのに気づいて、リオナルドが教えてくれた。「すべての部屋に、われわれが兄弟と呼ぶ巨匠――フラ・アンジェリコか、その弟子の絵があるんだ。入ってよく見るといい。これはとくに有名な絵だ」

三人が入るといっぱいの小さな部屋だったが、壁にはイエスの姿が浮かんでいた。復活後に初めてマグダラのマリアと出会った場面で、片手を前に出し、《我に触れるな》とマリアを制している。ぼくの目には、この絵のイエスは羽化したばかりの蝶《ちょう》のように見えた。まだ湿っていて、かよわく、そのあとの短い生涯を過ごす準備ができていないように。そして、この発想が冒瀆に当たらないことを願った。

「下の食堂に行こう。あそこなら広い」

リオナルドに連れられて食堂に行くと、そこには《最後の晩餐》の巨大なフレスコ画があった。クジャクやネコが描きこまれた細部がすばらしい。ぼくはすばらしい絵だと思ったが、アンジェロはどうも気に入らないようだった。

「ギルランダイオだ。子どもの頃、親父にこの画家のもとに弟子入りさせられたが、すぐにやめたんだ」

「あのときのことは覚えているよ」リオナルドが言った。「おまえは当時から意思の強い子だったな。まだ小さかったのに」

「父さんはおれが彫刻家になるのに反対だったが、ロレンツォ様に気に入られて自宅に招かれるようになると、さすがの父さんも折れたんだ」

「じゃあ、それがなかったら画家になっていたかもしれないんだね?」それは初耳だった。

「たいした画家にはならなかっただろうな。おれは昔から石を彫るほうが好きだったから」

磨きこまれた長細い食卓で冷たいワインを飲んだあと、回廊を案内してもらった。勇気を出してフラ・パオロを知っているかたずねてみると、フラ・リオナルドはうなずいた。

「殉教したサヴォナローラの熱心な支持者だった。知り合いなのか?」

「どうして知り合った?」アンジェロも口をはさんだ。

「フラ・パオロは、さっき外ですれちがったふたりの仲間なんだ。けど、フラ・パオロはどうもぼくのことが気に入らないらしい」

「なら、わたしから彼に伝えておこう。きみはすばらしい人物だと。美術を見る目のある人を軽んじてはいけない」

ブオナローティ家の長男のやさしさが伝わってきて感激した。アンジェロとの絆とは比べられないが、リオナルドも自分にとって家族のような存在だ。

9章　もうひとつのダヴィデ像

サン・マルコ修道院を訪ねてまもない頃、アンジェロに新たな仕事が舞いこんだ。大理石のダヴィデ像は完成に近づいていたが、仕上げの作業は少しずつ慎重に進められていた。雑に扱うと、すでにできている部分が壊れる恐れがあるからだ。

「もうひとつダヴィデ像を彫ることになったぞ」ある八月の朝、アンジェロは言った。

「これのレプリカを？」

「いや、フランスのある元帥にブロンズ像を依頼されたんだ。ドナテッロのダヴィデ像に似たものがほしいらしい」

ドナテッロのダヴィデ像なら、無知なぼくでも知っていた。斬新なブロンズ像で、裸の男が長靴と月桂冠のついた帽子をかぶっているものだ。だが、実際に見たことはなかった。

「もうすぐ祭日だから行ってみよう」アンジェロが言いだしたのは、ちょうど聖母被昇天《フェッラゴスト》の祭日の二日前だった。フェッラゴストの二日間は仕事をしてはいけないという決まりがあるのだ。

聖母の祭日を祝ったあと、ふたりで政府庁舎へドナテッロのダヴィデ像を見にいった。「今まで、これを見にくるのは避けてたんだ。ロレンツォ様の中庭にあったからよく覚えているが、自分のダヴィデ像はまったく別物として作りたかった」

ぼくひとりでは庁舎に入れなかっただろうが、兄の名声はフィレンツェじゅうの扉をあけさせる力があった。秘密裏に制作しているというのに、いや、むしろそのせいか、まもなく傑作が完成するという噂が広まっていた。

ドナテッロのダヴィデ像は、兄が彫っている巨人よりはるかに小さかったが、ある意味では完璧な像だった。ピカピカに磨きこまれた像を見つめていると、はるか昔からそこにあったように思えてくる。その像はサン・マルコ修道院のフラ・アンジェリコのフレスコ画のように、芸術家の威力をぼくに見せつけた。アンジェロもその偉大な芸術家のひとりだ。

アンジェロはうれしそうに手をもみあわせながら言った。「さて、ガブリエル、覚悟してくれよ。またダヴィデのモデルをしてもらうからな」

こうして、また兄の前でダヴィデのポーズをとることになった。レオーネの《バッカス》は完成し、次の題材は《レダと白鳥》で、女性がモデルの絵だったので、ぼくは何か月かヴィスドミーニ家に行く必要がなかった。ヴィスドミーニはそのあいだも給料を払ってくれたが、またブオナローティ家の粗末な食事に耐える日々になり、グラツィアに会う機会もほとんどなくなってしまった。

つまり、情報を得る機会も失ったことになる。

だが、意外なところに代わりの情報源ができた。アンジェロの末弟のジスモンドだ。ぼくの一歳上で、だらしない面があるものの、明るくて気のいい男だった。もうひとりの弟のブオナロートとともに織物関係の仕事についていたが、軍隊に夢中で、しょっちゅう職場を抜け出していた。

ジスモンドは、以前チェーザレ・ボルジアについて教えてくれたことがあったが、本腰を入れてぼくに軍事情勢を教育することにしたらしい。ジスモンドには、イタリア全土でなにが起きているか最新情報をくれる友人がフィレンツェ市内に何人もいる。ぼくがピエロ・デ・メディチに関心があると知ると、さっそく解説しはじめた。夜、アンジェロがぼくのスケッチをしているところにやってきては、しゃべっていく。

アンジェロが決めた新たなポーズは、ゴリアテの頭を左手に抱くというものだった。

当然ながらブオナローティ家には巨人の頭部などなく、ぼくが手にしたのはモップだ。とはいえ、妙な格好をすることにも、裸になることにもとっくに抵抗がなくなっていた。

こうして、兄弟のひとりがスケッチをし、もうひとりがぼくにフィレンツェ情勢を語るようになった。ときおりアンジェロが口をはさんで補足や訂正をすることもあった。

「ピエロはさ、九七年にフィレンツェに戻るのに失敗したとき、フランス軍に合流したんだ」とジスモンド。

ぼくはモップをくるくるまわした。「なにも知らない相手に説明するつもりで、背景を詳しく教えてくれないか？　なんでフランスが関係してくるんだ？」

アンジェロはうなり声を出した。「モップを動かすな！　おまえはほんとになにも知らないんだな。ピエロはフランスと手を組んで、フィレンツェ市内にフランス軍を引き入れたんだ。ええと、ほんの八年前のことだ」

「その頃はぼくはまだ十一歳だ。政治なんて知らなくてもしかたないよ」

「今でもろくに知らないみたいだけどな」ジスモンドが明るく言った。「けど、もしシャルル王が軍勢を率いてセッティニャーノ村のほうに行ってたら、子どもだって知らずにはいられなかったはずだ。ぼくはまだ十二歳だったけど、はっきり覚えてるんだからさ」

「なにがあったんだ？」

「シャルル王は九四年の九月に、三万の兵をつれてアルプス越えをしたのさ」

ジスモンドの長い歴史講釈が始まりそうだったが、右ふくらはぎの痛みから気をそらせるのはありがたかった。

「そんで、ピエロ宛てに使節を送ってきて、フランスの要望をナポリ王国に伝えてくれって頼んだ。ピエロはフィレンツェ市を代表してよそと交渉する権利なんてなかったのにさ」

「で、ピエロは了承したのか？」

アンジェロが代わりに答えた。「五日間、返事をしなかった」

「結局ピエロは、どっちにもつかないことに決めたんだ」とジスモンド。「フランス王が怒るのも当然だよな。フランス軍は虐殺をくりかえしながらぐいぐいトスカーナに迫った。それで、ピエロは出ていってシャルル王に会って、要求をすべてのんだのさ」

「フィレンツェじゅうが怒るのも当然だ！」アンジェロが口をはさんだ。

「フィレンツェ政府はピエロを庁舎から締め出して、鐘を鳴らして市民に広場に集まれって呼びかけたんだ。ピエロは家族といっしょにヴェネツィアに逃げちまった。そのとき、政府はメディチ家の人間は二度とフィレンツェに足を踏み入れてはいけないっていう法律を作ったのさ」

そのことはぼくも知っていた。「そこにフランス軍がやってきたのか?」

「すぐに来たわけじゃないんだ。まずシャルル王はピサに行って市民に告げた。きみたちはもうフィレンツェ共和国の暴君から解放されたぞって」

「そのあいだに手下をメディチ家の館に送りこんで略奪行為だ」だまっていられなくなったアンジェロが言う。

「父さんがみんな家の中にいろって言ったのに、ぼくが抜け出して兵士を見にいったの覚えてるか?」ジスモンドが当時を振り返る。

「おまえ、それでたっぷり叱られたな」

「けど、その甲斐はあったんだよ。フランス王は金ずくめの姿で、百人以上の近衛兵に守られてた。その後ろから何千もの騎兵と歩兵と射手だ。あんなにたくさんの兵士を町で見たのは初めてだったな。日暮れと同時に、王が大きな黒馬に乗って大聖堂広場に入ってきたんだ」

「それは壮観だっただろうね」ぼくにもジスモンドの熱狂がうつっていた。

「それがさ、残念ながら、フランス王は背が低くて不細工だったんだ。十一日間だけフィレンツェにいて、ローマとナポリに向かって出発した。それを知ってほっとしたよ。

そのあと、サヴォナローラは市内に残っているメディチ家の支持者を殺せと市民をあおった」

「で、フランス王はそのあとどうなった？」

「ナポリの王になったのさ」

「長続きはしなかったぞ」とアンジェロ。「フランスに帰って自殺したんだ」

「いや、あれは事故死さ」ジスモンドがぼくに向かって言った。「ロイヤルテニスの最中に、扉の枠に頭をぶつけたらしいぜ。そのまま気を失って数時間後に息絶えたんだって」

アンジェロはかすれた声で笑った。「とんでもない馬鹿野郎だな。あんな王は死んでしまえと思っていた人間は多かっただろうが、自分からあっさり死ぬとはな？」

「じゃあ、今のフランス王は？」

「またルイって名前さ」とジスモンド。「フランス王ってのは、必ずシャルルかルイなんだ。今の王はルイ十二世。名前は聞いたことあるだろ？　ルイ十二世がミラノを落としてから、まだ三年たってない。イタリアにフランスの大軍勢を連れてきた人だ」

ミラノがフランスに攻略されたという話だけは聞いたことがあった。

「ピエロ・デ・メディチが合流したのは、そのルイ十二世？　チェーザレ・ボルジアからフィレンツェ市民を守ってくれるっていう話だよね?」

「ピエロはフィレンツェ市内に戻るときに、フランス軍が後押ししてくれると思っているらしい」とジスモンド。「けど、フランスが支持するのは、ピエロよりジョヴァンニ・デ・メディチじゃないかなあ」

「枢機卿だね?」これには自信があった。

「そうそう、史上最年少の枢機卿。十三歳のときに父親がプレゼントした身分さ。馬やペットの犬を買い与えるみたいなもんだよな。けど、ジョヴァンニのことなら兄に聞けばいいよ。メディチ家でいっしょに育ったみたいなもんだから」

「ああ、同じ歳なんだ」アンジェロがぼくの奇妙なポーズをとらえようと目を細めながら言った。「だが、ピエロもジョヴァンニもロレンツォ様とは比べものにもならない。ふたりとも怠け者で、欲深くて、学問よりフットボールや駆けっこに夢中だった。少なくともジョヴァンニは今もローマでそんな暮らしを送っている。狩猟や鷹狩りにうつつを抜かし、一族の銀を質に入れては贅沢な宴《うたげ》を開いてるんだ」

「じゃあ、なんでフィレンツェにメディチ家支配を復活させるのに、ジョヴァンニが選ばれるんだ?」

「おれにきかれてもねえ」とジスモンド。「おれはメディチ派じゃなくて、共和派だからね。兵士として入れてくれるなら、どっちの軍隊でも喜んで行くけどさ」

「ルイ十二世の軍でもか?」とアンジェロ。

「おれたちに必要なのはフィレンツェ独自の軍隊さ」ジスモンドは質問をはぐらかした。

「だれよりも忠実なのは傭兵なんだぜ」

そのあとは軍事戦略についてのジスモンドの話が延々と続いたが、この晩の会話からは多くを考えさせられた。ピエロもジョヴァンニもよい指導者にはなりそうもないが、メディチ家の後継者ならほかに複数の候補がいる。コンパニャッチは彼らにも接触しているだろうか?


その年の八月は例年より暑く、空いた時間は涼をとるためによく川辺を歩いた。真夏のフィレンツェで暮らすのは、熱湯の入った器の中にいるようなものだ。ある日曜日、ひとりで町はずれのフィエーゾレの丘にのぼってみた。時間がかかったし、足が疲れたが、丘の上に着くと心地よい涼風を胸いっぱいに吸いこんだ。何週間もまともに息をしていなかったような気がした。

丘の上から町を見おろすと、政治的対立や陰謀など、虫けらの遊びのような些細《ささい》なことに思えてきた。どの虫が葉を手に入れるかなど、どうでもいいではないか? ぼくにはずっとこんな時間が必要だったと思いながら、心ゆくまでその風景を味わった。大聖堂のブルネッレスキ作の巨大な丸屋根がひときわ大きく高くそびえ、どこにいても見逃しようがなかった。

あの下には自分にそっくりの大理石像がある。そして、まもなくもうひとつブロンズ像ができる。自分の人生が終わったあと、ぼくのレプリカ二体はどれだけ生きつづけるのだろうか。

考えごとをしながら丘をくだった。爽快だったのはほんのひとときで、まもなく湿った熱気に包まれて汗が噴き出してきた。丘のほうで雷が鳴り、衝動的に足がジャンバッティスタの家に向いた。着いたときにはくたくたで腹も減っていた。

ジャンバッティスタは留守だったが、妹のほうは家にいた。戸口にあらわれた召使いはぼくの顔をよく知っていて、シモネッタが縫い物をしている小さな居間に通してくれた。シモネッタはぼくを見ると、弾かれたように立ちあがった。彼女がサヴォナローラへの花束を広場に置いた日以来、ふたりきりになるのは初めてだった。

「兄とお約束でした？　なにか情報でも？　あいにく兄は出かけてるんです」

「いや、散歩に出かけて近くを通っただけなんです。邪魔したくないから、もう行きます」

「行かないで。お疲れのようだから、すわってください。どこまで散歩に行ったんです?」

「フィエーゾレの丘へ」

「あんな遠くまで?　それは大変でしたね。お腹もすいたでしょう?　なにかもってこさせますから」

こぢんまりとした居間は快適で、休ませてもらえるだけでもありがたかった。狭い部屋にふたりきりになるなら、相手は美しい女性がいちばんではないか。

シモネッタが召使いを呼ぶベルを鳴らそうとしたとき、まるで屋根を直撃したような激しい雷がとどろいた。ふたりとも飛びあがり、ぼくはとっさに彼女に腕をまわした。甘いひとときだった。ほんの一秒か二秒。彼女はぼくにもたれ、腕の中で体の力を抜いた。そしてすぐにハチにでも刺されたような勢いで飛びのき、ベルを強く鳴らした。

ぼくはだまってすわり、降りはじめた激しい雨の音を聞いていた。明日は涼しくなるだろう。アンジェロがシモネッタのことをぼくの魅力に屈しない女だと言ったが、それはまちがいだった。彼女はぼくに好意を抱いている。こちらもだ。だが、すでに複雑な関係の只中《ただなか》にいるぼくは、シモネッタには近づくまいと心に決めた。

もし彼女とのあいだになにか起きれば、先に待っているのはおそらく不幸な結末だけだ。相手を傷つけるばかりか、ジャンバッティスタやフラテスキの面々を怒らせることになる。そんな面倒は避けたかった。

召使いが入ってきたときはほっとした。シモネッタは縫い物を再開し、ぼくは食欲にまかせて飲み食いした。はたから見れば長年連れ添った夫婦のように見えたことだろう。

「先日、修道院に行かれたんですね」ようやくシモネッタが口を開いた。

「ええ、ミケランジェロといっしょに、彼の兄のフラ・リオナルドに会いにいったんです。すばらしい絵画がいっぱいありました」差しさわりのない話題が見つかってありがたかった。サヴォナローラでさえフラ・アンジェリコのフレスコ画は認めていたのだろう。そうでなければ白く塗りつぶされていただろうから。

「わたしには見にいけないんです。女が修道院を訪ねることは許されないから」

「それは残念です。きっとあなたもあの絵は気に入るでしょう。どれも美しい宗教画です」

「わたしは女子修道院に行くべきなのかも……あなたはどう思いますか？」

突然だった。まったく予想していなかった危険な展開だ。答えをはぐらかしてそそくさと部屋を出ると、大雨の中をサンタ・クローチェ地区の家に向けて走りだした。帰り着いたときには髪も服もびしょ濡れだった。それ以来、招かれたとき以外はジャンバッティスタの家を訪ねないと心に誓った。

10章 マルスとヴィーナス

その頃、アンジェロは新たなことを思いついた。きっと、町の絵画や彫刻を見せてまわったときのぼくの感動ぶりが印象に残り、芸術家として育てようという思いがわいたのだろう。

「おまえ、石工の仕事を一生続ける気か？」新たなダヴィデ像のモデルをしているとき、たずねられた。ジスモンドはフランス軍の情報集めに出かけていて、ふたりきりだった。

「別にいいと思ってるよ。堅実な職業だし」

「まあな。だが、おまえは鑿の扱いもうまいし、芸術的な感受性が強い。教えてやるから、自分で像を彫ってみろ」

びっくりした。アンジェロはずっと前から弟子はとらないと固く決めていたはずだ。

「教えるのは嫌いだったんじゃないの？」

「金をとって教えるのがいやなだけだ」アンジェロはうなるように言うと、紙を裏返してぼくの腕のスケッチを始めた。「おれが弟子入りした親方は金などとらなかった」

「ああ、けど兄さんは天才だから、親方は最初から教えることなんかなかったんだよね？」こんなふうにアンジェロをからかえるのは、ぼくだけだった。

「まあな」アンジェロはまじめにうなずいた。「おれの例は当てにならないかもしれない。だがな、弟子にしてくれと言われた子に素質があるかどうか、仕事ぶりを見ずにどう判断するんだ？　おまえが石を切ったり、角を整えたりするのは見てきたし、おまえのとこの親方が議事堂のアカンサスの葉飾りなんかの細かい模様を彫らせているのも知っている」

アンジェロは工房の親方から話を聞いていたらしい。

「ああ、まあね。模様を彫ったりはするよ。見本どおりならね。でも、兄さんみたいなことはできないよ。構図を決めるところからやるなんて、どこから手をつければいいか見当もつかない」

「弟子は最初から全体像を決めたりしなくていいんだ。ちょうどおまえが毎日やっているような仕事から始めるものだ。そして、自分の目でしっかり見る。町の中の像や建物の装飾やレリーフを細部まで目に焼きつけて、彫刻のセンスを養うんだ。それから、絵を描く。おまえ、絵はかけるか？」

首を横に振った。絵なんて考えたこともなかった。

「兄さんはそうやって、石なのに生きた人間にそっくりな筋肉や血管を表現できるようになったんだね？」

アンジェロは笑いだした。「生きた人間にそっくりなのは、死体を観察したからだ」

ぼくは身震いした。そんな話は初耳だった。

「いつ？　どこで？」

「アルノ川の向こうのサント・スピリト教会だ。そこの修道院長のビッキエーリという老人に、入ってくる遺体をもらえるよう話をつけた。人体を切り開くことで、骨や筋肉や臓器や血管がすべて連動していることがわかったんだ」

「すごいことをしたんだな。大変だっただろうな」

「唯一大変だったのは、正しく理解することだ。ひとりの人間の体がどうできあがっているかを知ることで、すべての人体の仕組みがわかる。仕事に必要な知識を得るためと思えば、死体を切るくらいなんてことはない」

「今もそんなことを？」

アンジェロは首を横に振った。「いやいや。やっていたのは前にフィレンツェにいた頃だ。ロレンツォ様が亡くなったあとだな。あの聖堂には感謝の印に木の十字架を彫ったよ」

いつかクラリスがサント・スピリト教会のアンジェロの十字架像を見たと話していたのを思い出した。まったくアンジェロには驚かされてばかりだ。そのうちぼくに死体を切って勉強しろなどと言いだしかねない。

「まあ、おまえに彫刻家になれというのは無茶な話かもしれないな。彫刻家の助手ならどうだ？」

「ぼくに仕事をくれるってこと？」

「おまえが今の親方から習っている技のほかにも、いくつか教えてやろう」

悪くない話だと思った。

フランス軍がミラノに到達し、フィレンツェ市民は深い安堵のため息をついた。ジスモンドの話では、ルイ十二世はチェーザレ・ボルジアに不満を抱く諸公を呼び集めておいて、なんといきなりチェーザレ自身に引き合わせたという。

「そんときのやつら、すごい顔してたぜ」ジスモンドは見てきたかのようにしゃべった。「なにも知らずにチェーザレのことでさんざん文句をたれてたら、そのあと張本人があらわれて、フランス王がチェーザレの頰にキスしたんだから！　みんなそろってたんだぜ。ウルビーノ公も、ペーザロ伯のスフォルツァも、マントヴァ侯のゴンザーガも。チェーザレが占領したり脅したりした町のやつらが勢ぞろいだ」

「それで、どうなった？　彼らはチェーザレと話し合いをしたのか？」

「いや、復讐の三女神に追われるみたいに、さっさと荷物をまとめてミラノを飛びだしちまった」ジスモンドはこの話を相当おもしろがっていた。「まだ続きがあるんだ。その知らせがやっとフィレンツェ政府に届いたんだけどさ、チェーザレはもう進路を変えて、今はボローニャを目指してるんだぜ！　傭兵隊長たちは自分たちの故郷へ進軍することになったもんだから、怒ってる。これでしばらくフィレンツェは安泰だ」

いつまたその凶暴な若き王者がこの町に関心を向けるか、ぼくは気になっていた。チェーザレ・ボルジアはイタリアじゅうを手中に収めようとしているように思えた。

「チェーザレはいつかフィレンツェを支配しようとしてるのかな？　それとも、ピエロと組もうとしてるのかな？」

「さあね、チェーザレはローマ教皇の息子だから、ほしいものはなんだって手に入る。けど、いくらチェーザレ・ボルジアだって、いくつもの場所に同時に姿をあらわすことはできないだろ。ウルビーノに拠点を置くんじゃないかな。あそこのドゥカーレ宮は豪華だから、人に見せびらかしたいと思うんだ。フィレンツェにはメディチ家の人間をひとり据えるんじゃないかな」

ぼくは身震いした。「チェーザレがボローニャに矛先を移してくれて、ほんとによかったな」


レオーネの描いていた《レダと白鳥》が完成した。次の題材、《マルスとヴィーナス》のモデルとしてアトリエに呼ばれた日、ぼくはその絵をまじまじと見た。いい絵だった。ただ、レダの恍惚《こうこつ》とした表情がどことなくグラツィアに似ているのが気になった。夏のあいだ、ぼくはレオーネではなくアンジェロのモデルをしていたので、グラツィアに会う回数は減っていたが、彼女の客として館に出入りすることは許されていた。主人たちは使用人のそういうつきあいは見て見ぬふりをするものだ。

その晩、軍神マルスのモデルを務めたあと、グラツィアに率直にたずねた。レオーネのモデルをやったのかと。

「ええ、やったわよ。旦那様の言いつけだもの。従わないわけにはいかないでしょ？」

「けど、あんなポーズを？　服を脱いで？　それにあの表情」

「そんなこと言える立場なの？　貴族の奥方と寝て子どもまで作ったくせに。どうせ、ほかにもだれかいるんでしょ？　そのあなたが嫉妬？」

「しょうがないだろ、いやなんだからさ」自分の耳にもすねた声に聞こえた。「それに、ほかに女なんていないよ」

「あら、そう？　じゃあ、なにも隠してないっていうの？　あたしと結婚する気はある？」

ぼくはだまりこんだ。

「ほらね。結婚しないかぎり、あたしがだれとなにをしようと口を出す資格はないわ」

ぼくはさっさと支度をして部屋を出た。そのときは、兄の警告に従って二度と女に近づくまいと思っていた。

ところが、毎度のことながら、体がぼくの決心を裏切るのだ。

翌朝、次にヴィスドミーニ家に行ったらどうなるか考えながら職場へ歩いていると、街角から小声で呼びとめられた。一年以上見かけていなかったクラリスの家の生意気な小間使い、ヴァンナだった。

「ねえ、こっち来て」

おとなしく近づいていった。女たちから指図されるといつも本能的に従ってしまう。

「なんの用だ？」

「用があるのはあたしじゃないの」傲慢なしゃべり方だった。以前より身長が伸び、体つきも丸くなっていたが、ちっとも魅力は感じなかった。相変わらず気に食わない小娘だ。

「奥様があなたに、トルナブオーニ通りの館に来るようにって」

「これから仕事なんだ。親方が待ってるから、今からというわけにはいかない。クビになってしまう」

「奥様はそれもお見通しだったわ。仕事がすんだら来てちょうだいと伝えるようにとおっしゃったの。今日は旦那様がお留守よ」

少し迷った。クラリスのもとに行くのは危険だが、息子に会える。そのために呼ばれたのではないか？　そして、ふとアルトビオンディ家やメディチ派のことをさぐれるかもしれないと思った。これからグラツィアとの関係が途絶えるとしたら、それは貴重な機会だ。

「じゃ、来るって奥様に伝えていい？」

「ああ、伝えてくれ」

一日じゅうそのことが気になって、窓枠用の格子細工を台無しにし、初めて親方に怒鳴られた。芸術家になれると言ったアンジェロの見立てはまちがっていたのかもしれない。それでも、高ぶっていた感情はしだいにしずまり、仕事が終わる時間には親方の機嫌も直っていた。

「だれにでもついてない日はあるさ。失敗なんてごまんとある。そこから学べばいいいんだぞ」

もったいないようなやさしい言葉だった。勤めはじめてもう長いので、ふだんは信頼できる弟子だと認めてもらっていたのだ。

ぼくはトルナブオーニ通りに向かった。もちろん行った。仕事を終えたままの埃だらけの姿だった。クラリスはぼくの職業も人となりも知っている。もし豪華な服を着せることでほかの男の代わりをさせていたのなら、今回はふたりのあいだの溝を思い知ることになる。

まったく別の家だったが、ぼくは以前と同じように迎え入れられた。手洗いの湯と上質なワインが運ばれてきたが、ぼくは無言で見ていた。クラリスは一度もぼくから目をそらさなかった。召使いがさがったとき、彼女はためらいがちに切りだした。

「元気だった？　あの、あれから……」

「あなたに捨てられてから？」

「ひどい言いようね。あなたのほうがわたしのもとを去ってあの彫刻家の家に移ったのよ」

「わかっているでしょう。ぼくが会いにいけなくなったのは、再婚が決まったからですよ。アルトビオンディと」

吐き捨てるようにその名前を口にした。ふだんなら裕福な人々をねたむことはなかった。彼らがもっているものをほしがったりはしない。失うことを恐れて暮らすなんてごめんだ。だが、クラリスを見ていると急に疑問がわいた。こんな広い快適な家に少人数で暮らす裕福な人々がいるのに、貧しい人々は狭い家に大家族で住んでいるのはなぜだ？

とはいえ、革命的思想を抱いたわけではない。ただアントネッロ・デ・アルトビオンディがわが子の父親になるのが辛かっただけだ。

まるでぼくの思いが通じたかのように、子守係がダヴィデを抱いて入ってきた。たくましい男の子で、この子の誕生に自分が関わったと思うと誇らしかった。生後六か月を過ぎたばかりのダヴィデは、母親の膝の上にしっかりとすわり、両手を母の顔に向けて伸ばした。ふたりの姿は昔の巨匠が描いた聖母子のようだった。

だが、その思いはすぐかき消された。クラリスは聖母などではない。

「かわいい坊やですね」ぼくは言った。

「でしょう？」

「娘さんたちはこの子をかわいがっていますか？」父親になった人についてはたずねる気になれなかった。

「娘たちは弟ができてとても喜んでいるわ。この子はね」クラリスは慎重に言葉を選んだ。「とても愛されているの。きっと幸せな人生を歩んでいくわ」

ぼくはうなずいた。

あのとき彼女の言ったことは本当だった。

「あなたを呼んだのはダヴィデを見せるためじゃないけれど、ちょっと抱いてみる？」

赤ん坊を差しだされ、前と同じように抱きとめた。すばらしい奇跡に胸がいっぱいになる。一年前にはこの世に存在しなかった美しい生き物。まるで芸術作品のようだが、意図せず作られた命なのだ。

「じゃあ、なぜぼくをここに？」ダヴィデが小さな両手をぼくの巻き毛につっこむ。

クラリスが夫の留守中に以前のような男女の関係をもとうとしているなら、あまりに危険だった。

「あなたには借りがあると思っているのよ」

もし金を渡されたら、赤ん坊をつき返して出ていき、二度と会わないつもりだったが、そうではなかった。

「うちの……アルトビオンディがやっていることを、あなたが知りたがっているんじゃないかと思って。今、あの人はローマにいるの。メディチ家のジョヴァンニとジュリオに会うために」

「枢機卿と、そのいとこ？　ご主人はメディチ家の人間を呼び戻そうと企んでいる――それをぼくに告げ口するんですか？」

「みんなが知っていることでしょう？」

　ダヴィデを抱く腕に急に力がこもってしまったのか、ダヴィデは泣きだして、母親のほうに腕を伸ばした。

「ごめんな」赤ん坊の巻き毛をなでて母親に返した。クラリスはダヴィデを膝にのせると、上下にゆすってあやした。

「アルトビオンディはわたしに詳しいことは話さないの。でも、しょっちゅう仲間と集まっているわ。あなたのパトロンのヴィスドミーニもそのひとり。いろんな話が漏れ聞こえてくるの」

「なぜ、そんな情報をぼくに？」

「驚かれるかもしれないけど、わたしは共和政府が続いてほしいと思っているのよ。あなたと同じ思いなの。手助けしたいわ」

クラリスは反メディチ派だったのだ!

「ロレンツォ様はよいことをなさったとは思うけど、わたしはもう大人になっていたから、息子のピエロ様の時期がひどかったのをよく覚えているわ。メディチ家の人だからといってよい指導者になるとはかぎらないのよ」

「それはうちの兄と同じ考えです」

「協力させてくれる?」

こうして、ぼくのスパイ活動と恋愛模様は複雑にからみつづけることになった。アルトビオンディが一味と密談する部屋には、狩りの場面のタペストリーで隠された小さなくぼみがあり、集会の前にクラリスから知らせを受けてそこにもぐりこみ、小間使いのヴァンナにタペストリーで隠してもらうようになった。

とても危険なうえに、ひと晩じゅうずっと狭いところに隠れていなければならない。たいした情報がなく退屈な日も多かったが、ある晩、ふたりの新顔が加わり、ほかのメディチ派の面々は興奮気味になった。ひとりはリドルフィ、もうひとりはベッラテスタ。なんとか聞きとったものの、知らない名前だった。だが、フラテスキの仲間に告げれば、なにかわかるかもしれない。

リドルフィという男はローマからアルトビオンディとともに帰ってきたらしい。メディチ家の人間と会った話をしていた。

「ジョヴァンニの話だとローマ教皇が病気らしい」リドルフィが言った。「亡くなれば、ボルジア家のローマ支配が終わることになる」

「息子のチェーザレ・ボルジアがのさばるのも終わりだな」アルトビオンディの満足げな声が聞こえた。

ため息をつかないようこらえたが、ぼくは混乱していた。どうやらメディチ派はチェーザレ・ボルジアを嫌っているようだ。そのあとのベッラテスタの言葉にも考えこんでしまった。

「そうともかぎらないぞ。ジュリオ・デ・メディチから聞いたが、次の教皇はピッコロミニ枢機卿だとか。ピッコロミニがチェーザレに肩入れするのは確実らしい。ジュリオもジョヴァンニもピッコロミニにこびへつらっている。チェーザレの台頭は当分とまらないぞ」

「今の教皇が亡くなったら、ジョヴァンニは教皇選挙《コンクラーヴェ》でピッコロミニに投票するだろうな。メディチ家はローヴェレ家の人間が教皇になるのを阻止したいはずだ。ローヴェレ家はチェーザレを始めボルジア一族を毛嫌いしている」

会話は果てしなく続いたが、ぼくは退屈して眠りこんでしまった。若い頃はいびきをかかないたちだったのが幸いだった。いるのがばれたら大変なことになっていた。

目が覚めると部屋は暗く、ぼくはタペストリーの裏で妙な形に丸まっていた。ヴァンナに肩をゆすられて、固まった体を伸ばしながらくぼみから出ると、すぐに帰路についた。だが、まだ半分眠りの中で、周囲に気を配っていなかった。そうでなければ襲撃者に気づいていただろう。

覆面の男たちがトルナブオーニ通りの柱の陰から飛びだしてきて、押し倒された。アンジェロにもらったナイフを出そうとしたが、ひとりに羽交い締めにされ、殴られ、蹴られた。向こうが武器をもっていなかったのがせめてもの救いだ。

ひとしきり殴られて地面に伸びると、それまで手を出さずに見ていたリーダー格の男がかがみこんできて耳元でささやいた。「アルトビオンディとつるむな！　メディチ家に死を！」

彼らが立ち去ると、体を起こして四《よ》つん這《ば》いになり、口の中の血を吐き出した。歯は折れていないのがわかったが、ろくにものを考えられなかった。目は腫れ、唇は血まみれ。全身が痛み、翌朝にはさらにひどくなるのが予想できた。

這うようにしてブオナローティ家に帰りつき、割れた唇でにやりと笑った。メディチ派とまちがわれて襲われたということか！　相手はおそらくフラテスキの別の集団だろう。この皮肉ななりゆきを、アンジェロや家族になんと説明すべきか。親方やヴィスドミーニも納得させなければならない。

わが身の置かれた状況があまりに複雑で、自分自身にさえ説明がつかなかった。

11章　痛い一撃

「おいおい！　どうしたんだ？」翌朝、いちばんにぼくの姿を目にしたのはジスモンドだった。

「やられたんだ」あごの痛みで、しゃべるのもやっとだった。目が腫れて開かず、数日は仕事も無理だと思った。これではどこに鑿を当てればいいかも見えやしない。

「だれにやられたんだ？」ジスモンドは、武器をとって仕返しに行くと言わんばかりの顔だった。

「ほかの共和派のやつらだ」痛みさえなければ顔をゆがめて笑いたいところだった。

「フラテスキか？　なんでまた？　裏切ったと思われたのか？」

「よくわからないが、知らない顔だった。アルトビオンディの館から出てくるところを見られたんだ。それで勘ちがいされたんだろう」

「おまえがなんでそんなところに？」

クラリスとの過去を知られたくなかったので嘘をついた。「アルトビオンディの一味を偵察してたんだ」

痛みのせいでうめき声が出た。フラテスキの仲間たちに告げることがたくさんあるのに、これでは当分出かけられない。あばらに激痛が走る。腫れは当分引かないだろう。そういえば、レオーネのモデルもこのありさまでは無理だ。戦いの神マルスに少々の傷はつきものだが、こんな無残な姿はありえない。

そこへアンジェロが入ってきた。

「美しい顔が台無しじゃないか。だれの仕業だ?」

アンジェロはぼくにワインを注ぐと、堅いパンは噛めないだろうと家政婦に粥《かゆ》を頼んでくれた。

ぼくがもう一度昨夜の話をすると、ふたりは同情してくれた。アンジェロは大聖堂に行く途中にぼくの職場に寄って、強盗に襲われて怪我をしたので今週は仕事を休むと親方に伝えてくれることになった。

ジスモンドはヴィスドミーニに伝言を届け、フラテスキの仲間たちにも連絡してくれることになった。メンバーのだれかが訪ねてきてくれれば、状況を説明できる。裕福な家庭の息子たちなので、昼間は仕事もなく手が空いているはずだった。ジスモンドのように、毛織物の店で働いているはずが、なにかと用事を作っては町を出歩いている若者とはわけがちがう。

粥を運んできた家政婦は、ぼくの姿を見て何度も舌を鳴らした。ぼくはまずい粥を無理して食べた。

「ゆっくりお休みよ。目に当てる湿布をもってきてあげようね」

ぐったりしてベッドに戻ったが、ふと思いついた。今回の一件をなにかに利用できないだろうか。そんなことを考えるとは、フィレンツェ市民らしくなったものだ。それからぐっすり眠っていたらしく、客がふたり来ていると呼ばれて目が覚めた。

部屋に招き入れられるなり小さく叫んだのは、グラツィアの声だった。

「ガブリエル、かわいそうに！」グラツィアは家政婦に代わって手当てを始め、ハーブを浸した水で目を洗ってくれた。

もうひとりの客はジャンバッティスタで、ぼくの手をにぎってたずねた。「何者の仕業だ？　ブオナローティ氏はフラテスキだと言っていたが」

「去っていくとき、メディチ家に死を、と叫んでいた。アルトビオンディの館を出てきたところをやられたんだ」

グラツィアが息をのむ音が聞こえたが、目が湿布に覆われていて表情は見えなかった。

「この娘さんは？　話を聞かれても安全なのか？」ジャンバッティスタがたずねた。

「わたしはヴィスドミーニ家の使用人です」グラツィアがぼくの傷ついた口を指でふさいで答えた。「うちの旦那様はやはりコンパニャッチですが、わたしはガブリエルと同じ共和派です。あなたもフラテスキですよね？」

「ああ、そうだよ」ジャンバッティスタの声から、グラツィアを信用したのが伝わってきた。「ヴィスドミーニ家というのは、きみが画家のモデルをしに行っている家だね？」

ぼくはうなずいた。口が痛くてしゃべるのが辛かった。

「きみが仲間だと町じゅうのフラテスキに広めるよ。もうねらわれることはない」

「誤解で襲われたことを利用できないかと考えてたんだ」ぼくはなんとか口に出した。

「えっ？」

ジャンバッティスタは聞き返したが、グラツィアはすぐに意図をわかってくれた。

「旦那様には、メディチ派に加担していたせいでねらわれたって話しておく？　どこにいたか、なんでこうなったかまでは説明しなくてもいいと思うの」

「それはいい。頼んでもいいかな？」ジャンバッティスタがグラツィアに言った。

「ええ、ガブリエルのためなら」

ぼくにはジャンバッティスタの顔は見えていなかったが、グラツィアとの関係がばれたのは確実だった。

前回会ったときに嫉妬をぶつけて以来、グラッツィアの部屋には行っていなかったが、彼女は許してくれたようだった。やさしく手当てしてくれ、アルトビオンディの家に行った理由を問いつめることもなかった。ジャンバッティスタが帰ったあと、隠れているあいだに聞いた話をグラッツィアに説明した。


そのあと、傷だらけになったぼくの顔の絵を描きたがる画家がふたりもあらわれた。まずは仕事が終わって帰ってきたアンジェロ。そして、見舞いに来たレオーネだ。ふたりは意外なほど話が合った。レオーネはアンジェロの作品を高く評価しており、その話しぶりには知識と鑑識眼の高さが感じられた。アンジェロはおだてられるのは苦手だったが、絵画や彫刻の技巧や題材についてよく知る画家と話すのは楽しそうだった。

「ガブリエル、今のきみをスケッチさせてくれないか？　ブオナローティさんには描いていいと言ったんだろ」レオーネがぼくにたずねた。

「いやだ。金にならないだろ？　ヴィスドミーニにモデルの仕事をしたと伝えてくれるのか？」

「また金か……」レオーネの言葉にはとげがあったが、しかたがない。「わかったよ。

そのひどい顔をいずれは絵の題材として生かすから。目のまわりの痣《あざ》にいくつもの色が混じりあっているのが、じつに興味深いんだ。書きとめておかなくては」

ふたりがスケッチしているあいだ、ぼくはまた眠ってしまったらしく、ふと気づくとだれもいなくなっていた。レオーネが主人からだと置いていった金の包みがあった。喜んで貯金に追加したものの、ヴィスドミーニはどれだけ金持ちなのかと思わずにはいられなかった。

次に部屋にやってきたのは、ロドヴィーコだった。ジスモンドから事情を聞いて、スープとパスタを少しもってきてくれた。食べると口が痛かったが、一日じゅう寝ていたわりには食欲はあった。

「かわいそうに。おまえの母さんがその顔を見たら、どれほど嘆くことか！」

ロザリアも嘆くだろうと、ぼくは思った。

「まったく恐ろしい町だ。息子たちから聞いたが、おまえのほうは相手を刺激するようなことはなにひとつしていないというじゃないか。ただ道を歩いていて襲われるとはな！」

メディチ派との関わりのことはロドヴィーコには伝わっていないようだった。

「そうなんです。でも、心配いりません。骨は折れてないから。打ち身だけです」

「いやいや、ひどい怪我じゃないか」ロドヴィーコは肘かけ椅子にすわった。「たくさん食べるといい。ちゃんと食べ終わるまでわしが見てると家政婦に言ってきた。それにしても、その目、しばらくはころころ色が変わりそうだな」

「ありがとうございます。しっかり食べます」

「しかし、こんな暴力を政府がとめられないとはなあ」ロドヴィーコはひとりごとのようにしゃべりつづけた。「市民が安心して道も歩けんようじゃ、選挙で選ばれた代表者の政治など意味がないな。ピエロ・デ・メディチの悪政の時代に逆戻りしたほうが、まだましかもしれんぞ。いいか、他言するんじゃないぞ？　壁に耳ありだ。共和国政府の裏切り者だと告げ口されたらたまったもんじゃない。まったく困ったものだ」

メディチ派に勘ちがいされてまた襲われたら、それこそたまったものじゃないと思ったが、そこはのみこんで、他言しないと約束した。

翌日、少し回復したのでしばらく中庭で過ごした。九月末の暖かな日差しが肌に心地よかった。

なにやら騒々しくなって、慌てた顔のロドヴィーコが近づいてきた（ぼくの目は少しはましになっていた）。

「応接間に来てくれ。ご主人がお見えだぞ」

「工房の親方が？　めずらしいな」

「いやいや、パトロンのアンドレア・ヴィスドミーニのほうだ。おまえに会いたいそうだ。とにかく家に入れ。わしはまともなワインを倉庫から出すよう言ってくる」

ぼくが応接間に入っていくと、ヴィスドミーニは飛びあがった。みるみるうちに顔が真っ青になり、気絶するのではと思ったほどだ。

「ああ、ガブリエル、なんということだ！　ひどいとは聞いていたが、ここまでとは！せっかくの美しい顔なのに」

「見た目ほどひどくはないんです」

「家でレオーネのスケッチを見たけど、じかに見ると、さらにひどいなあ」

「マルスのモデルを休んでしまってすみません。何日か休んだら行きますから。痣は無視して描いてもらえれば」

「体もやられたのか！」ヴィスドミーニは吐き気をこらえるように香水つきのハンカチを口に当てた。

路上での喧嘩などまったく経験がないのがありありとわかった。目撃したことすらないだろう。あまりの腰抜けぶりで、せいぜい暴力沙汰とは縁遠い人生を送れるように祈ってやりたくなった。

「見せてごらん」

気乗りしなかったが、雇い主に真剣な目で見つめられ、断るわけにはいかなかった。そんなわけで、ロドヴィーコが埃をかぶったワインを二本もち、グラスを運ぶ召使いを引き連れて入ってきたとき、ヴィスドミーニはシャツを脱いだぼくのあばらの色合いに見入っていた。

「ああ、ロドヴィーコ、うちのモデルの怪我の具合を見ているところなんだ。ひどいやられようだ」

半裸の男といるところを見つかってとりつくろうのは、これが初めてではないのかもしれない。

「まったくですな」ワインの瓶をあけながらロドヴィーコが答えた。「若い男がひとりで夜道を歩くのが危険なご時勢とはね」

「もうじきフィレンツェの通りに安全が戻ってくるよ」

「戻ってくる？　前にフィレンツェが安全だったのはいつでしたかな？　わしが生まれるより前のことでしょうな」

「ええと、メディチ家がいた頃のことだよ。権力と金のある一族が舵《かじ》をとれば、町は平和になるからね」

余計なことはしゃべらず引きあげてほしいところだったが、ロドヴィーコは愛想よく話しつづけた。

「このワインはロレンツォ様の時代のものです」ワインをヴィスドミーニにはたっぷりと、ぼくには少量を注いだ。「ロレンツォ様の思い出のために飲みましょうぞ」

それにはだれも異論はなかった。アンジェロでさえ乾杯に加わってもいいくらいだ。急いでシャツを着たぼくをじろじろながめるヴィスドミーニを見ながら、メディチ派だから襲われたという話をすでにグラツィアから聞いているのか気になった。


ひなたぼっこをしながらもう一日休むと、さすがに退屈になり、フードつき外套を着てサン・マルコ地区に向かった。フラテスキのみんなは喜び、ぼくの顔を見に集まってきた。痣は紫色から黄色に変わり、見た目はまだひどかったが、腫れはずいぶん引いていた。シモネッタがぼくの顔を見て小さく叫び声をあげたので、ぼくはひそかに喜んだ。

ジャンバッティスタと仲間たちは、襲われたときの話より、アルトビオンディの家で聞いた話のほうに関心を示した。

「ローマ教皇のアレクサンデルが病気だって？」とジャンバッティスタ。「それはいい兆候だ。彼がいなくなれば、チェーザレ・ボルジアの勢いはとまる」

「いや」ぼくは首を振った。「メディチ派の望みどおりピッコロミニ枢機卿が次期教皇に選ばれれば、そうはいかないんだ。ピッコロミニはチェーザレ・ボルジア支持者だから」

「ジョヴァンニ枢機卿はそれをねらっているんだ」とダニエル。「ピエロかだれかメディチ家のやつがフィレンツェに帰る助けになると思っているはずだ」

「ちょっと待て」フラ・パオロが口をはさんだ。「ガブリエル、メディチ派とまちがわれて襲われたと？」

「ええ、コンパニャッチの様子を偵察したあと、アルトビオンディ家を出たところをやられたんです」

「もう心配いらない」ジャンバッティスタが言った。「ぼくが町じゅうの同志にきみのことを広めたから。あんなことは二度と起こらないよ」

「いや、これはわれわれが待ち望んでいた好機ではないか」フラ・パオロが言った。

いや、ぼくは決して待ち望んでなどいなかったのだが。

「メディチ派だから襲撃にあったと聞けば、コンパニャッチはガブリエルを仲間として受け入れるだろう。貴族でなくともだ。彼をアルトビオンディの家にスパイとして送りこむ作戦を再検討しないか」

「ヴィスドミーニにはすでにメディチ派だと思いこませてあります」

ぼくが言うと、フラ・パオロは出会ってから初めてぼくの発言に感心したようだった。

「すばらしい。それなら堂々とスパイ活動ができるな。カーテンの裏にひそむよりはるかにいい」

ぼくが狭いくぼみで聞き耳を立てたおかげで、役立つ情報が入手できたのにと主張したかったが、痛む唇を嚙んでぐっとこらえた。

「でも、それは危険じゃありませんか?」シモネッタが言った。「こんなに痛めつけられたのに。スパイだとばれたら、もっとむごいことをされるでしょう? 下手をすればコンパニャッチに殺されてしまうのでは?」

男たちは彼女がいたのを急に思い出したように視線を向けた。

「それもそうだな」とダニエル。「ガブリエルがこの役を引き受けると決めつけちゃいけない」

「なあ、ガブリエル」とジャンバッティスタが言った。「決めるのはきみ自身だ。そんな危険は冒したくないと断ったとしても、きみのことを悪く思ったりしないから」

全員の視線が集まった。今になって振り返ると、なんと愚かな若造だったことか。フラテスキの面々はぼくにとって仲間だった。みんなから好かれたかった。フラ・パオロにも認められたかった。なによりシモネッタに好印象を与えたかった。彼女にぼくの無事を気にかけていてほしかった。ジャンバッティスタが彼女にグラツィアの存在を伝えたかと気になっていた頃だ。

「やるよ」ぼくはうなずいた。

みんなから背中をたたかれ、拍手されたのも束の間、頬を紅潮させたドナートが入ってきた。

「おい、聞いたか?」ドナートはワインを一気に飲み干した。「ソデリーニが終身最高執政官《ゴンファロニエーレ》に選ばれた」

「なんだって? 終身ゴンファロニエーレ?」ジャンバッティスタがきき返す。

「終身ゴンファロニエーレ。生涯、市政を支配しつづけるという意味だ」とドナート。

「そんなのありえない!」弟のジュリオが声をあげた。「フィレンツェでは二か月に一度新たなゴンファロニエーレが選ばれることになっているのに」

「それはメディチ家が追放される前の話だろ」ダニエルが言った。

「けど、終身って、どういうことだ?」ジュリオがたずねた。

「ピエロ・ソデリーニは死ぬまで支配者の座にいるという意味だ」とダニエル。「長生きしてもらうわけにはいかないな」ベルトの短剣に手を伸ばした。

気が滅入《めい》った。ようやくフィレンツェの政治を理解しかけたと思っていたのに、今度は共和派の人間が共和政府のトップを殺すと息巻いているのだ。

そんな状況下で、ぼくはメディチ派になりすます約束をしてしまった。よほど慎重に進んでいかないと、何か月も生き延びられないような気がした。ゴンファロニエーレ暗殺を企てる勢力にねらわれる恐れもあるし、メディチ派にフラテスキのスパイだとばれる恐れもある。

無傷で抜け出せる可能性など、ごくわずかだ。

だが、仲間たちはすでに計画の詳細を相談しはじめていた。

「これでメディチ家復興の可能性は完全に消えたということか」フラ・パオロが手をもみあわせた。

「けど、終身ゴンファロニエーレが共和派の人間だとしても、メディチ家の暴君とたいした変わりはないな」ダニエルが言った。「ソデリーニは悪いやつじゃないが、権力の座に長くいると、だれでもおかしな考えをもつようになる。そういうもんだ」

「でも、まずはソデリーニの動向を見守ってもいいんじゃないか?」とジュリオ。

「そうだ、ソデリーニの弟はサヴォナローラ支持者らしいし」とドナート。

「しかし、支配者になるならソデリーニよりいい人物がいる」フラ・パオロが言った。

「ジョアキーノ・グァスコーニなら完璧なサヴォナローラ支持者だ」

「そのことを知っていたんですか？」ジャンバッティスタはフラ・パオロがこんな重要な情報を隠していたのがショックなようだった。

フラ・パオロは肩をすくめてみせた。「サヴォナローラ様本人がおっしゃっていた。選挙で選ばれた者が生涯にわたって市政をつかさどるのはよいことだと。ただし、息子がいない者という条件だ」

「ソデリーニに息子は？」ぼくはたずねた。

「いないことを祈ろう」ダニエルが言った。

その発言は、先々の息子たちの後継者争いを危惧しているからなのか、息子たちの命が今、危険にさらされているからなのか、ぼくには判断がつかなかった。

12章　真実の口

顔の生傷もあばらの打撲も癒えて、まもなく仕事に戻った。夜には軍神マルスになった。グラツィアはアトリエでもほかの場所でもぼくのヴィーナスだった。アンジェロはブロンズのダヴィデ像の模型を作りはじめていて、完成間近の大理石像のほうはしばらく放置されていた。大理石像は契約期限までまだ一年近くあり、ブロンズ像の制作は大聖堂造営局にも承認されていたので、ふたつのダヴィデ像を並行して進めることに問題はなかった。

その頃、ぼくはスパイとしてメディチ派の集まりに潜入するという新たな使命を背負っていた。

その機会は、向こうから転がりこんできた。色は残るものの腫れの引いた顔でレオーネのモデルをしに行った最初の晩、案の定ヴィスドミーニが様子を見にきた。

「治ってきてよかったなあ。目に異常はないかい？」

「ちゃんと見えます。もう大丈夫です。ありがとうございます。痣はしばらく消えそうにないですが、レオーネはそこは省いて描いてくれるでしょうから」

「そうだとも。ところで、食事がすんだらぼくの部屋に寄ってくれないか？　ちょっと相談したいことがあるんだ」

モデルが終わると、グラッツィアは自分の部屋ではなく、主人の小さな書斎にぼくを案内した。またワインが出され、やわらかな椅子を勧められた。

すわるときにぼくが顔をしかめたらしく、ヴィスドミーニは心配そうにたずねた。

「まだ痛むのかい？」

「少しだけ。がまんできます」

「ほんとにひどい目に遭ったなあ。グラッツィアから事情は聞いたよ」

ぼくはだまってワインを飲みつづけた。

「きみがメディチ派だとは知らなかった。うちもメディチ派なのは気づいていたかな？」

ぼくはうなずいた。

「仲間に入らないか？　つまり、コンパニャッチの中核メンバーに加わるという意味だ。

といっても定期的に集会があるわけじゃない。必要なときだけでいいんだよ。リーダーはアントネッロ・デ・アルトビオンディだから、たいていは彼の家で集まるけど、たまにはうちで集まることもある。アルトビオンディたちがレオーネのアトリエに行ったのは覚えているよね?」

ヴィスドミーニはぼくの反応が気になるのか、ぺらぺらとよくしゃべった。知り合ってからずっと、彼はぼくに命令調で話したことは一度もなく、つねにものを頼む口調だった。

「はい、覚えています。寛大な方たちでした」

首の脈が高鳴るのを感じた。ヴィスドミーニの提示する役割はあまりに危険だったが、それこそがぼくの本当の仲間たちが望んでいることだった。

「きみにきちんとした服を用意しよう。貴族たちのあいだで気まずい思いをしなくていいように」

「けど、ぼくの身分や職は知られているのでは? 嘘をつくのは気が進まないのですが」

恥ずかしげもなくよくそんなことが言えたものだ。これから大嘘をつくつもりでいたくせに。

「それはよくわかるよ。労働者であることを恥じることなどないんだ。とくに、きみはすばらしい人だとぼくからも話すからね。けど、立派な身なりの人たちの中できみに居心地の悪い思いをさせたくないんだ」

ヴィスドミーニはベルを鳴らして、召使いに包みをもってこさせた。紫色と緑色だ。アルトビオンディ家の召使いになりすませるよう、仕着せをあてがうつもりなのだ。反吐が出そうだった。

「了承してくれたと思っていいかな？　着替えてみてくれないか？」

すでに裸体を見られているからといって、その場で服を脱ぐ必要はないと思ったが、言われたとおりにした。

「いいね！」ヴィスドミーニは一周してあらゆる角度からしげしげと見た。「こっちのほうが断然きみに似合うよ」

彼はぼくのジャーキンの紫色のベルベットをなで、腕を軽くたたいた。画家のモデルとしてのぼくより、メディチ派の一味としてのぼくのほうが好みのようだった。

「ありがとうございます。ご期待にそえるようがんばります」

雇い主に別れを告げて、ようやく帰路についた。

世の中の動きについては、パン屋のガンディーニがまめに情報をくれていた。

十月のある日、ガンディーニが言った。「おい、なにが起きたと思う？　チェーザレ・ボルジアの傭兵隊長たちが謀反を起こしたんだ！」

ジスモンドならどう解説するだろうかと思った。最強の指揮官が手下にやられるなんて。

「ところがだ、チェーザレ・ボルジアは全員を引っ捕らえて殺しちまったらしいんだ！」

（訳注・史実とは違うが、こう思わせるくらいチェーザレは恐れられた存在だった）

それにはぞっとした。チェーザレとは、思っていた以上に情け容赦ない人物だ。自らの権力を知らしめ、怒らせるとどうなるかを見せつけるためなら、何人でも配下の者を殺すのだろう。

「メディチ家のやつらよりひどいな」ガンディーニは声をひそめた。

身近な人たちには、ぼくがメディチ家側につくなど思いも寄らないことだったのだ。

メディチ派首謀者の会合に初めて向かうとき、紫と緑のベルベットをまとって派手な帽子をかぶったぼくは、周囲が気になってしかたなかった。今襲われたら自業自得だ。それでも、ジャンバッティスタが町じゅうの同志にぼくがフラテスキのスパイだと広めたというのを信じるしかなかった。

トルナブオーニ通りの館のベルを鳴らして、アルトビオンディの客として中に入るのは奇妙な感覚だった。クラリスは再婚するときに召使いを連れてきていたので、アルトビオンディ家には小間使いのヴァンナのほか、かつてぼくを意地悪い目で見た従僕もいた。彼は新しい仕着せ姿のぼくをひと目見てすぐあのときの石工だと気づいたらしく、ぼくの手をじろじろと見た。

ヴィスドミーニの姿を見つけたときはほっとした。彼は改めてぼくをアルトビオンディに紹介した。初対面の人たちもいた。

「メディチ派として襲われた直後の彼の姿をみなさんにお見せしたかったなあ。かわいそうに顔じゅう傷だらけでしたよ」

同情のざわめきが広がった。その中に覚えのある名の人物がいた。襲撃された晩にタペストリーの裏から名前を聞いたアルノルフォ・リドルフィとアレッサンドロ・ベッラテスタだ。ふたりとも、ロレンツォ様と面識があってもおかしくないような年配者だった。

ぼくはふと閃《ひらめ》いて、たずねた。「スパイが忍びこんでいないと確信できますか？　この部屋に身を隠せるような場所はありませんか？　たとえば、タペストリーの裏は？」

そして、つかつかと歩いていくと、狩りの場面のタペストリーをめくった。ほんの一瞬、粗末な作業服を着た石工のガブリエルがそこで丸くなっているような錯覚を覚えた。クラリスにもらって食べたペストリーのくずを床に見つけたが、ヴィスドミーニから支給されたやわらかな革のブーツで踏みつぶした。

「なにもないですね。けど、念のためカーテンはあけておいたほうがいいでしょう」

みんなは感心したようで、盗聴されていないかとほかのカーテンや扉の裏ものぞきはじめた。

「きみの言うとおりだ、ガブリエル」アルトビオンディが言った。「油断していた。スパイにはもっと慎重にならなければならないな」

ぼくはひそかな満足に浸っていた。そのとおりだ。用心するがいい。このぼくはだれも知らないことを知っているのだ。

「おい、聞いたか？　あの画家が帰ってきたぞ！」ロドヴィーコが叫んだ。声の響きから特別な人物なのが伝わってきた。

アンジェロはだれのことかわかったらしく勢いよく振り向いた。ぼくが見たことのない、好奇心と嫌悪感の入り交じった妙な表情をしていた。

「あの洒落男《しゃれ》か？」

ロドヴィーコはうなずいた。「レオナルド・ダ・ヴィンチだ」そして、ぼくに向かってささやいた。「さて、これから火花が飛ぶぞ」

スパイとしてメディチ派をさぐるようになって六か月。フィレンツェで過ごした中でいちばん充実していた時期だった。レオーネのモデルをし、ときにはアンジェロの前でもポーズをとり、グラッツィアとは心地よい時間を過ごし、さらに時間を見つけてはサン・マルコ地区にフラテスキの面々を訪ねていた。

ひとりで過ごす時間など皆無で、あの時期は一度もセッティニャーノ村に帰らなかった。作戦や陰謀で頭がいっぱいで、故郷の家や恋人を思う余裕がなかったのだ。

ソデリーニが終身ゴンファロニエーレになって、市内は大騒ぎだった。メディチ派のほうの仲間たちは激怒してさんざん脅しの言葉を吐いたが、実際にはなにも起らなかった。ぼくは両方の派閥の内情に通じていたが、政府をくつがえすような動きはまったく感じられなかった。

ところが、レオナルド・ダ・ヴィンチがフィレンツェにやってきたことで、ちがう類《たぐ》いの問題がもちあがった。

レオナルドと連れの集団がアンジェロの工房にやってきたとき、ぼくはたまたまそこで昼食をとっていた。偉大な権力者と廷臣たちといった風情の一行だった。レオナルドは工房に入ってくる前から、高価な香水のようないいにおいがした。正直なところ、わが兄のにおいよりよっぽどましだった。

においに続いて、バラ色のベルベットの服に紫色の短い外套をまとったレオナルド・ダ・ヴィンチが入ってきた。横には豊かな金色の巻き毛の美しい若者がつき従い、後ろには何人もの少年たちがいた。

秘密の工房にこんな一行が踏みこんできて、アンジェロはなんと言ったか？　それが、なにも言わなかったのだ。ただ、うなり声をあげただけだ。そして布をかけてある大理石のダヴィデ像の足場から、石くずとともにぶつぶつと悪態をまきちらしながらおりてきた。

「おお、忘れていた。おまえは前からクマのような男だったな」レオナルド・ダ・ヴィンチと思われる人物が言った。「みんな、外で待っていてくれ。ああ、これを」と、財布を投げる。「なにか食べておいで。ラルガ通りのパン屋のガンディーニを訪ねてみるといい。あとでわたしも行く」

アンジェロはそのバラ色の人物を従者たちとともに工房から追い払いたそうだったが、こらえていた。

「元気だったか？」レオナルドが言った。

「まあまあだ。こいつは友人でモデルのガブリエルだ」レオナルドがぼくをじろじろ見ているので、アンジェロは紹介せざるをえなくなった。

「友人でモデルか、ほう。おまえもわたしに似てきたか。美しい子だな。気をつけろ。噂はすぐ広まるぞ」

短い握手のあと、レオナルドは鋭い目で工房の中を見てまわった。けだるそうな態度だったが、われわれはだまされなかった。ぼくがフィレンツェで出会ったほかのだれよりも知的で、濃い色の目は生き生きと輝き、歳はサンガッロ兄弟に近いというのに、動きがしなやかで気迫に満ちていた。レオナルド・ダ・ヴィンチがわがままな猫のように工房を歩きまわっているあいだ、アンジェロは腕組みをしてじっと立っていた。なにを考えているのか、表情はまったく読みとれなかった。

「ロッセリーノが途中で投げ出した大理石を彫っているそうだな」

アンジェロはまたうなり声で答えた。

「まあ、そうむくれるな。ちょっと興味がわいただけだ。わたしに依頼が来るかと思っていたもんでな」レオナルドはこびるような口調で言った。

「ふん！」ようやくアンジェロが口を開いた。「彫刻の仕事を画家に依頼するわけがないだろう？」

「おいおい、ミケランジェロ。わたしが金持ちの館の壁にちょっとばかり色を塗っているだけだとでも言うのか？」レオナルドは入ってきてからずっとふざけた口調だったが、その目は素早くあちこちを観察していた。

「ブロンズ像もやっているんだな」レオナルドの目が型どり間近の模型に向いた。

「こっちもそのご友人のダヴィデ像だな」

模型をするりとなで、尻の手前で手をとめる。「彼の特徴をよくつかんでいる。おまえの言うとおりだ。わたしにはこれほどの彫刻は作れない。だがな、肖像画のほうはちょっと腕をあげたぞ」

ちょっと腕をあげたと！　かのレオナルド・ダ・ヴィンチがそんなことを言ったとは驚きだろう？　彼はあの当時から、フィレンツェに暮らしたことのある画家の中でだれよりも有名だった。もっとも、あのときのぼくは、いずれアンジェロの名声がダ・ヴィンチをしのぐとは知らずにいたのだが。

アンジェロは少し気をとりなおしたようだった。「どっちも彼の持つ神秘を表現した作品ですよ。おれは彫刻のほうが好きだ。絵画はつまらない」

「おまえが絵描きのギルランダイオの工房から逃げだしたのを覚えているぞ。親父さんはまだ健在か？」

「元気だよ。文句ばかりたれているけどな。おれは今もサン・プロコロ地区の古い家に親父といっしょに住んでる。訪ねてみるといい。ガブリエルが案内する」

アンジェロがひとりになりたがっているのがよくわかった。

「ガブリエルは道を知ってるのか？」

「はい、ぼくもその家に住んでるんです。ガンディーニのパン屋からそう遠くないですよ」

レオナルドの弓形の眉がつりあがって、丁寧に整えた髪に隠れた。「いっしょに住んでいると？」だが、すぐにもとの口調に戻った。「ほう、ガンディーニを知っているのか？　かみさんの肖像画を描いてくれといつも言われるんだ」

「描いてやればいいじゃないか。きれいな奥さんらしいぞ」アンジェロが言った。

「女の肖像画は、顔がきれいなだけじゃ描く気になれない。さて、仕事の邪魔はこれくらいにしておこう。少年たちを呼び戻してから、ガブリエルに親父さんの家に案内してもらうよ」

フィレンツェの伝説的な画家を案内するためなら、少しくらい仕事に遅れてもかまわないと思った。今思うと、あのとき、ロドヴィーコとレオナルドが会ってからの様子も見ておけばよかった。さまざまな昔話が語られたことだろう。

レオナルドの来訪で町では噂に花が咲いた。ピッチャーからこぼれたワインのように、噂はどんどん広まった。本人が噂を広めようとしているのかと思うほどだった。ロドヴィーコの話では、レオナルドは同性愛の罪に問われたことがあったという。

「噂はもみ消されたが、やつは騒ぎが収まるまで町を離れることにしたんだ。何年も前の、ミケランジェロが赤ん坊だった頃の話だが、レオナルドにはつねにそういう噂がついてまわる」

納得だった。レオナルドがアンジェロの工房に来たときのやりとりを聞いているし、彼とその「少年たち」をサンタ・クローチェ地区まで案内したのもぼくなのだ。

集団の中でひときわ目立っていたのが、金髪の若い男だった。本人はジャンニと名乗ったが、まわりは「サライ」と呼んでいた。小悪魔という意味だ。その理由はすぐにわかった。ぼくがレオナルドと話しているあいだ、ずっと嫉妬をむき出しにしてにらんでいたからだ。ぼくのほうがずっと長身で頑強だったから、怖くはなかったが。

サライは年の頃はアンジェロとぼくのあいだくらい。十年前はさぞ美しい少年だっただろう。すでにその美貌は衰えつつあったが、いまだ幼さの残る美少年のようにふるまっていた。レオナルドもサライを特別扱いしていた。

とはいえ、ふたりの態度は、ゲームを楽しんでいるようにも見えた。レオナルドもサライも注目を浴びるのが好きだった。道を歩くと人々が振り向き、ざわめきが広がる。レオナルド・ダ・ヴィンチはいつも王者のように町を歩いた。メディチ家の一員のように。

レオナルドがサンティッシマ・アンヌンツィアータ教会で公開した《聖アンナと聖母子》の大きな下絵は、ぼくも見た。なにかと話題になって、アンジェロも高く評価していたが、嫉妬からか、ぶつぶつとこんなことを言っていた。

「レオナルドは下絵のうちから人に見せたがるんだ。目立ちたがり屋だな。つねに賞賛を浴びながら仕事をしたいんだろうよ」

ブオナローティ家の夕食の途中、遅くまで仕事をしていたアンジェロが帰ってきた。

「あの野郎、この手で首を絞めるか、鑿でぶっ殺してやる！」

「いったいなんの騒ぎだ」ロドヴィーコがたずねた。

「だれを絞め殺すって？」とジスモンド。

「レオナルド・ダ・ヴィンチの野郎だ」アンジェロは吐き捨てるように言った。

「まあ、すわれ。ワインでも飲んで、なにか食べろ」ロドヴィーコがなだめる。「さて、やつは今度はなにをしかけてきた？」

「やつのせいで逮捕された！」

みんなが一気に深刻な顔になった。

「告発されたんだ」アンジェロはくずれるように椅子にすわり、食べ物は拒んで、がぶがぶとワインだけ飲んだ。「濡れ衣だと説明してなんとか釈放されたが、ひどく厄介だった」

妙なことに、アンジェロはぼくを見て急に目をそらした。「まあいい。だがな、やつのことはほんとにぶっ殺してやる。殺人で逮捕されてもかまわない」

「どういうことだ？」ロドヴィーコがたずねた。

「ガブリエルの前では話せない」

ぼくは顔をはたかれたような気分だったが、立ちあがって、ジスモンドにあとで説明してくれと目配せすると部屋を出ていった。

ところが、ジスモンドから話をききだすまで数日かかった。

「シニョリーア広場の〈真実の口〉に、だれかが匿名で告発したんだってさ」ジスモンドはようやく口を開いた。

「なにを？」

「えっと……ミケランジェロがおまえと……不自然な関係だって」

「ぼくと？　ぼくの名前が書かれてたのか？」驚いて倒れそうになった。

「モデルのガブリエルって。ミケランジェロはそう言ってた」

「そんな馬鹿な！　名誉毀損《きそん》じゃないか」

「わかってるよ、もちろん。けど火のないところに煙は立たないって言うだろ。起訴されたりしたら、信じる人も出てくるぜ」

「レオナルドの仕業なのは確かか？」まるで路上で襲われたときのようなショックだった。

「何年か前にレオナルド自身も告発されたことがあるんだ。だから、腹いせにアンジェロをはめたんだろうって。アンジェロは今や人気上昇中で、レオナルドのほうは落ち目だからなあ」

　とはいえ、レオナルド・ダ・ヴィンチがそこまで悪質なことをするとは思えなかった。嫉妬に駆られたとしても、そんな卑劣なことはしないだろう。アンジェロの作品を賛美の目で見ていたレオナルドの姿を思い出しながら、ぼくはつぶやいた。

「たぶん真犯人はあいつだ。ぼくが必ず仕返ししてやる」

13章　迷宮の獣人

〈真実の口〉にはだれでも告発状を投函《とうかん》することができるようになっていた。自分の名前を書く必要すらない。そのため、本物の犯罪だけではなく、さまざまな風評が集まった。大半は不倫や賄賂など近所のちっぽけな噂だった。

フィレンツェでは男同士の同性愛はめずらしくなかったというのに、当時は罪な行為だとされていて取り締まりの対象だった。ぼくはそのとき初めて知ったのだが、画家や彫刻家の「モデル」というのは当時、「娼婦《しょうふ》」や「男娼」とほぼ同義語だった。

ぼくがモデルをしたのは、アンジェロとレオーネの前だけで、ひとりは乳兄弟で、もうひとりは、ぼくの裸体を絵の題材としか見ない男だった。いつか自分がアンジェロに、知らない画家のモデルでも喜んでやると告げたのを思い出して赤面した。あのときアンジェロはどう思っただろうか？　とはいえ、アンジェロがぼくのことを誤解するはずがない。

さらに、ヴァンナやあの意地悪な従僕が、クラリスとぼくの関係を書いて〈真実の口〉に投函することもできると思うと、たまらなく不快だった。事実だから、なおさら厄介だ。

だが、そんな杞憂《きゆう》は振り払った。万が一そんな事態になれば、そのときに考えればいい。差し当たっての問題は、アンジェロに対する嘘の告発だ。

だれが告発状を書いたかは確信があった。あの小悪魔の仕業としか思えなかったからだ。レオナルドの宿をつきとめるのは簡単だった。難しかったのは、ひとりでいる小悪魔サライをつかまえることだった。ジスモンドから事情をききだすまでに日にちがかかっていたし、アンジェロがレオナルドに手出ししないよう急ぐ必要があった。

アンジェロの工房に行って、事情を聞いたと告げると、アンジェロは戸惑いがちにうなり声を出した。

「ぼくが役人のところに行って、すべて嘘だと話してくるよ。それでいいよね?」

「だめだ。ますます疑われる」

「どうして?」

「役人がおまえの美貌を目《ま》の当たりにすることになるだろ」

これにはぼくのほうが戸惑った。アンジェロがぼくのことをそんな目で見ていないのはわかっていたが、再会した最初の日に同性を好む金持ちの男に用心しろと警告されたのを思い出した。ヴィスドミーニがぼくに対して特別な好意を抱いているのは気づいていたが、向こうが行動に移さないかぎり、どうでもよかった。それにぼく個人は、ふたりの男がだれもいないところでなにをしようが、とがめることはないと思っていた。もちろん自分は女のほうが好きなのだが。

「本気でレオナルドに仕返しに行ったりしないよね？」動揺を隠すためにたずねた。

「ああ、まだなにもしてない。ただし、レオナルドは次におれと会うときには用心したほうがいい。おれは〈夜の役人〉に、あれは悪意に満ちた嘘の告発だったと訴えるつもりだ」

「レオナルドじゃないと思うんだ」

「いったいほかにこの町のだれがおれをそこまで恨むんだ？　この工房に来たとき、やつが言うのを聞いただろう？　やつはこの大理石をほしがっていた。やつの手にかかったらひどい代物になっていただろうがな」

「レオナルドの代わりにほかの人間がやったと思うんだ。レオナルドには知らせずに」

「やつはミラノで注文を受けたスフォルツァ騎馬像だって完成できなかった。あんなやつを彫刻家と呼ぶのはおかしいんだ」アンジェロはまだレオナルドの悪口をぶつぶつとつぶやいていた。

レオナルドの無実を納得させるのは無理そうだったが、年上の画家に対する憤激が少しは収まってきたようだったので安堵した。

次の日曜日にようやく時間ができたので、レオナルドの宿を訪ねた。従者のひとりが戸口に出てきて、親方は教会から帰って休んでいると告げた。彼はぼくの顔をしげしげと見ながら、どこで会ったか思い出そうとし、はっと気づいた。

「ああ、ミケランジェロのモデルだ！」

そのとき、サライが出てきた。美しい金色の巻き毛にふちどられた顔は堕天使のようだったが、ぼくのほうが背が高いので、頭のてっぺんの髪が薄くなりかけているのが見えた。いずれ髪がなくなったら本当に悪魔にそっくりになりそうな気がした。

「おや、だれかと思ったら、あの彫刻家の坊やか」

「二十歳でも坊やと呼ぶならね」ぼくはサライを怒らせる気はさらさらなかった。

「いくつになっても坊やのままの人間もいるんだよ」そういうサライが急に気の毒に思えてきた。

彼には容姿と若さ以外なにもない。そして、どちらも急速に衰えている。レオナルドの弟子とはいえ、親方のような才能はないのだろう。男としての魅力もない。ぼくは彼の親方が若き日の彼の美しさを忘れずに愛しつづけることを願った。

「親方を探しにきたのか？」

「いや、きみに話があってきたんだ」

「なら散歩しながら話そうか」

サンタ・クローチェ広場をふたりで歩くと人目が集まり、サライはそれを楽しんでいるようだった。得意げな態度がぼくの目には滑稽に写った。もしこちらがメディチ派の仕着せ姿だったとしても、そんなうぬぼれた態度をとるだろうか。

「川辺におりようか。今日は暖かいから少年たちが泳いでいるのが見えるかもしれない」

「水泳にはちょっと寒いんじゃないかな」と言いながらも、ぼくは彼の歩みに従った。

「きみが来た理由は見当がついているよ」唐突にサライが言った。

「ほんとに？」

「ああ、告発のことだろ？」

「事実じゃない。わかってるんだろ。ぼくは女のほうが好きだ」

「それは残念だな」サライは真顔になった。「彫刻家のほうは？」

「アンジェロの好みなんてどうだっていい。とにかく、はっきり言っておく。ぼくとはそういう関係じゃない。きみの見当ちがいだったな」

「ぼくの？」サライはわざとらしく無邪気な顔をした。「ぼくがなにをした？」

「アンジェロとぼくは乳兄弟だ。ぼくの母親はアンジェロの乳母だった。乳母の息子だから、今家に住まわせてもらってる」

サライは一瞬だけ顔をしかめたが、すぐに明るい表情に戻り、唐突に言った。

「うちの親方は今ちょっと金が足りなくてね。新しい仕事が必要なんだ」

「それがミケランジェロとどう関係あるんだ？」

「ないよ。ただ、次の大規模な仕事がミケランジェロに行かなければいいなと思って」ようやく白状した。「ミケランジェロはじゅうぶんな仕事を抱えているだろう。なのに、さらに仕事が舞いこむ。フィレンツェにはふたりの偉大な芸術家を抱えるだけの大きさがあると思うか？」

サライはこびるような笑みを浮かべようとしたが、彫りの深い目までは笑っていなかった。ぼくの言い分をわかってくれたらしい。

〈真実の口〉の一件のあと、アンジェロは前に話していたとおり、ぼくに彫刻を教えてくれることになった。ぼくは自分の足の爪、つまり巨人ダヴィデ像の足の爪を彫るという大役をもらった。初めは像の指先を切り落としてしまうのではと不安だったが、それを克服したあとは、楽しい仕事だった。それに、フィレンツェじゅうの話題をさらうことになる像の制作にたずさわるのは誇らしかった。

公開前からなぜそうなるとわかっていたのかは不思議だが、とにかくその予想は的中したことになる。

「脚を磨くのもやるか?」兄はきめの細かい砥石《といし》を差しだした。

ぼくは自分の脚をこするつもりで、慎重に砥石をかけはじめた。

「そうだ、この段階まで来たらゆっくり慎重にやるといい。失敗しがちだ」

兄の偉大な像を台無しにするかもしれないと考えると緊張して汗をかいたが、兄は笑って言った。「怖がらなくていい。やるしかないんだ」

兄は大理石のダヴィデ像よりもブロンズ像のほうに時間を割いているようだった。ぼくは砥石をかけながら、自分がダヴィデふたりとヘラクレスとバッカスとマルスになったのだと思い返していた。レオーネは新たにテセウスとミノタウロスという大胆な題材にとりかかろうとしていた。ヴィスドミーニはぼくを筋骨隆々の英雄か神に仕立てた絵にまだ飽きないらしい。それも、裸か小さな布だけという姿がお好みだ。

砥石がけを続けていると、サンガッロ兄弟の弟のほう、アントニオが訪ねてきた。

「知ってるか？　政府がレオナルド・ダ・ヴィンチに仕事を依頼したぞ！」
「ソデリーニが、という意味だな？　で、なにを？」アンジェロがたずねた
「壁画だ。正確にいうと政府庁舎の大会議室の壁画だ。ただし、まだ噂の段階で、契約はまとまっていない」
思わず笑みがこぼれた。サライの悪巧みが功を奏したのかは謎だが、レオナルドに注文が入り、その金であの小悪魔はもうしばらくバラ色の長靴下をはいていられる。もしあの名誉毀損の件がなかったらアンジェロにその依頼が来ていたか、それはわからずじまいだった。ただ、アントニオ・ダ・サンガッロからその話を聞いたとき、アンジェロが気にも留めていなかったのは確かだ。

次にパン屋のガンディーニに会ったとき、彼は怒りのあまり口から泡を吹いて叫んだ。

「おい、聞いてるか？」

チェーザレ・ボルジアなど町の外からの脅威についてさんざん聞かされてきたので、てっきりまた軍事情勢だと思ったら、まったくちがった。

「あいつ、新たな仕事を引き受けたんだ！」

「あいつって？」

「あの画家だよ。ヴィンチ村のレオナルドだ！」

「ああ、聞いたよ。庁舎の壁画だよね」ぼくはなにも考えずに答えた。

「壁画？　なんだ、壁画って？　それじゃない。あいつ、ジョコンドのかみさんの絵を描くことにしたっていうんだ！　何年も前からうちのかみさんを描いてくれって頼んでたのにだ」

「ジョコンド？　あの絹商人の？」

その絹商人なら知っていた。クラリスがドレスの生地を注文していたし、アンジェロの弟のブオナロートがときどき取引をしている。たしか、最初の妻が亡くなって若い女と再婚していた。

「そうだ、おれの払う金じゃ足りないってのか？　絹よりパンのほうが大事なのを知らないのか？　食糧難のときに絹を食ってみろ！」

絹商人のフランチェスコ・ディ・バルトロメオ・デル・ジョコンドがガンディーニよりいい金額をレオナルドに提示したのだろう。そして、あの小悪魔が高いほうを引き受けるよう促したのだ。その肖像画のほかに政府庁舎の壁画の話も決まれば、レオナルドの取り巻き集団は当分は安泰だろう。だが、ガンディーニの怒りは収まりそうになかった。

「残念だったね。政治がらみの理由でもあったのかな」ぼくは最初に思いついたことを口に出した。

「政治がらみ？」

「そうだよ。きっとその奥さんはメディチ家とかトルナブオーニ家とかの遠縁なんだ」口から出まかせを言った。「レオナルドはミケランジェロと同じで、昔ロレンツォのもとにいたからね。断れなかったんじゃないかな」

ガンディーニは根っからの共和派だが、その筋書きは気に入ったようだった。ガンディーニ自身も美しい妻もおとしめない内容だからだ。すっかり機嫌がよくなって、ぼくに甘いペストリーをひとつくれた。

店を出て歩きながら、レオナルドが描くという肖像画について考えていた。ガンディーニをなだめるために出まかせを言ったものの、本当かもしれないと思えてきた。レオナルドは、女の肖像画は美人だからという理由で描く気になるものではないと言っていた。ガンディーニの妻にはなくて、ジョコンドの妻にあるものとはなんだろうか？

その頃、兄はふたつのダヴィデ像を中断して、別の作品にとりかかっていた。円形のレリーフで、聖母子像だという。聖母子像というと、いつか見せてもらった庶民的な女が赤ん坊を抱いている《階段の聖母》以来になる。

ローマの《ピエタ》の聖母の顔は実の母の面影を表現したと、兄自身から聞いたことがあった。ぼくとしては、《階段の聖母》はぼくの母の肖像だと思いたかった。

今度の聖母はどちらとも似ていなかった。兄があまりに手早く彫っていくので、石の中から人物が浮きあがってくるように見えた。聖母は右肩越しに振り返ろうとしていて、イエスはその母の横に立って膝にもたれ、開いた本をのぞいている。もうひとりの子どもが聖母の背後から顔を出している。アンジェロのほかの作品とはちがって、穏やかで家庭的な雰囲気のにじむレリーフだった。

「美しい……」陳腐な言葉だが、つい口に出た。クラリスと息子ダヴィデを思い出す。スパイとしてアルトビオンディ家に出入りするようになってからは、ダヴィデには一度も会っていなかった。もう一歳の誕生日も過ぎ、母の腕に支えられながらこの幼いイエスのようにしっかりと立っていることだろう。

「気に入ったか？　バルトロメオ・ピッティの依頼だ」

ぼくはただうなずいた。「後ろからのぞいているのは幼児洗礼者ヨハネ？」

「そうだ。だが、ヨハネはこの構図では主体じゃない。レオナルドの絵とはわけがちがう」

兄はやはりレオナルドを意識しているのだ。

「レリーフの作り方を知っているか？　立体像を彫るのとはまったくちがうんだ」

それはぼくにもよくわかった。人物の一部を円形の背景から立ちあがらせることで確かな存在にしてあるが、決して深く削りすぎてはいけない。人物が背景の大理石から分離しないように彫っていく。

そう思うと奇妙な感覚に襲われた——立体の人物像だったはずの自分が、レリーフの背景の中に閉じこめられてしまい、二度とそこから抜け出せない。そんな感傷的なことを考えてしまうのは、息子ダヴィデのことがあるからだろう。彼から、そしてその母親から、自分は決して離れられないのだ。

そのとき、さらに奇妙なことに気づいた。ぼくと似た顔をしているのは幼子のほうではなかった。もしそうなら、アンジェロは魔法でぼくの胸の内を見通せるようになったのかと思ったことだろう。しかし、ぼくに似ているのは聖母マリアのほうだった。聖母はぼくをモデルにした大理石のダヴィデ像の顔を、少し柔和にしたような顔をしていた。

口に出そうか迷って、結局やめた。〈真実の口〉の一件でじゅうぶんいやな思いをしたあとだ。兄がぼくの顔を愛するあまり無意識のうちに聖母の顔を似せてしまったなどと、考えるのも面倒だった。レオナルドとサライがこれを見ないことを、たとえ見てもなにもしないことを、願うしかなかった。

その晩はレオーネの英雄テセウスのモデルの仕事だったが、心が乱れて落ちつかず、英雄より獣人ミノタウロスのほうがふさわしいほどだった。

「今夜は動きが多いな、ガブリエル。休憩をとるか?」

「いえ、すみません。気分が落ちつかないだけで、体の具合が悪いわけじゃないんです」

「気分は体に影響するからな」ぼくの体を描くのが仕事のレオーネが言うのだからまちがいない。

「あの、レオーネさん、結婚していますか?」

「いや、金がなくて結婚なんかできない。ここの旦那のもとで働いていれば一年ほどでじゅうぶん貯まるだろうけどな。気に入っている相手はいるんだ」

「ぼくもです」思わず口をついて出た。

レオーネは妙な顔つきになった。「グラツィアのことじゃないよな?」

それを言われると、ますます気が動転した。

「なあ、ガブリエル、五分間すわって話をしよう。なにが気がかりなのか打ちあけてくれ。そのままじゃモデルは務まらない」

レオーネが見習いの少年を部屋から出ていかせると、ぼくはテセウスのマントとチュニックに見立てた布を体に巻いて丸椅子にすわった。

レオーネはキャンバスを手で示した。「テセウスの話を知ってるか？」

「迷宮で獣人ミノタウロスを殺したんですよね」

「そのあとは？」

ぼくはぽかんとして首を横に振った。「そのあと」のことなど考えたことがなかった。一度も。それがぼくの欠点のひとつだった。

「テセウスは王女アリアドネに導かれて迷宮に入り、ミノタウロスを倒したんだが、そのあと、アリアドネを捨てたんだ。彼女の手助けがあったから成功したのに」

「糸をたどって迷宮から出るように教えられたんですよね？」

「糸もそうだし、なにもかもアリアドネのおかげだった。なのに、テセウスはアリアドネをある島に連れていき、そこに彼女をひとり残して船で去ったんだ」

「グラツィアはアリアドネのモデルをしているんですか？　ヴィーナスやレダのときのように」

「きみはいつかグラツィアを捨てるつもりなのか？」レオーネは質問で返してきた。

「彼女にスパイ活動の手助けをしてもらっているんだろう？」

「じゃあ、アリアドネはそのあとどうなったんですか？」

「バッカスに救い出されたんだ。バッカスはアリアドネを妻にし、オリンポス山に連れていった」

「バッカス――ぼくはバッカスのモデルもしましたね。彼女はどっちにしてもぼくといっしょになるのか」

「男はだれでもテセウスの一面と、バッカスの一面をもっていると思うんだ」

「獣人ミノタウロスの一面もでは？　ぼくはそれが気になってました」

「きみはまだまだ若い、ガブリエル。あまり自分を責めるな。若いときはだれでも失敗をくりかえすものだ」

「いつになったら大人になれるのかな。背丈はもうたいして伸びないだろうけど、もっと賢くなりたい」

レオーネは笑ったが、温かい笑いだった。「背丈と知恵は同時には手に入らないようだな。けど、何年かすれば知恵も身につく。悩んでもしょうがないことを悩みつづけるなよ。将来、賢くなればいいんだから」

レオーネの言ったことはまさに真実だった。その瞬間ぼくは、グラツィアにロザリアのことを打ちあける決心をした。そのあとどうなるかは、グラツィアしだいだ。

14章　月の山

次に兄に会ったとき、彼はうれしそうに手をもみあわせていた。

「新たな依頼だ！　十二使徒をすべて彫ることになった！」

「すごいね！」喜びの声を期待しているようだったのでそう言ったものの、内心ではどういうつもりなのかと思っていた。二体のダヴィデ像と円形レリーフ、そしてもちろんシエナの十五体の彫刻もあるというのに。

「大理石を選びに行くぞ」

「行くぞって？」

「ああ、おまえも行くんだ。工房の親方には話をつけてある。大聖堂造営局はおれと助手の分の旅費を出すことになってる。カッラーラまで十二個の大理石を選びに行くんだ」

胸が躍った。二年前にセッティニャーノ村を出てから、石切り場には一度も行っていいなかった。話を聞いて急に石切り場が恋しくなった。

「さらにいい知らせがある！　造営局がおれに家とアトリエを建ててくれることになった」

「兄さんの仕事ぶりを評価してくれたんだね」ぼくはそう言いながらも、アンジェロが家を出たあと、自分はロドヴィーコの家にいさせてもらえるだろうかと気になっていた。

「おまえもおれの家に移るんだぞ。ボルゴ・ピンティとコロンナ通りの交差点のところだ」

まるで胸の内を読まれたようだった。兄は親元から離れて自立した暮らしを始める頃合いだと思ったのだろう。ローマに五年住んだことはあったが、親の家にいればなにかと子ども扱いされてしまう。それに、自分の腕ひとつでこの名誉を勝ちとったと思うと、うれしくないはずがなかった。

「まあ、家が完成するまでしばらくかかるがな」アンジェロは少し顔を曇らせた。

おそらくぼくの顔も曇っていただろう。ボルゴ・ピンティの家に独り身の男ふたりが中年の家政婦を雇って暮らしている図が浮かんできたのだ。世捨て人のふたり組のようになるだろう。時間にはおかまいなく気ままに新しいアトリエにこもって、休みもとらずに仕事を続ける。グラツィアともめたあとだけに、それも悪くないと思えた。

結局、その新しい家に住むことはなく、十二使徒の像が作られることもなかったのだが、あのときはふたりともそんなことは知らずにいた。

「カッラーラに行くのはいつ？」

「来月の頭か。どうだ？」


そんなわけで、われわれは五月一日に出発した。荷馬車に乗って大理石の山があるカッラーラまで行くのだ。ぼくはそんな遠出をするのは生まれて初めてで、胸が高鳴っていた。

とはいえ、グラツィアにロザリアのことを打ちあけた晩のことが頭から離れなかった。グラツィアは別れるとは言わなかったが、泣いていた。

「じゃあ、故郷に婚約者がいるのね？　フィレンツェにはあの貴族の奥さんもいる。いったいあと何人いるの？」

「もういないよ。前にも言っただろ」口では断言しても、態度が怪しかったらしく、グラツィアにさらに問いつめられてしまった。

「ほんとなの？　フィレンツェでほかに目をつけている女はいないの？　それから、言い寄ってきてる女は？」

容赦なく追及され、白状するしかなかった。

「きれいだなと思っている人がひとりいる。けど、ぜったいに手は出さないと決めているんだ。彼女のお兄さんと知り合いなんだが、妹が貧しい石工とくっつくなんて許さないだろうからね」

「ふん、また貴族の女なのね」

「それから、きみが言ってたよね、ここの女主人がぼくに色目を使ってるように思うって」怪しまれるような話はすべてしぼりだして、さらなる誤解を受けずにすむようにと必死だった。

「女たちからそういう目で見られるのは、あなたのせいじゃないわよね。気を引くようなことをしていなければの話だけど」

まったくしていないかと言えばそうでもなかったが、だまっておくほうが賢明だ。

「それで、アルトビオンディの奥さんとはもう会ってないの？」グラツィアは声をひそめた。

「たまにすれちがうだけだ。フラテスキのスパイとしてあの家に行くときにね」

「じゃあ、今はあたしと、その故郷の初恋の人だけってこと？」

「そんな言い方するなよ。ロザリアとは一年半も会ってないんだ。彼女が待っているかどうかもわからない」あのときは、すでに少しは大人になって冷静に考えられるようになっていたのだ。

「でも、将来はセッティニャーノ村に帰って、彼女と結婚するつもりなんでしょ？」

「彼女が待っていればの話だ」

「ねえ、わたしじゃなくて彼女がいいのは、どうして？　美人なの？　若いから？　それとも……体？」

そんな質問をされたとき、男にはどんな答えができるというのか？

結局ろくな返事はできず、帰る前に、ただロザリアと先に出会ったからだと言って話をおさめるしかなかった。

荷馬車の上でアンジェロが声をかけてきた。「今日はやけに無口だな。なにを考えてる？」

「ああ、ごめん」ぼくはわれに返った。「しばらく町を離れられて、ありがたいよ」

「恋愛か、政治か、今度はどっちだ？」

「そんなに顔に出てた？　わかった、話すよ、恋愛のほうなんだ。政治のほうは大きな変化はない。少なくともぼくの周囲では」

「悩みは複雑な恋愛模様だけというわけか」

「女が次々にぶつかってくるのに、どうすれば兄さんの助言どおりにできるか、さっぱりわからない」

アンジェロは声をあげて笑った。「うらやましがる男がたくさんいるぞ！　おれにはまったく縁のない話だ。トリジアーニに鼻を折られたことに感謝すべきかもしれない」

「ぼくも鼻を折られたいくらいだよ。けど、ごめん、今は女のことは忘れたいんだ。せめて何日かは石の話だけにしようよ」

石。ぼくは石に囲まれたところで生まれた。父親も親戚も、まわりの男たちはみんな石切り場で働いていた。子ども時代は石の粉が舞う中で過ごした。アンジェロでさえ、うちの母の乳といっしょに鑿と槌をあやつる技を飲んで育ったと語っていたほどだ。

ちなみに、ロドヴィーコはその話が嫌いで、アンジェロが有名になって稼ぎがよくなるまでは彫刻の仕事をよく思っていなかった。修道士の長兄リオナルドの影響でアンジェロは質素な暮らしぶりだったが、当時すでに父親や弟たちがアンジェロの財布を当てにするようになりはじめていた。

アンジェロはぼくの家族と同じく石を愛していたが、ブオナローティ家の人々にはそれが理解できなかった。兄もぼくも手がべたつくのが苦手だったが、さらさらした石の粉がつくのはまったく気にならなかった。粉まみれで真っ白になっても一向にかまわない。むしろ清らかな気持ちになった。

石を相手にするには、重労働に耐えるたくましさが必要だ。大理石を山から切り出すのは、軟弱な男にできる仕事ではない。石は四角く整えられ、運ばれて、最終的にはなにか別の物に生まれ変わる。像になるのはごく一部で、大理石にとって最高の行く末だ。多くの大理石がテーブルやバスタブや柱になる。フィレンツェの大聖堂のような大きな建造物に使われることもあれば、小さなタイルに加工されてモザイクに使われたり、石畳の床に使われたりすることもある。大理石の粉も価値があり、にかわや石灰と混ぜて人工の石が作られる。当時、本物の大理石より安価な代替物として人気が出はじめていた。

大地が尽きることなく石を与えてくれることに、ぼくは感動していた。カッラーラの石切り場は古代ローマ時代からあり、石の白さと純度の高さで有名だった。セッティニャーノ村の石切り場も歴史は古く、何百年もぼくのような男たちが山の表面を這いまわり、石を切っては運び出してきた。

石切りは危険な仕事だ。ぼくは人が滑落して死ぬのを何度か目撃していた。石に押しつぶされて死んだ人たちもいた。指を失っても仕事を続けている人もいた。うちの村では生活の糧《かて》を得る道が限られていて、農業か石切りのどちらかだった。

家によってどちらの職業かが決まっていて、農作の血も石切りの血も代々受け継がれているように思えた。土から食糧を育てる良さもわかる気がしたが、ぼくには肉体を駆使して山からいい石を奪いとる喜びのほうが断然合っていた。

三日かけて宿屋に泊まりながらのんびりとカッラーラへ向かった。アンジェロは以前にもカッラーラへ行ったことがあった。《ピエタ》を彫る前に、ローマからはるばる石を選びに行ったのだ。ダヴィデ像に、つまりぼくになった古い大理石も、もとは同じカッラーラ産だった。それでも兄は、カッラーラに近づくにつれて、ぼくと同じようにはしゃぎだした。荷馬車がゆっくり山をのぼりはじめると、ぼくは初めて目にするあるものに気づいた。海だ。驚いて飛びはね、あやうく荷馬車をひっくり返すところだった。

「用事が片づいたら海に行ってみよう。一生に一度は海を見ないとな」兄が言った。ついに大理石の山が視界に入ってきたとき、兄はめずらしく笑みを浮かべてぼくを見ていた。ぼくがどれほど驚くか予想していたのだ。

「この山は月《ルナ》と呼ばれている。ここで採れる大理石が、月のように白く輝くからだ」

石切り場の村で育ったぼくでも、あんな美しい山は見たことがなかった。

兄は前にも泊まったことのある町なかの宿を予約していた。大聖堂の裏手の宿だったが、大聖堂を訪ねる暇はなかった。翌朝は日の出とともに石切り場に向かったからだ。荷馬車が山腹の恐ろしく険しい道をのぼっていき、馬車が進めなくなると徒歩で進んだ。朝の太陽を追いながら白い山をのぼるのは少しも苦痛ではなかった。空気は爽やかで、白い崖の上の空は強烈な青色だった。あんな爽快さは、前年の夏に汗をかきながら町はずれのフィエーゾレの丘にのぼったとき以来だった。

途中でひとやすみして、澄んだ空気をたっぷり吸った。

「これでおまえも頭がすっきりするだろう」

「そうだね」アンジェロに言われてうなずいたとたん、ややこしい恋愛模様だけではなく、スパイという役目にまつわる嘘や偽りのすべてがさもしく思えてきた。

そんなふうに感じたのは、石のそばに帰ったからかもしれない。そこには確固たるものがある。決してあざむけないなにかが。大理石は人間のように自らの傷を隠して後になってまわりを痛い目に遭わせるようなことはない。

「彫刻家の助手にならないかって話だけど」ぼくが話題を出すと、アンジェロは返事の代わりにうなり声をあげた。

「やってみたいな。その彫刻家が兄さんなら」

兄はぼくの手をにぎった。こんな親しげなことをするのはめずらしかった。

「ほかの彫刻家のところへなど行かせるものか」

そのとき、その場所で、契約は成立した。山から切り出された大理石に囲まれた、もっともわれわれにふさわしい場所で。司祭や判事の立ち会いでも、あれほど厳粛な雰囲気にはならなかったことだろう。ぼくは石工の工房をやめて兄のもとで働こうと決めた。最初は、二体のぼくの像ができあがろうとしている大聖堂の工房で、のちには新しいアトリエで。

そのときは、ふたりともそうなると思っていた。


石切り場の中心部におりていくと、いよいよ仕事の開始だった。すでに男たちが石を切ったり持ちあげたりしていた。

アンジェロはここの監督とは知り合いのようで、互いの腕を軽くたたくと、すぐに地層ごとの石の質について話しこんだ。一段落すると、アンジェロはその監督を連れてきてぼくを紹介した。

「マテオ、こいつは助手のガブリエルだ」

助手として旅に同行したのは確かだったが、改まってそう呼ばれると、誇りと責任を感じて背筋を伸ばした。

マテオはぼくを上から下までなめるように見た。

「ブオナローティさん、お目が高い。たくましい若者ですな」

「ああ、昔からの家族ぐるみのつきあいでね。ガブリエルはセッティニャーノ村の出なんだ。石切りの名門だな」

名門という言葉に三人で笑ったが、監督の笑い方が少々わざとらしく感じられた。カッラーラは石切りの王者だと見せつけられたばかりだ。セッティニャーノ村など下っ端にすぎない。

「うちの月の山をどう思ったかな？」監督がぼくにたずねた。

「想像をはるかに超えていました」ぼくは本心から答えた。

「高名な彫刻家のブオナローティさんのためですからね。最高の石を用意しますよ。上質な大理石をそろいで十二ですね？」

「ああ、十二使徒を彫るんだ」アンジェロが答えた。「最高の石が必要だ。前にもここで《ピエタ》の大理石を切り出してもらったし、信頼しているよ」

「ユダを彫るのに、傷の入った大理石をひとつ、どうかな？」ぼくが軽い気持ちで言うと、監督は血相を変えた。

「わたしはブオナローティさんに傷入りの石など売らんぞ」

「こいつの言うことは気にしないでくれ」アンジェロがとりなした。「ガブリエルは妄想癖があってね。おれは裏切り者のユダなど彫らない。十二使徒には代わりに聖マティアを入れる」

監督が納得すると、アンジェロは話題を変えた。「傷入りの石といえば、昔アゴスティーノが買った大理石の塊を、おれが彫っているんだが、知ってたか？」

「アゴスティーノもロッセリーノも完成できなかったあの石ですね」

この監督自身の記憶にあるわけではない。あの大理石はこの男が生まれる以前に山から切り出されたものだ。

「じきに完成だ。フィレンツェまでぜひとも見にきてくれ。ローマよりはるかに近いからな。きみがおれの《ピエタ》を見ていないというのが残念でならないんだ」

それからまじめな商売の話になった。石切り場にはそれぞれ名前がついていて、ここはラ・タッカ・ビアンカ――「白い筋」という名だった。最初に岩に槌を打ちこんだ男が真っ白な大理石の筋を発見したからだという。《ピエタ》の大理石もこの石切り場の産出だった。

「マテオ、ここには道が必要だな」アンジェロが言った。

「そうだ。道がないのに、どうやって大理石を運び出すんですか？」ぼくはたずねた。

「木で作った頑丈なそりにのせるんだ。そのまま川に浮かべてくだっていく」アンジェロが答えたが、川に目をやっても干あがった川底に石がごろごろしているだけだった。

「雨が降るまで待つんだ」マテオが言った。

それを聞いて、ぼくはがっかりした顔をしたのだろう。

「ガブリエル、大理石をすぐにフィレンツェに持って帰るつもりでいたのか？」アンジェロが言った。

図星だった。ふたりに大笑いされた。

「大理石の扱いの秘訣《ひけつ》を知っているかな？」マテオは問いかけて、すぐに自分で答えを出した。「忍耐だよ」

ぼくは大理石のダヴィデ像を思い出して、うなずいた。石の中からダヴィデが解き放たれていった圧倒的な数か月のあと、像はじっくりと時間をかけて少しずつ完成に近づいていた。

ぼくたちは坂道をくだって大理石の山の割れ目に入っていった。両側にそびえる大理石の岩肌は、崖のようにも、自然が作った巨大な大聖堂の壁のようにも感じられた。その壁には、含まれる鉱物によって灰色や赤や緑の筋が入っている。半分目を閉じれば、大理石の柱や床をもつ教会の中にいるような気がした。

大理石は上から順に切り出さなければならない。はしごの上の木の足場に命を預けて力強く立つ男たちの姿が見えた。かけ声が大理石の壁のあいだでこだましている。

「ブオナローティさん、十二使徒の石はあのあたりがいいと思いますよ」マテオが上のほうを指さした。灰色の壁に一部、真っ白なところがある。

マテオはぼくに説明した。「彫像には、月の山でもとくに白いところがいい。色のついた筋はきれいだし、柱や石碑には好まれるが、像にするなら白にかぎる」

三人そろって壁のいちばん上の白い部分を見あげた。そのとき、ぼくは岩を芸術作品にするまでの果てしない作業について考えていた。兄もおそらく似たようなことを考えていただろう。ところが、マテオはより現実的なことを考えていた。

「では小屋まで来てください。像に必要な石の寸法を紙に書いて説明しますから」

それから二日かけて値段の交渉をし、どこの部分をどの石工に切ってもらうかを決めると、すべての用が片づいたが、兄はぼくとの約束を忘れていなかった。

広場で酒を飲みながら休日を楽しんでいた荷馬車の御者は、海沿いの道で帰ると聞いて驚いた。余計に半日かかるからだ。それでも文句は言わなかった。金さえもらえれば客の望みは叶《かな》えるのだ。

海に近づくにつれて、ぼくは身震いがとまらなくなった。あと一度曲がれば、そこにはまだ見ぬ驚きの光景が広がっているのだ。もちろん、海がどんなものかは知っていたし、絵の中の海なら見たことがあった。大理石やガラスのように色を変え、ときに穏やかになり、ときに荒れ狂うことも知っていた。

だが、塩のにおいがすることや、絶えず音が響いていることは、それまで知らなかった。そしてなにより、あんなに大きいとは知らなかった。目の前に広い湾と果てしなく続く海が見えてきた。水の上で光がきらめき、波が次々と寄せてくる。人生の一年一年のように。

ふたりで荷馬車から飛びおりて、水辺まで歩いていった。ぼくは小石の上を寄せては返す波の音にすっかり魅せられていた。浜辺のあちこちに見たこともないおもしろい形の海藻の塊が落ちていた。アンジェロがひとつ拾って、ぼくに差しだした。獣の内臓がからみあったような形で、塩のような魚のようなにおいがした。触ってみると弾力があった。

「入ってみるか?」兄が言いだした。

「水の中に?」

「もちろんだ。暑い日にはひんやりして気持ちがいいぞ」

兄がブーツと靴下を脱ぎはじめたのを見て、怖くなった。ぼくは泳げないし、兄が泳げるのかも知らない。兄が溺れたら、助けられるだろうか？　ふたりともここで死んでしまうのではないか？

「子どもじゃあるまいし。端のほうの水は浅いんだ。ほら！」

兄はずぶずぶと水に入っていき、膝までしかないのを見せてくれた。白い足が水の中でゆがんで見えた。

ぼくも靴と長靴下を脱いで近づいていった。初めは氷の上を歩いているようだったが、足が慣れると温かく感じた。行水する子どものようにしぶきをあげて遊んだあと、兄がそろそろ上がろうと言った。

濡れた足に砂が貼りついたまま、靴と靴下を手にもって荷馬車に戻った。御者はすっかり呆れ顔だった。

そのあと、荷馬車はややこしい争いに満ちたフィレンツェの町へと進んでいった。

思い返せば、あれはぼくの人生が見る影もなく変わってしまう前の、兄との最後の楽しいひとときだった。

15章　フィレンツェでいちばん有名な顔

フィレンツェに帰ったときには、すっかり元気になっていて、世間に立ち向かう気力が高まっていた。

兄はぼくが十二使徒の大理石を持ち帰るつもりだったことをからかった。確かに、重い大理石を十二も積んだら、あの荷馬車はどうなっていただろう。大理石がアンジェロの工房に届くのは数か月先の見込みだった。山から切り出すには日にちがかかるし、運ぶにも川の水が増えるまで待たなければならない。そのあとに十二台の荷馬車でフィレンツェへの街道を進む日数も必要だった。

石の到着があまりに先なので、アンジェロは待ちきれなくなって聖マタイのスケッチを始めた。聖マタイのモデルはぼくではなく、アントニオ・ダ・サンガッロと空想の人物の融合だ。実際に彫りはじめるのは、うまくいっても一年以上先の見込みだった。

その頃、大聖堂造営局から、できるだけ早く大理石のダヴィデ像を市民に一時公開するようにというお達しが来た。

「ガブリエル、手伝ってくれ」アンジェロは両手で髪をかき乱した。「おまえの親方のところに行って、すぐに仕事をやめさせてくれるよう頼んでくる」

少し驚いたが、不安はなかった。助手になることはカッラーラで約束している。予想より少し早くなっただけのことだ。

「どうして造営局はそんなに急いで人に見せたいんだ？　制作期間は二年の予定だったよね。まだ先じゃないか？」

「そうなんだ。まだ二か月あるというのに、連中は来月市民に見せろと言ってきた！去年は、来年の春まで延期してもいいという話さえあったから、当分は人に見せなくてもいいと思っていたのに。まあ、もうじき完成だがな」

兄は、当時はまだ契約内容をまじめに守っていたのだが、後年にはしょっちゅう仕事を途中で放棄していたらしい。はるばる大理石を選びに行ったあの十二使徒の像も放棄された例のひとつだ。聖マタイの像だけは途中まで作ったそうだ。

それでも当時はふたりともまだそんなことは知る由もなかったし、ダヴィデ像が全面公開になるまであと一年以上かかることも知らずにいた。

「造営局には、観覧日は六月二十三日と言われてる。聖ヨハネの祭日あたりにしたいんだろうな」

洗礼者の聖ヨハネはフィレンツェの守護聖人だから、それは納得だった。しかし、時間がなかった。その日から兄とぼくは、観覧日までに像を完成するために毎日延々と働いた。巨大な像を移動させるわけにはいかないので、観覧日には、ダヴィデ像の周囲に建てた秘密の工房に人々が押し寄せることになる。兄にとってはそれが苦痛だった。

ヴィスドミーニとレオーネに、観覧日まではモデルの仕事を休みたいと告げると、すぐに了承してもらえた。レオーネはすでにスケッチを描きためていて、ぼくがいなくても絵にとりかかれる状態だったし、アリアドネ役にはグラツィアを入れることになっていた。グラツィアは、ぼくと距離ができるのを喜ぶことだろう。

そんなわけで、ぼくの修道士のような生活が始まった。狭いところで這いまわりながら慎重に削ったり磨きをかけたりしていく。休憩はわずかで、埃のせいでつねにのどが渇いていた。夜になっても、フラテスキやコンパニャッチの集まりには行かなくなった。アルトビオンディには石工の工房で長時間働くことになったと話したが、彼には石工の仕事などわかるはずもない。なんの反論もせず、なにか進展があったら伝言を送るとだけ言われた。

意外にも、すべての時間をダヴィデ像に注ぎこむのは、まったく苦にならなかった。

面倒なことをあれこれを考えずにすむし、アンジェロの正式な助手になったことに誇りを感じていた。アンジェロのことをイタリアじゅうでもっとも偉大な彫刻家だとみなしているのは、ぼくだけではなかった。

観覧日の一週間前の遅い午後、ちょっと息抜きに外に出たが、六月のフィレンツェでは、爽やかな空気を吸えるところは少なかった。大聖堂広場にバラ色の服装のサライがいた。ふと人恋しくなって手をあげて挨拶してみると、サライはこちらにやってきた。

「やあ」気乗りしない返事だった。

小悪魔サライらしくない姿だった。今日は意地悪をする気力もなさそうだ。

「どうした？　今日はレオナルド親方は？」

「ふん！　よくそんなことが聞けたもんだな！」サライは急に力強くしゃべりだした。「みんなを放ったらかしてピサに行ってしまった」

めずらしい。レオナルド・ダ・ヴィンチはどこへ行くときも従者の集団を連れて歩いていたのに。サライが声を荒らげるのも無理もなかった。

「ピサに、なにをしに？」

「川を動かすんだとさ」不機嫌そうに言ってから、しまったという顔をした。「ああ、忘れてくれ。これは軍事機密だった。ソデリーニの依頼でアルノ川を動かすための調査に行かされてるんだ」

川を動かすなど現実離れした夢物語に聞こえるが、レオナルド・ダ・ヴィンチが画家であると同時に優れた技術者だということはぼくも知っていた。ミラノ公ルドヴィーコ・スフォルツァがフランス軍に包囲されたとき、彼はあらゆる策を助言した。だが、川の流れを変えることなどできるのだろうか？

それにしても、そんな秘密を軽々しくぼくに話してしまうとは、サライも困ったものだ。なぜレオナルドがこんな軽率な男を信頼しているのか不思議なくらいだ。

「レオナルドはひとりで行ったのか？」

「いや」サライの顔が曇り、不機嫌の理由がわかってきた。「ミラノで軍事面を手伝っていたやつらを連れていったんだ。〈芸術面の助手〉はいらないってさ」

サライはその言葉を口にしながら、自虐的にせせら笑った。

「きみを連れていっても退屈させてしまうと思ったんじゃないか？」

ぼくの発想を気に入ったのか、ただの気まぐれか、サライは急に明るくなった。

「愚痴はもういいや。で、きみのほうは、なにか変わりは？」

ダヴィデ像の観覧のことを告げると、サライは興味津々になった。

「ぼくも見にいくよ。若い子たちを連れてさ。親方が帰ったら詳しく話を聞きたがるだろうし」

あまりうれしい話ではなかったが、この小悪魔とその一味が見にくるというなら、とめるわけにもいかなかった。


観覧日は金曜日で、フィレンツェ市内は翌日の聖ヨハネの祭日の準備に沸いていたが、多くの人が持ち場を離れて噂の「巨人」を見にやってきた。

兄は見たこともないほど神経質になっていた。像の出来栄えに不安があったわけではない。自分の作品についてはぜったいに過小評価はしないたちだった。どちらかというと、秘密の工房に人を入れるのがいやだったのだろう。大聖堂造営局の人でさえ二年近く中に入れなかったのに、いよいよ扉を開かねばならないのだ。

その二日前にサンガッロ兄弟が来て、われわれが像をまっすぐに立てるのを手伝ってくれた。まだ公の場に出せる完全な状態ではなく、台座もなくて作業用の足場に支えられているというのに、堂々たる姿だった。

工房にはブロンズ像の《ダヴィデ》と《トンド・ピッティ》用の模型も置かれていた。大理石のダヴィデ像の最初の蠟の模型はとっくに溶けてしまったが、石膏の模型はまだあって、像ができるまでの構想の流れを示していた。

まずはゴンファロニエーレのソデリーニが制服姿でやってきて、公開に当たっての式典がとりおこなわれた。ソデリーニの枢機卿になったばかりの弟も来たが、自尊心の塊のような男だった。

工房の片側には、ダヴィデ像の顔の高さに近いところから見られるように、両端に階段がついた観覧者用の台をしつらえておいた。アントニオ・ダ・サンガッロが「台がないと、みんなでダヴィデの股間を見あげる格好になるぞ」と言ったからだ。

最初に像を見たのはゴンファロニエーレだった。そのせいでのちに市民から不満が噴出するのだが、当の本人は満足げだった。

「すばらしい像だ、マエストロ・ブオナローティ！」ソデリーニは優雅な口調で告げた。「完成して、しかるべき場所に設置される日が待ちきれないほどだ」

「そんなの、どこでもいい」アンジェロは小声でつぶやいた。

その日はフィレンツェじゅうの知り合いが訪ねてきたと思う。貴族も商人も労働者も、あらゆる人がやってきた。まずは、ジャンバッティスタを先頭にしたフラテスキの面々だった。翌日が祭日だったのでジャンバッティスタはすっかりお祭り気分で、「巨人を見にいく」のも祭りの一環のようだった。

それでも、感銘を受けているのは、すぐにわかった。フラテスキの仲間には兄のことを話していたが、彼らの関心はそれまで芸術面ではなく政治的立場にばかり向いていた。それがダヴィデ像を見て、目からうろこが落ちたようだった。

「すごいな！」台からおりてきたジャンバッティスタは言った。「きみなのに、きみじゃない。外見は忠実に再現されているのに、そこにぼくたちが知らなかった内なる炎が見えるんだ」

誉められているのかよくわからなかったが、アンジェロの作品が賞賛されるのは誇らしかった。つい視線がシモネッタに向いた。兄といっしょに像を見にきたのだ。彼女はダヴィデの裸体に動揺したのか、青白い顔でなにも言わずにそそくさと出ていってしまった。

間の悪いことに、次に入ってきたのはグラツィアだった。レオーネといっしょだ。グラツィアはすれ違いに出ていくシモネッタの血の気の引いた顔をちらりと見ると、ほかの女を慌てさせたのを責めるような目でぼくを見た。それはあんまりだ。

レオーネとグラツィアが台にあがると、今度はグラツィアが圧倒される番だった。自分の裸体の拡大版を見たグラツィアが狼狽《ろうばい》するのを見ているのはおもしろかった。レオーネが作者に祝いの言葉をかけにいくと、グラツィアはぼくに話しかけてきた。

「さっき出ていった女なの？　このあいだ話していたのは」

ぼくは彼女の質問に答える必要はないと思った。

「像の感想は？」

「ええと……あのね……なんだか気味が悪いわ。あんなに大きくて……裸で……わいせつよ。なんかね、品がないと思うの。あんなふうに自分の体がさらされて、どうして平気なの？」

「慣れているから。モデルをしたり、細かい仕上げの作業を手伝ったり、二年近く続けてきたんだ。今日はそれを他人の目を通して見ることになる」

「精巧に作られてると思うわ。でも、あたしは芸術作品としては見られない。あなたたなんだもの。町の人たちも大半がそう思って見るはず。この町に、あなたのことを知らない人はだれひとりいなくなるのよ」

台の上から口笛が聞こえて振り向くと、騒いでいるのはサライとその仲間たちだった。グラツィアに断ってその場を離れ、面倒が起きないうちに鎮めようと階段を駆けあがった。

サライはぼくをじろじろ見ながら仲間に声をかけた。「ほら、ダヴィデが来たぞ。フィレンツェでいちばん有名な顔になる男だ。顔だけじゃないけどな！」

「やめろ」ぼくは赤面をこらえるのに必死だった。「ここで騒ぎを起こすな。人前で悪ふざけをしたら、きみの親方が恥をかくことになるんだぞ。作者にだって失礼だ」

「そうかな？　その作者ってのは、サンタ・トリニタ広場でうちの親方のミラノの作品をけなして恥をかかせたやつだろ？」

「そんな話、聞いたことがない」ぼくは正直に言った。「けど、きみの親方は礼儀を重んじる人だから、そんなふうにミケランジェロをおとしめるのは許さないはずだ」

サライはしばらくだまりこんでから、両手を上に向けてとぼけた顔をしながら言った。

「すばらしい彫刻作品だ。きみは自分の親方が誇らしいだろうな。ぼくもうちの親方を誇りに思ってるけど」

そしてサライは一味を引き連れて出ていき、なんとか場は収まった。

次に来たのは、パン屋のガンディーニと美しい妻のアレッサだった。あまりに多くの女たちが自分の裸体の巨大な像を見ていくので、ぼくはだんだん気恥ずかしくなってきた。確かに、生身のぼくの裸を見たことのある女もいるが、シモネッタやパン屋の妻はそうではない。これからもペストリーを買いに気軽にパン屋を訪ねられるだろうか？

その日はアンジェロにとっても、ぼくにとっても、審判が下る日だった。兄は数多くの賞賛の声といくつかの批判の声に耳を傾けることになった。批判した相手の多くは彫刻にも芸術にも無知な人々だ。見られているのはぼくの体と顔だったが、吟味され評価されるのは兄の作品であり、兄の芸術だった。

なかには芸術家たちもいた。画家レオーネや、建築家サンガッロ兄弟のほか、杖にすがって訪ねてきた老画家のサンドロ・ボッティチェリまで。アンジェロは自らボッティチェリに手を貸して階段をのぼらせ、丸椅子を出してすわらせた。

だが、大半は一般市民だった。将来、町でいちばん大きな像の前を毎日行き来することになる人々だ。それが何年も続くか――そんなことはだれにもわからない。世の中を動かすのは市民の意見だ。ダヴィデ像は彼らに賛美されるのか、それとも愚弄されるのか？

フィレンツェ市民は芸術には関心が高く、みな積極的に意見を述べる。ダヴィデの足元に花を投げるか、それとも頭に石をぶつけるか？

絹商人のジョコンドも妻を連れてきていた。ぼくの関心はその妻に向いた。レオナルド・ダ・ヴィンチがアルノ川を動かす大仕事から戻ったら、このひとの肖像画を描くという。自分の妻の肖像画を熱心に頼んでいたパン屋が怒った一件だ。

フランチェスコ・ディ・バルトロメオ・デル・ジョコンドはその若い妻を自慢したいのか、アンジェロに紹介し、アンジェロはぼくを呼んだ。

「ガブリエル、ジョコンドさんには会ったことがあるな？　こちらが奥さんのモナ・リザ・デル・ジョコンドだ。奥さん、こちらはうちの助手のガブリエル・デル・ラウロ、昔からうちと家族ぐるみのつきあいの男です」

ぼくが夫婦それぞれと握手をすると、奥さんのほうがぼくとダヴィデ像を見比べて言った。「この方がモデルですね、ブオナローティさん」

「お察しのとおり。モナ・リザ、よく見えるように台の上までご案内しましょう」

アンジェロがモナ・リザの手をとり、ぼくはジョコンドと並んでついていった。ジョコンドは感じのいい男だった。夫婦ともに知的で教養があり、歳の差はあっても気安い間柄のようだった。

「きみの親方は偉大な像を作りあげたね」ジョコンドはぼくに言った。「もちろん、この像のモデルはきみだ。若さとたくましさと美しい体形。だが、ブオナローティさんはこの像で普遍的な男を表現した。未来の人々が、トスカーナのガブリエルではなく、イスラエルの王となって民を救うダヴィデとみなす男の像だ」

「責任重大ですね」

「ブオナローティさんにとっては、さらに重い責任だな」ジョコンドはそう言うと、アンジェロに賞賛の言葉をかけにいった。

アンジェロがモナ・リザの手を夫に返すとき、ぼくはふと思った。もしかしたら、このもの静かで魅力的な女性こそが、アンジェロが若い頃の失恋の相手だったのではないか、と。

だが、そんなおかしな発想はすぐに打ち消した。〈真実の口〉への告発が悪質な嘘だとしても、アンジェロに女性との恋の噂がひとつでもあれば、そんな告発は出てこなかったことだろう。

兄の恋愛についてそれ以上考えている暇はなかった。アルトビオンディが妻を連れて台の向こう側にあらわれたのだ。立ちどまって昔からの知り合いらしきジョコンドと言葉を交わし、妻同士は互いに膝を曲げておじぎをした。まるで同等の身分のような雰囲気だった。

アルトビオンディのあとから、彼の家の集会で知り合ったメディチ派の男たちが続々と入ってきた。じつはぼくはこの大事な催しのために手持ちの中でいちばん上等な服、紫と緑のアルトビオンディ家の仕着せの偽物を着てきていた。メディチ派の集団の中にはヴィスドミーニと美人の妻もいた。ぼくはつくづくジャンバッティスタとフラテスキの連中が早いうちに帰ってくれてよかったと思った。両方の集団が居合わせたら、さすがに気まずかっただろう。

「よくできている。非常にいい出来だ」アルトビオンディはアンジェロに告げた。「おめでとう。きみのこの像を見るために、はるか遠くから人々がフィレンツェに集まるようになるだろうな」

ぼくは苦しい緊張を強いられていた。アルトビオンディはアンジェロを仲間のように扱っている。アンジェロの最初のパトロンがロレンツォ・デ・メディチだったことはもちろん知っているだろう。周知の事実だ。だが、フィレンツェじゅうが知っているもうひとつの事実が、アンジェロはメディチ家との関係を嫌って十年前にいったん町を離れているということだ。

ヴィスドミーニが渋い顔をして像を指さし、コンパニャッチの仲間になにか告げていた。ぼくは像を見るクラリスとマッデレーナ・ヴィスドミーニが気になって、それどころではなかった。クラリスはぼくがあげたスケッチのポーズを思い出し、裸体の巨人と記憶の中のぼくをひそかに比較しているのだろう。マッデレーナは、レオーネのアトリエに急にあらわれてぼくを驚かせた晩のことを覚えているだろうか。ぼくは顔が熱くなってきた。

「なるほど」アルトビオンディが傲慢な口調で言った。「ブオナローティ、わかったぞ。おまえはわれらが若き友を、民を襲いに来た敵を倒す豪胆な英雄に仕立てあげたな。これは共和派の象徴ではないのか？　おまえのモデルは共和派ではないと思うが？」

メディチ派の中から笑いが起こり、アンジェロは怒りをあらわにした。ジュリアーノ・ダ・サンガッロが歩み出て、その場をとりなそうとした。彼もメディチ家の庇護を受けていたひとりだ。「アルトビオンディさん、われわれ芸術家はパトロンを喜ばせる作品を作らねばならない立場ですから」そう言いながら、アンジェロをなだめようと腕をつかむ。「この像は政府の意向にそって、大聖堂造営局から依頼を受けたものです。彫刻家は題材や表現方法を勝手に変えることはできません」

実際はアンジェロはまさにそれを勝手に変えたし、サンガッロもそれをよく知っていた。だが、アルトビオンディはその説明に納得した。

それでもアルトビオンディは仲間とともに出ていくときにぼくを呼び、声を落としもせずに言った。「すぐれた芸術作品だとは思うが、メディチ家の追放された後継者たちを支持する勇敢な若者が、共和派を煽動《せんどう》するようなポーズをとっているのには胸が痛むぞ」

アルトビオンディと取り巻きはそのまま出ていった。

ようやく最後の客が帰ったあと、兄は扉を閉めながら言った。「よし、今日の見世物はおしまいだ。一杯やろうか」

16章　白い煙

レオナルド・ダ・ヴィンチがフィレンツェに戻ってきた。アルノ川の流れを変えたのかどうかは不明だった。知れわたったのは、ジョコンドの妻リザの肖像画を描きはじめているということだ。ぼくはその場をこの目で見た。

じつは、ロドヴィーコは絹商人ジョコンドとは親しく、リザの実家ゲラルディーニ家とも、一家がサンタ・クローチェ地区に住んでいた時期につきあいがあった。またロドヴィーコは、レオナルドの家族、とくに父親ピエロ・ダ・ヴィンチとも知り合いだった。

この三家族は、ある時期はサンタ・クローチェ地区に、ある時期はサン・ロレンツォ聖堂そばに住んでいて、近所同士だったという。

「ピエロは何度も結婚したくせに妻とのあいだに跡とり息子ができなかった（訳注・十人の息子がいたという説もある）」ロドヴィーコは五人の息子を設けたことを自慢するような口ぶり

で語った。「レオナルドはピエロが若い頃に外で作った子だ。ピエロはその子を画家のディ・チオーネに弟子入りさせたんだ。そしたら画家として頭角をあらわした」

「ディ・チオーネ?」聞いたことのない名前だった。

「ああ、そのうちヴェロッキオと呼ばれるようになった」

ヴェロッキオならもちろん知っていた。彼もダヴィデ像を作っている。ニックネームのヴェロッキオには「本物の目」という意味があり、芸術家にぴったりの名前だ。

「そのピエロ・ダ・ヴィンチは今も生きてるんですか?」

「ああ、生きているとも。かなりの歳だ。八十近いだろうよ」

あの気障《きざ》な洒落男に年老いた父親がいるとは想像しにくかった。父のピエロは有名になった息子をどう思っているだろうか。ピエロ・ダ・ヴィンチと、ロドヴィーコ・ブオナローティと、リザ・ゲラルディーニがみなサンタ・クローチェ地区に住み、顔見知り同士だった頃を思い描くのは楽しかった。しばらく空想にふけるうちに、自分が生まれる前から世の中はまわっていたんだと実感した。

ある日、毛織物の商売をしているアンジェロの弟たち、ブオナロートとジョヴァンシモーネから、デッラ・ストゥーファ通りのジョコンドの家に生地の見本を届けてくれないかと頼まれた。

ダヴィデ像の観覧日に出会ったジョコンド夫妻には興味を引かれていたし、美しいリザにまた会えるのが楽しみで、ほいほいと引き受けた。

街角で初めて「ダヴィデ！」と声をかけられたのは、その日ジョコンド家に向かう途中のことだった。道の向かいから、見知らぬ獅子鼻の若者が、にやけた顔で叫んで手を振っていた。像を見てぼくを知ったのだ。ぼくは手を振り返して先に進んだ。

その日、ぼくはレオナルド・ダ・ヴィンチがモナ・リザの肖像を描いているのを目撃した。生地を届けると、ジョコンドがぼくに絵の進み具合を見たいかときいてくれたからだ。

レオナルドはアンジェロとはちがい、制作中の来客を歓迎していた。ぼくが訪ねたときも、先客の若い男がひとり部屋にいて、小さな音で縦笛を吹いていた。

「やあ、ガブリエル！」レオナルドはぼくを覚えていて、声をかけてくれた。

「すわったままでごめんなさいね」リザは体を動かさずに顔だけでほほ笑んだ。「レオナルドさんが描いているあいだは姿勢を変えてはいけないと思って」

「ミケランジェロの像は巨大な成功をおさめたそうだな」レオナルドは「巨大」を強調して言い、自分のジョークに笑った。

「サライから聞いたんですね」

「ああ、感動したそうだ」

「みんなが感動していましたよ」ジョコンドが言った。

ぼくはレオナルドにたずねた。「その絵を見てもいいですか？」

レオナルドは、どうぞと優雅に手招きした。

絵に近づくのは気恥ずかしく、なんとなく無礼な気がしたが、その絵をのぞきこんだとたん、すべてを忘れた。息がとまっていたと思う。

まだ完成までは遠かったが、ふたつのことが心に刺さった。ひとつはリザにそっくりなこと。もうひとつは、サライの顔をしていることだった。


ぼくはまたモデルとしてヴィスドミーニ家に通うようになった。ヴィスドミーニは古典を題材にした絵画ならすでに充実したコレクションをもっていたが、さらに増やそうとしていた。《テセウスとアリアドネ》は完成していて、新たな案は、有名なローマ時代のブロンズ像で少年がすわって自分の足の裏に刺さったとげを見ている《とげを抜く少年《ロ・スピナリオ》》の絵画版だった。

「ぼくは少年のモデルにはちょっと歳がいきすぎているのでは？」

ぼくがたずねると、ヴィスドミーニはここぞとばかりにぼくの腕をつかんだ。

「いや、レオーネが適当に変えて描いてくれるから大丈夫だよ。この筋肉を少し減らして描けばいい。とにかく、きみが戻ってきてくれてうれしいよ」ぼくの腕をつねる。「アルトビオンディの家でもまた会いたいな。彼はきみのダヴィデ像を見て動揺していたね。みんなびっくりしていたなあ」

ぼくは無言で頭をさげた。

その晩、何か月ぶりかにグラツィアの部屋に泊まった。ふたりとも自分を抑えられなかった。長く続かない関係だと知りながらも、互いの体に引き寄せられてしまう。コンパニャッチの家に堂々と出入りするようになって彼女から情報をもらう必要はなくなっても、ぼくは彼女の部屋に行くのをやめられなかった。まるで飢えた人間が美食にありつくように、ぼくたちは抱きあった。

そのあと、ぼくは彼女の髪をなでながら言った。「また友だちに戻れてうれしいよ」

「友だち？」グラツィアは鼻で笑ったが、すぐにほほ笑んだ。「そうね。離れてしまうよりは友だちのほうがいいわ」

「ぼくたちは離れられないよ」

次の夜は久しぶりにアルトビオンディの館に行った。

「ああ、ダヴィデが来たか！」

しばらくからかわれたが、その覚悟はできていた。前回の集会にはいなかった若い貴族の新顔が何人もいた。そのひとりにほほ笑みかけられて、どこかで見た顔だと思った。

「ゲラルディーニだ」若者は名乗った。「ゲラルド・マッフェイ・デ・ゲラルディーニ」

「ゲラルディーニ？　ああ、リザ・デル・ジョコンドの親戚？　きのう、ぼくが肖像画を見にいったときに笛を吹いていたよね？」

「レオナルドさんは絵を描いているあいだ、リザが楽しめるようにしたいらしい。ぼくはリザのいとこなんだ」

彼の目に浮かんだ好奇心に気づいた。ジョコンドの家を訪ねたときのぼくは石工の作業服だったのに、今は立派な服装なのを不審に思ったらしい。だが、育ちの良さのおかげか、口には出さなかった。

代わりにぼくを若い仲間に紹介してくれた。ヴィンセンツォと、フィリッポと、ラファエロ。三人とも観覧日にダヴィデ像を見にきていたので、ふざけてぼくを冷やかしたが、アルトビオンディがたしなめた。

「そのくらいにしておけ。おまえたちの中に英雄のモデルを頼まれたやつはいるか？」

「モデルなんかじゃなく、ぼくたちが本物の英雄になる日がいつかきっと来ます」マルテッリ家の息子で好戦的なヴィンセンツォが答えた。

ぼくは耳をそばだてた。それまでは、この集団はメディチ派といっても口だけで行動は起こさないと思いはじめていたのだ。メディチ家復興の計画は、ぼくがいないあいだ、まったく進展していないようだった。

「そうかもしれないな」アルトビオンディが言った。「ジョヴァンニ枢機卿やジュリオ様から連絡があった。おふたりはフィレンツェに帰る前に市内にいる支持者の忠誠を確かめたいとおっしゃっている。ピエロ様が……まあ過去にいろいろあったからな」

「信頼していただくためには、われわれはなにをすればいいのですか？」フィリッポがたずねた。新顔の若者たちは熱くなりやすいタイプのようだった。力試しをしたくてうずうずしている。いずれその熱意が沸騰してなにかが起きるような気がした。

毎日アンジェロのそばで働くのは不思議な感覚だった。バルトロメオ・ピッティに依頼された円形レリーフ《トンド・ピッティ》はすでに仕上がり、工房に置かれていた。ピッティはこの間に大聖堂造営局の委員に任命されていた。ブロンズのダヴィデ像は未完成のまま放置されていた。ふたりで大理石のダヴィデ像の仕上げの作業を続けていたが、アンジェロはぼくに彫刻の技を教えるほうがおもしろいようだった。ふたり並んでそれぞれ小さな大理石を前に置き、ぼくに石の中に存在するものを見きわめる方法を教えようとしたこともあった。

作業をしながらしゃべることもあった。八月のある日、兄に突然たずねられた。

「おまえ、用心しているか?」

「えっと……なにを?」ぼくは慎重に聞き返した。グラツィアのことか、なにかほかのことか?

「おまえがつきあっている連中は危険だぞ」

そこまで言われても、フラテスキのことかコンパニャッチのことか、まだわからなかった。

「どっちのこと?」

「きれいな服のほうだ。長い名前で、家柄のいいほうだよ。おまえが共和派の象徴のモデルになったことが気に食わないやつらだ」

「アルトビオンディたちか」

「ああ。ヴィスドミーニもだ」

「うん、ヴィスドミーニもコンパニャッチの一員なんだ」

「なぜあいつらとつきあう? あんな連中、避けるかと思ったら」

「嫌いだよ。ロレンツォ様とは大ちがいだ。ぼくがあの集まりに行くのはスパイ活動のためなんだ」

兄はしゃがみこんだ。「そんなことだろうと思っていた。だから用心しろと言うんだ。おまえの遊びは危険すぎるぞ」

遊びと呼びたくなるのもわかるが、遊びなどではなかった。「どうしてそんなことを言うんだ?」

「きれいな絹やベルベットの服を着て、羽根つきの帽子をかぶる。どうせやつらのワインを飲んで、豪華な食事を食べてるんだろ。だがな、もし共和派だとばれたら、やつらがベルトにさげている短剣が飾りじゃないのを思い知ることになるぞ」

「気をつけてるよ。ほんとに。彼らの暮らしぶりがうらやましいわけじゃない。やつらがメディチ家の一員を市内に迎える前に情報をつかんで、フラテスキに教えたいだけだ」

アンジェロはぎょっとした。「メディチ家の一員だと?」

「そうだよ。ピエロじゃなければ、枢機卿のジョヴァンニか、そのいとこだ」

「いいか、おれはメディチ家の連中のことは知っている。少なくとも、かつては知っていた。自分がスパイだとばれる前にフラテスキが勝たないと、まずいことになるぞ。

じゅうぶん気をつけろ」

　そのとき、ジスモンドが入ってきた。

「おいおい、なにが起きたと思う？　ローマ教皇が死んだんだってさ！」

　前の年に教皇が病気だという噂はあったが、その知らせはあまりに突然だった。

「じゃあ、チェーザレ・ボルジアは父親の後ろ盾を失ったわけか？」ぼくがたずねた。

「おれたちみんなの教皇様だったよなあ」ジスモンドはやけに明るかった。「次の教皇はピッコロミニ枢機卿だってみんな言ってるんだ。ピッコロミニはチェーザレの味方さ」

　その話ならアルトビオンディの家でも耳にしたことがあった。

「さっそくローマで兵士を集めてるんだって」ジスモンドが言う。

「枢機卿が？」

「いやいや、チェーザレ・ボルジアがだよ！　赤と黄色の軍服の前後にチェーザレって書いて配ったんだってさ」

「チェーザレは自分の軍隊をもっているのか？」

「ああ、チェーザレは無敵だぜ。軍を引き連れてナポリにいるフランス王の加勢に行くことになってたんだって。なのに父親が病気で倒れてさ」

「教皇の死因は？」

ジスモンドは両手を上に向けた。「高熱が出たらしいんだ。この夏ローマは悪い病気がさんざん流行ったからさ」

「毒殺じゃないんだね？」ボルジア家の人間にはなにが起きてもおかしくない。少なくとも枢機卿がひとり、に毒を盛られたと言われている。

「ちがうよ。ほんとに熱が出たらしいよ。チェーザレ
「じゃあ、どうしてチェーザレは死ななかったんだ？」

「そりゃ、若いからだろ。熱をさげるために氷水の入ったかめに首まで浸かったらしいぜ」

「それが効いたのか？」

「そうなんだ。けど、全身の皮がヘビの抜け殻みたいにベロッとむけたんだってさ」

ピンク色の新たな皮膚で生まれ変わった英雄が、後ろ盾だった父の死を知らされたところを想像した。なんとも頼りなげな姿だったことだろう。

「ローマは空気が悪いんだ」とジスモンド。「ソデリーニ枢機卿も熱があるけど、治り

そうだってさ。そういえば、教皇は死ぬ前に子どもたちに会いたいって一度も言わなかったらしいよ」

チェーザレ・ボルジアはそれを知っているのだろうか。父は最後に息子のことを思わず、自分の死だけを見つめていたわけか。

「すでにいろんな噂が飛び交ってるんだ。アレクサンデル教皇は罪深い人だったから、悪魔が迎えにきたとかさ」

「教皇が死んだら毎回へんな噂が出まわるんだろうね」

「いや、悪魔はほんとに教皇の部屋にいたらしいんだ。ヒヒの姿でさ。アレクサンデルの魂といっしょに窓から飛んでいったんだって」

「ジスモンド、それを信じているのか?」この男のだまされやすさには驚いてしまう。

「まあ、嘘かもしれないな。別の話もあるんだ。アレクサンデルもチェーザレも毒を盛られたって話だ。枢機卿を殺そうとして毒の粉を混ぜておいたワインを、何者かに入れかえられて自分たちで飲んじまったんだと」

「ボルジア家には毒の話がついてまわるな。もう驚かないよ。それでもソデリーニ枢機卿も高熱で寝こんでいるなら、みんなが毒を盛られたってことはないだろ」

「そうだよな。ほかにもすごい噂があるんだ。チェーザレが熱さましのために飛びこんだのは、水がめじゃなくて、死んだばかりの雄牛の体内だって。びっくりだろ！」
「ボルジア家の紋章が雄牛だからか？　そうやって伝説は生まれるんだな」

数週間後、新たな教皇が誕生したという知らせが届いた。ピッコロミニ枢機卿が選ばれ、ピウス三世と改名した。メディチ派のもくろみどおりだ。チェーザレ・ボルジアの台頭は続くだろう。ところが、また別の噂がじわじわと広がってきた。チェーザレは体を壊していて、次の勝利まで生き延びられないというのだ。

それに、新教皇ピウス三世は八十歳を超える年齢だ（訳注・史実では六十四歳）。当時のぼくは、そんな年寄りが歩いたりしゃべったりすることすら想像できず、ましてやイタリアじゅうの教会の頂点に立つ権力者になれるなど信じられなかった。今やぼくも当時のピウス三世の年齢を超えた。若者どもはぼくのことを墓穴のふちでよろけている愚かな老いぼれだと思っていることだろう。

だが、ピウス三世にかぎっていえば、本当に墓が近かった。教皇に選ばれたという話がフィレンツェに届くか届かないかのうちに、新教皇も死んだという知らせが舞いこんできたのだ。ピウス三世が教皇の座にいたのは、ほんのひと月足らず。気の毒な人だ。

結局、ずっと前にアンジェロに依頼していた十五体の彫刻も、アンジェロの移り気のせいで四体しか受けとれずじまいだった。

「次に選ばれるのはデッラ・ローヴェレだぞ。絶対だ」パン屋のガンディーニが言った。

「前回の教皇選挙《コンクラーヴェ》でも接戦だったんだ。ローマの聖ペテロの椅子にすわるには体力が必要だからな。ピッコロミニにはどうにも無理だったろうよ」

ダヴィデ像の観覧日にはガンディーニの妻に巨人の裸体を見られたが、そのあと、ぼくは気まずさを克服して彼の店でまたペストリーを買うようになっていた。だが観覧日以降、ぼくはパン屋でもダヴィデとして見られるようになってしまった。十月も末で、暑さが去って過ごしやすくなり、かまどから出したばかりのほかほかの焼き菓子が恋しくなる時期だった。

アンジェロは、ぼくがガンディーニの店のペストリーといっしょに教皇選挙の情報を届けても、とくに関心は示さなかった。アンジェロのほうからも新たな知らせがあった。

「ダ・ヴィンチが前に話していた仕事が決まったらしい」アンジェロはせっかくのペストリーをろくに味わわずに三口で胃に流しこんだ。

「モナ・リザの肖像のこと?」

「いやいや、政府庁舎のフレスコ画だ」

「ああ」ぼくはどんな反応を示せばいいのかわからずにいた。それに、アンジェロが興奮している理由もさっぱりわからなかった。

「あいつのことだから、どうせ完成しないだろうよ。引き受けた仕事を放りだす名人だからな」

ぼくはダヴィデのブロンズ像の模型に目が向きそうになるのをこらえた。依頼主のフランスのド・ロアン元帥はまだ像の完成を待っているはずだ。

「ジョコンドの奥さんの肖像をまだ描いているみたいだね」ぼくはリザのいとこのゲラルドとときどきアルトビオンディ家で会うので、肖像の話も聞いていた。それに、モナ・リザの肖像のことは町じゅうに知れわたっていた。

「もしジョコンドが完成した肖像画を手にすることがあったら、おれは靴を食ってもいいぞ」アンジェロはその日はどうにも不機嫌だった。

ヴァチカンの煙突から新たな教皇の決定を告げる白い煙がたなびいたのは、まもなくのことだった。ガンディーニの言ったとおり、デッラ・ローヴェレが教皇選挙《コンクラーヴェ》に勝ち、ユリウス二世になった。この選挙には怪しい点が多かったらしいが、そのときはアンジェロもぼくもそんなことは知らずにいた。ジスモンドは火がついたように興奮していた。

教皇決定の情報がフィレンツェに届いた頃には、すでにユリウス二世とチェーザレ・ボルジアの不仲は知れわたっていた。

「新教皇はもともとチェーザレにトスカーナへの行軍を許すと言ってたんだ」ジスモンドが言った。「そしたらロマーニャの教皇領をとりもどせるからさ。なのに教皇は方針をひるがえしたんだ。フィレンツェ政府はチェーザレをとめるために軍隊を派遣するんだってさ。ぼくも父さんの許しをもらって軍隊に入りたいなあ」ジスモンドはじっとしていられないようだった。

「親の許可がいるのか？　ぼくより年上なくせに」ぼくがたずねた。

「それもそうだな。じゃあ、軍に入れてもらえるか、ちょっと行ってきいてくるよ」ジスモンドはそのまま政府庁舎へ走っていってしまった。

もしジスモンドがチェーザレ・ボルジアのトスカーナ行軍を阻止しにいってしまったら、そそのかしたぼくはロドヴィーコから責められるだろうか。

結局ジスモンドはフィレンツェ市が急いで寄せ集めた隊に入ったが、ロドヴィーコも文句は言わなかった。「一度行って飽きてくれるといいんだがな。今回はさほど危険な戦闘にはならんだろう」

そのとおりだった。ジスモンドは何週間かで顔を輝かせながら帰ってきた。

「チェーザレをやっつけてきたか？」ぼくがたずねると、急にジスモンドの顔が曇った。

「それが本人は軍の中にいなかったんだ。ユリウス二世がチェーザレをローマから出さないって噂だ。それでも七百の騎兵がいたよ。隊長はデル・コレッラ（訳注・史実ではダ・コレッラと思われる）とデッラ・ヴォルペだ」

「で、どうなった？」

「蹴ちらしてやったぜ！　こっちの隊長はジャンパオロ・バリオーニだ。すごい戦いだったよ。チェーザレはかんかんに怒ってるらしいけど、教皇はフィレンツェ政府に応援部隊を出してくれてありがとうって手紙を書いたとか」

キリスト教徒、それも教会の頂点に立つ人物がすることとは思えなかった。初めはチェーザレ・ボルジアに行軍を認めていたのに、ボルジア軍を撃退したフィレンツェに感謝するなんて。新しい教皇は聖職者というより政治家のようだ。

ぼくはそれまで歴代ローマ教皇にはあまり興味がなかったが、コンパニャッチからローマのジョヴァンニ・デ・メディチ枢機卿の様子を聞いているうちに、君主制と共和制のちがいも似たようなものかと考えるようになっていた。大事なのは制度ではなく人なのだ。そんな考えは教皇への冒瀆なのかもしれない。

「チェーザレの取り巻きがどんどん離れていってるんだぜ」ジスモンドが言った。

「チェーザレ支持だった枢機卿たちもローマから逃げだして、ナポリにいるスペイン軍に庇護を求めてるんだって。フィレンツェはチェーザレから没収した資産のうち二十万ドゥカートを要求している。ボルジア家の破滅は確実さ」

ジスモンドは知った顔で、まるで自分の馬でチェーザレを踏みつけてきたかのように意気揚々と話した。

ロドヴィーコは末っ子が無傷で帰ったのを喜んだが、それ以降ジスモンドは正式に軍に入隊したがるようになり、兄たちの織物の商売を手伝う気は失せていった。

そしてぼくは、アルトビオンディ家の集会に行って首謀者たちがローマからの知らせにどう反応するかをさぐる必要が出てきた。

17章　王子の死

「よし、これでほぼ完成だな」

アンジェロが工房でぼくの巨大なレプリカをながめながら言った。ぼくは驚いた。兄の仕事ぶりを見るのは、このダヴィデ像が初めてだったし、六か月前の観覧日以降もふたりで地道に作業を続けてきたものの、あの日からなにが変わったのかさっぱりわからずにいた。

「これで完成だってどうやって見分けるんだ？」ぼくはたずねた。

「見分けなんかつくもんか。わかるのは、もうやることがなくなったということだけだ。そうなれば作業を終えるしかない。それ以上続けたら作品をだめにしてしまうからな」

「ああ、確かに見事な像だね」と言ったものの、自分の体や顔を賞賛するようで妙な気分だった。

「おまえのおかげで助かったぞ。腕が上がったな」

「たいしたことしてないよ。目立たないところをちょっと磨いた程度だ」

「移設したら、またちょっと磨き直さないとな」アンジェロが像の足先から大理石の粉を払う真似をした。

「移設っていつ？」

「知らない。どこに置くのかも聞いていない。場所を決めるための会議を来月開くらしいが」

「兄さんには発言権はないの？」

「まあ、希望はきかれるだろうが、間接的に人を介してだ。その会議には呼ばれていない」

「この像をどこかに運ぶなんて、すごい作業になるだろうなあ」

ダヴィデ像の移設は歴史に残るような大仕事になりそうだと、急に思いいたった。もともとこの大理石が注文されたのは大聖堂の控え壁《バットレス》に据えつけるためだったが、たとえそこに設置するとしても大変な作業だ。

「おれもそれを考えていた」アンジェロは不思議な薄茶色の目をしばたいた。「サンガッロ兄弟に手伝ってもらうしかないな」

またクリスマスが過ぎていったが、ぼくはセッティニャーノ村には帰らなかった。そう遠くもないのに、理由は自分でもわからない。両親にガンディーニの店の最高のペストリーを詰め合わせたかごを送り、同じ荷馬車にロザリア宛てのやわらかい革の手袋を託した。ロザリアは自分で細かい刺繍《ししゅう》をした薄手の麻のシャツをぼくに送ってくれた。グラツィアにはサンタ・マリア・ノヴェッラの修道院で作られたジャスミンのコロンを贈ったら、とても喜んでくれた。

三博士来訪の祭日（訳注・一月六日）の少し前、ベルベットの外套を体に巻きつけてアルトビオンディの館に向かった。ロザリアのシャツは着なかった。セッティニャーノ村にいた頃に着ていたような服よりはるかにましだったが、ヴィスドミーニに与えられたリネンの服とは比べものにならなかったのだ。

街角で遊んでいた若者たちがぼくを見てダヴィデだと騒ぎだした。ぼくは声をかけられるのにも、もうすっかり慣れていた。

トルナブオーニ通りの館に着くと、なにかあったことが気配で感じられた。みんな興奮しながらも口をつぐんでいる。いい兆候なのか悪い兆候なのか、まったくわからなかった。アルトビオンディがそれを発表してからも、まだわからなかった。もしかしたら、アルトビオンディ自身もわからずにいたのかもしれない。

「すでに知っている者もいるだろうが」アルトビオンディはおごそかに語り出した。

「南から知らせが届いた。ピエロ・デ・メディチ様が亡くなられた」

大半がすでに知っていたようだが、それでも動揺してざわめきが広がった。

「ガリリャーノ川の戦いで、戦死されたのだ。フランス軍とともにスペイン人相手に戦っている最中《さなか》だった」

ぼくはその川を知らなかったし、なんのための戦いだったのかもよく知らなかった。それでも、ずいぶん前にジスモンドから、ピエロがルイ王のフランス軍に合流しようとした話を聞いたのを覚えていた。

「ピエロ様はガリリャーノ川で溺死なされた。三十一歳という若さで。来月が三十二歳のお誕生日だった」

つまり、ピエロは父ロレンツォの死後、二十歳そこそこという若さでメディチ家の当主になったことになる。ちなみに、ぼくは二十一歳だ。

「ピエロ・ディ・ロレンツォ・デ・メディチを偲《しの》んで乾杯しよう」アルトビオンディはワインセラーから最高のヴィンテージのものを取り寄せていた。「お父上のような偉業は達成できなかったかもしれないが、あのお父上に並ぶなど、どんな息子にも無理なこと。

今宵《こよい》はピエロ様の失敗は忘れ、あのお方の強さに思いをはせよう。あのたくましく美しい肉体がガリリャーノ川の水にのみこまれてしまった。メディチ家と母方オルシーニ家から受け継がれた純粋な血とともに。ピエロ様はまさに王子にふさわしいお方だった」

ワインに酔った一同は、故人の名を呼びはじめ、そのうち部屋中に「ピエロ・デ・メディチ」の大合唱が響きわたった。アンジェロから聞かされた話が本当だとしたら、気の毒なピエロは生きているあいだにこれほど褒め称えられたことはなかったはずだ。

「さて、これによって、われらの今後の活動がどうなるか、話し合わねばならないな。われわれはこれまで何度も後退を強いられてきた。ソデリーニの終身ゴンファロニエーレへの選任。ピエロ様の早すぎる死。それだけではない。今こそジョヴァンニ枢機卿との結束を固めるべきだ。兄上亡き今や、ジョヴァンニ様がメディチ家の当主だからな」

「ピエロ様に息子は?」だれかがたずねた。

「ああ、男の子がひとりいらっしゃる。もうひとりのロレンツォ様だ。ただし、まだ十一歳と幼い」

ということは、父ロレンツォが死んだ年には、ピエロはすでに結婚し、親になっていたのだ。ふいに自分が幼く感じられたが、もうじき二歳になるダヴィデのことを思い出した。

「幼いロレンツォ様が亡き父上の座を継ぐ日がいずれ来るかもしれない。ジョヴァンニ様は枢機卿であり、色狂いのボルジアとはちがって無数の私生児がいるわけではないのだから」

私生児——アルトビオンディ自身の息子も、彼が事実を知れば私生児だ。

「しかし、当面のところ、われわれがメディチ家復興のためにお支えするのは、ジョヴァンニ様と、いとこのジュリオ様のふたりだ」

「もうひとりのご兄弟は？」若手のメンバーがたずねた。「ロレンツォ様の息子は三人のはず。ピエロ様と、ジョヴァンニ様と……？」

「ジュリアーノ様だ。今はヴェネツィアにいらっしゃるらしい。ジュリアーノ様とも連絡はとりあっている」

翌朝、アンジェロにピエロの死を告げると、アンジェロは手をとめて胸で十字を切った。

「一年間ほどだが、ピエロはおれの兄さんみたいな存在だった。いっしょに食事をして、犬と遊び、馬に乗った。そのピエロがもうこの世にいないとは。なあ、溺死と言ったか？」

「ああ、戦場でね」

「情けない死にざまだな」

それがピエロがフランス軍に加わり戦って死んだからなのか、溺れて死んだからなのか、ぼくにはわからなかった。アンジェロはピエロに雪像を彫らされ、すぐに溶けて水になってしまったことを覚えているのだろうか。

「ガブリエル、今日は仕事は休みだ。大聖堂に行ってろうそくを灯し、ピエロの魂に祈ろう。町に知らせが届いたら追悼のためにミサが開かれるはずだ」

ピエロの追悼ミサに行くとフラテスキからの信頼を損なう恐れはあったが、メディチ派のふりをするには好都合だった。

ぼくはいい服を着て、兄とともにミサに出かけた。一度も会ったことのない男、今後も決して会うことのない男に敬意を払うために。

大聖堂には人が詰めかけ、空気が張りつめていた。贅沢な身なりのメディチ派の人々の中には知った顔も多かった。黒いベルベットの外套を着て、帽子に黒い羽根飾りをつけ、涙と哀悼を顔に浮かべて堂々と歩いている。ゴンファロニエーレのソデリーニはきらびやかな紫色をまとい、中途半端な哀悼を表現していた。ソデリーニにとっては前任者とも言えるフィレンツェの元支配者を追悼するミサであり、欠席することも、心からの悲しみを見せることもできないのだ。

フラテスキの集団の中心にはジャンバッティスタがいた。彼らはミサの常識に逆らい、いつもの黒ずくめではなく、ふだんとちがう派手な色の服を着ていた。ジャンバッティスタは鮮やかな緋色《ひいろ》を勝ち誇るようにまとっていて、アンジェロの悲しみをともに味わっていたぼくの目には悪趣味に映った。

コンパニャッチの集団もフラテスキの不敬な服装が許せないらしく、ミサのあいだじゅう短剣に手を置いていた。だが、そんな神聖な場で大っぴらに暴力を振るうわけはないだろう。ぼくが隣の兄にそうささやくと、兄はじろりとぼくを見た。

「知らないのか？　ロレンツォ様もその弟のジュリアーノ様もまさにこの大聖堂でミサの最中にパッツィ家のやつらに刺されたんだぞ。弟のほうはそれで命を落としたが、ロレンツォ様は生き延びて、パッツィ家にはたっぷり復讐した」

ぼくはぎょっとして兄を見てから、ミサの言葉に耳を傾けている両派の緊張した顔を見まわした。

「おまえが生まれる前の話だ。おれもまだ小さかった。今のフィレンツェは当時よりは文明化されただろうよ」

だが、アンジェロも不安を感じているようだった。

人々が聖体《ホスチア》（訳注・ミサ用の特別なパン）を受けとるために祭壇にのぼりはじめた。列が少しずつ進んでいき、なかにはまわりを押しのけようとする者もいた。フラテスキの一行はこれ見よがしに席にすわったままだった。彼らにはミサに参列して故人を悼む気持ちなどないのだ。選ばれずして専制君主になった人物として、ピエロのことをずっと見くだしてきた。大聖堂に集まったのは落胆する支持者をからかうためだった。

だが、アンジェロとぼくは立って列に加わった。祭壇から降りてろうそくを灯《とも》すために立ちどまったとき、ジャンバッティスタから小声で鋭い言葉を投げつけられた。「メディチ派のふりをするために、そこまでするのか」

ぼくは冷めた目で見返し、コンパニャッチの視線を感じながら、外套を少しめくって短剣に手を置いた。確かにぼくはメディチ派のふりをしている。ジャンバッティスタの集団が送りこんだスパイなのだから。ただし、ミサのあいだはメディチ家への憎悪など感じていなかった。町の期待に応えられなかった男の死を純粋に悲しんでいた。そのとき、ぼくの腕をつかむ手があった。アンジェロだ。

「剣はやめろ。われわれはパッツィ家のやつらとはちがう。教会で血を流してはならない。死者に安らかな眠りあれ。喧嘩ならどこかよそでやれ。ここは神聖な場だ」

ジャンバッティスタはアンジェロとぼくをにらんでいたが、緊迫の瞬間はまもなく終わった。

大聖堂を出たとき、アルトビオンディが近づいてきて、ぼくの肩に腕をまわした。背伸びをしながらだ。

「ガブリエル、おまえに黒い服を用意しなくては、な。ヴィスドミーニに伝えておく」

「ありがとうございます」肩にまわされた手にぞっとしたが、平静を装った。

「あの赤い服のやつをうまくあしらったな。よくやった」


三博士来訪の祭日が過ぎてクリスマス・シーズンは終わり、ぼくは仕事に戻った。

「そういえば、新たな仕事を引き受けたんだ」アンジェロが言った。

「また？」

心配になってきた。ぼくがフィレンツェに来てからアンジェロが引き受けた仕事のうち、完成したのは《トンド・ピッティ》と、大理石のダヴィデ像だけだった。フランスの元帥に依頼されたブロンズのダヴィデ像は放置されているし、シエナの十五体の彫刻はまだ数体しかできあがっていないし、十二使徒の像はまもなく大理石が届くという段階だ。

「今度のは大理石の聖母子像だ」アンジェロは夢みる顔つきになった。ぼくをモデルにしてダヴィデ用のスケッチをしていたときの表情に似ている。新たな構想を練りはじめたということだろう。

「政府庁舎に?」

「いや、ブルージュの人の依頼だ。毛織物の商人がふたり、うちの父を訪ねてきた。そのひとりアレクサンドルに依頼された」

「聖母なら前に彫ったことがあるよね」今度の聖母は、《ピエタ》のようにアンジェロの実母の面影を映す像になるのか、それともぼくの顔になるのか、ぼくはそれが気になっていた。

「ローマの《ピエタ》に似たものになるだろうな。ただし、子どもは膝に乗らず、母親の前に立っているんだ。世の中に最初の一歩を踏み出そうとしている。その先にはひどい将来が待っている。ローマの《ピエタ》は横に広がる構図だったが、今度のは縦だ」

ぼくはアンジェロが彫刻について語るのを聞くのが好きだった。語りながら心の目で新しい像を描いていくのがわかる。次は熱心にスケッチを始める。

それにしても、大理石のダヴィデがすでに完成していてよかった。

「例の会議は今月の二十五日になった。ダヴィデをどこに置くか、いつ移すか、そこで決まるだろう」アンジェロはぼくの胸の内を読んだように言った。

「政府は兄さんが別の仕事を始めるのに文句を言ってこないかな?」

「ダヴィデの評判を目の当たりにしたからには、文句などないだろう」

兄はそういう人だった。自慢はしないが、いつも自信をもっていた。作業をひとに見られるのを嫌ったが、作品を公開するときには作者としての自分の役割をきちんと果たす。その頃は兄はすでに、大理石のダヴィデ像を完成済みの誇らしい作品のひとつとして扱いたがっていた。ローマの《ピエタ》のように。そして、すでに兄の気持ちは新たな仕事に向かっていた。

その日、ぼくは自分自身の小さな作品にとりくんだ。眠っている子どもの像だ。スケッチは甥たちの姿を思い出して描いたが、顔はわが子ダヴィデにした。アンジェロが彫りやすい形になるようぼくのスケッチを直し、小さな大理石をひとつくれた。下絵の線はすでに引いてある。

「それに似たクピドの像を作ったことがあるぞ」アンジェロはリアルな像にするための曲線の描き方を見せてくれた。

わが子をスケッチできたらどんなによかっただろう。ひと目だけでも会いたかったが、メディチ派になりすますようになって、その機会はなくなってしまった。アントネッロ・デ・アルトビオンディはぼくを仲間とみなしているが、来月二歳になるダヴィデに会う機会はまったくない。

ぼくはためらいながら鑿を当てていった。クラリスはダヴィデを産んだあとに一度妊娠し、流産していた。その時期、アルトビオンディは何か月か喪章をつけていた。グラツィアが女たちの情報網から聞いた話によると、今またお腹に子どもがいて出産が近いらしい。ダヴィデは二歳の誕生日を迎える頃には兄になる。ぼくは想像をふくらませた。弟ができて、いっしょに遊べるといい。その弟が父親似で、アルトビオンディが二男ばかりかわいがるようになり、ぼくの息子をなでまわさなくなるといい。いや、それはあまりに意地悪な発想か。

大聖堂でのピエロ・デ・メディチの追悼ミサのあと、初めてフラテスキの集会に行った日、ジャンバッティスタは近づいてきてぼくの手をにぎった。

「あんなことを言って悪かった。きみはメディチ派をあざむくために必要なことをしていただけなのに。ダニエルに言われて気づいたんだ。あれじゃきみを疑ってるみたいだよな」

ぼくはぎこちなく会釈した。今さら本人に告げる必要はないが、ジャンバッティスタのあの日のふるまいはあまりに無礼だった。なにしろ追悼の集りに緋色の服を着てきたのだ。

「許すと言ってくれよ。これからも仲間だよな」

「ぼくのほうはずっと仲間だと思っていたよ」

「よかった。もしきみがうちに来なくなったら、シモネッタが許してくれないからね」

ぼくは驚きを隠した。あの美しいシモネッタが兄にぼくのことを話していたとは！

「ところで、ピエロの死についてコンパニャッチがどんな話をしていたか教えてくれよ。やつら、ローマにいるメディチ家のメンバーを立てるつもりなんだろ」

「ああ。すでにジョヴァンニ枢機卿やジュリオと連絡をとってる。変な話だけど、ピエロの死によって、やつらは弟やいとこと堂々とやりとりできるようになったと思うんだ。彼らだってピエロがフィレンツェで人気がないのはよく知っていた。これで新たな候補者を立てて、新しい計画を進めることができるようになる」

「ジョヴァンニ枢機卿なんかをフィレンツェの支配者にさせるものか」ダニエルが言った。「フィレンツェには、すでに終身ゴンファロニエーレがいる。共和政府がメディチ家を受け入れるはずがない」

「ぼくたちはみんなそう思ってる。けど、メディチ派のやつらはまだそれを信じてないんだ。メディチ家の全員が墓に入るまでは望みを捨てないだろうな」

「なら、墓に送りこんでやろうじゃないか」ダニエルは仲間内でもとくに喧嘩っ早い男だったが、本気でそんなことを言うとは信じられなかった。

「ピエロには幼い息子と娘がいるんだ」ぼくは小声で言った。

「平和を確保するためには、争いの種を排除したほうがいいこともあるぜ」ダニエルは言ったが、ぼくは幼いふたりの子どもを争いの種などとは呼びたくなかった。それに、ほかにジョヴァンニ枢機卿もいれば、ヴェネツィアにもうひとり弟がいるし、いとこのジュリオだっている。ロレンツォが名前をもらったという大叔父ロレンツォの子や孫たちもいる。ぼくはアルトビオンディたちとのつきあいの中で、メディチ家の家系図にすっかり詳しくなっていた。

「なにもメディチ家を皆殺しにすることはない」ジャンバッティスタが言った。「ジョヴァンニ枢機卿やほかのメディチ家の人物をフィレンツェに戻そうという企てをとめるだけでいいんだ。それに、われわれにはガブリエルがいる。ガブリエルのおかげで事前に情報が入ってくるから、仲間を配置して待ち伏せできる。城門を固く閉ざして、メディチは二度と通さない」

そのときぼくは、だれかがメディチ派をとめてくれて、争いがすぐに終わればいいのにと思っていた。差し迫る戦いの予感にはもううんざりしていたし、スパイを続けるのにも疲れていた。だが、そのときに初めて、争いが終わったあとにわが身がどうなるか考えた。正体がばれれば、さらに危険がふくらむのだ。メディチ派が勝とうと負けようと。

18章　町の決定

大聖堂造営局で開かれる会議に、フィレンツェの高名な芸術家たちが顔をそろえることになった。とはいえ、ぼくから見れば雑魚《ざこ》もかなり交じっていた。前に聞いていたとおり、アンジェロは招かれず、ダヴィデ像の設置場所を決めるメンバーには入らない。もちろんモデルの立場のぼくがその会に出席するなど、ありえないことだった。フィレンツェじゅうの人の目にさらされるのは、ぼくの顔と体だというのに。

それでも、会議に参加するメンバーの中にはアンジェロの味方もいた。サンガッロ兄弟や、アンジェロの旧友の画家フランチェスコ・グラナッチだ。傍聴席が設けられるので、われわれもなりゆきを見守ることができる。

二年半のあいだ、暮らしの一部だったダヴィデ像の運命が決まる日が迫り、兄もぼくも工房にいても仕事にならなかった。アンジェロはいらいらして、何度も何度もダヴィデ像の足先を磨いた。「なぜダ・ヴィンチがおれの像の設置場所に口を出すんだ？　おまけに、ギルランダイオの弟まで来るとは！」

確かに、レオナルド・ダ・ヴィンチと、アンジェロが弟子入りした最初の親方の弟ダヴィデ・ギルランダイオは会のメンバーに入っていた。

クリスマスのちょうど一か月後、ついに一月二十五日の朝がやってきた。曇った寒い日だった。アンジェロはふだんよりさらに早く起きて、ポンプの水を顔にはたきつけると、さっさと家を出た。ぼくは台所の堅いパンをひとかけつかんでついていったが、さすがに早すぎたので、兄をガンディーニの店に引っぱっていっておいしいペストリーを食べた。

ぼくが予備のペストリーをひとつ、メディチ派がくれた黒いベルベットのジャーキンの中にしまうのを見て、アンジェロは顔をしかめた。

「なぜこんな日に食べ物のことなど考えられるんだ？」

「ちゃんと考えておかないと腹が減って困るからだよ」

アンジェロは野太い声で笑った。「ガブリエル、おまえがいてくれて助かるよ。おまえを見ていると、若くて善良だった自分を思い出す」

それでも、兄は若い頃からぼくほどの食欲はなかったらしい。ほかの欲もだ。仕事にだけは熱心だったが、それ以外には関心が薄かった。

いつもどおり大聖堂造営局に着いたというのに、工房ではなく、初めて見る会議場に向かうのは妙な気分だった。まだ時間は早かったが、すでに何人か集まっていた。それでも傍聴席の前のほうに陣どることができた。

進行係が三十人ほどのメンバーを連れてきた。全員が着席すると、造営局の役人ふたりが発言する際の決まりごとを読みあげた。

そのあと、進行係のフランチェスコ・フィラレーティはふたつの案を提示した。

「思うに、政府庁舎の前の現在ユディト像がある位置か、ドナテッロのダヴィデ像がある中庭か、どちらかでしょうな。あのドナテッロのダヴィデは脚が後ろに出すぎているという欠陥があり、新たなダヴィデ像のほうが優れている。しかし、わたしはユディト像の場所のほうが好みですがね」

それを聞きながら、アンジェロは「自分に決定権があるみたいな言い方だな。目立ちたがり屋め」と小声でぼやいた。

ぼくにそっくりなあの像は、どちらにしてもドナテッロのブロンズ像の立場を奪うことになるらしい。アンジェロはドナテッロの像がけなされるのを聞いて体を硬くしたが、進行係はさらに批判を続けた。ユディト像はホロフェルネスの首を切り落とす場面を表現している。ぼくは詳しくは知らなかったが、聖書の中の物語だ。それなのに、年老いた進行係はユディットは不吉な像だと語った。

「あの像は悪い星のもと、あそこに置かれたのです。メディチ家の館からあれを移設して以来、われわれに悪運をもたらしてきました。女が男を殺すという不自然な死を象徴する像ですからね。ピサを失ったのもそのせいです」

アンジェロは小声でつぶやいた。「男が女を殺すのは自然なのか？　パン屋のガンディーニのほうがまだ芸術を知ってるぞ」

それから木彫り師がしばらくしゃべり、そのあと画家コジモ・ロッセリが立ちあがって、大聖堂前の階段に設置すべきだと語った。アンジェロが怒鳴りだすかと思ったとき、ボッティチェリが大聖堂の階段に賛成だと声をあげた。ユディット像も階段の反対側に移設し、一対になるようにするというのだ。ボッティチェリの提案は、さすがにみんな真剣に受けとめた。この老画家に新たな作品を期待する者はもういないが、だれもが過去の偉業には敬意を抱いていた。ぼくもアンジェロから《神秘の降誕》のすばらしさを聞かされたことがある。

ところが、ボッティチェリは階段に置くべきだと言ったその口で、すぐにシニョリーア広場の開廊《ロッジア》がいいと言いだしたのだ。

これにサンガッロ兄弟の兄のほうが飛びついた。ジュリアーノ・ダ・サンガッロは大聖堂案をやんわりと否定し、風雨にさらされると劣化しやすい大理石の性質を踏まえるとロッジアのほうがはるかにいいと述べた。

「ロッジアの中央のアーチの下がいいでしょう。あそこなら屋根がありますから」

アンジェロは満足げにうなり声を出した。これがアンジェロの望みだったのだ（訳注・史実では、政府庁舎の入口がミケランジェロの希望だった）。

ジュリアーノ・ダ・サンガッロの発言のおかげで、ロッジア案は多くの賛同を得たが、中央のアーチの下か、政府庁舎寄りかでもめはじめた。進行係補佐は後者を推したいらしい。

そのとき、レオナルド・ダ・ヴィンチが立ちあがり、場が一気に静まった。

「ロッジアに設置するのがいいでしょう。しかし、条件がひとつ。像に追加すべきものがあるのです。ロッジアは政府が厳粛な式典をとりおこなう場所。それにふさわしい品位を保つために付属品を加えるべきでしょう」

ぼくは頬が赤くなり、隣でアンジェロも熱くなっているのが感じられた。

「やつはおまえを去勢するつもりだ。あるいは、若い娘が見てもにやけないよう服でも着せて、あたりさわりのない姿にするか」

ぼくはどちらもごめんだったし、それを提案したのがレオナルドだというのが不快きわまりなかった。まるでぼくがけがらわしいもののようではないか。

するると、宝石細工師サルヴェストロが、作者の意向を聞くべきだと、もっともな意見を述べた。自分としては庁舎の前に出すのがいいと思うと言いながらも、「作った本人なら、像の外見と性質にふさわしい場所をだれよりも知っているはずです」と。

フィリッピーノ・リッピもほぼ同じことを述べた。ぼくはアンジェロに彼の絵画を見せてもらったのを思い出しながら、うっとりとその画家本人をながめていた。彼の父親も優れた画家であり修道士だったというが、キリスト教の掟《おきて》は守らなかったわけだ。

場内の芸術家たちの意見は作者の意図を尊重するほうに傾きかけた。ロッジア案を正式に表明したのはサンガッロだったが、作者本人の希望なのはだれの目にも明らかだった。

ところが、そのとき自分もなにか言わねばとばかりにダヴィデ・ギルランダイオが発言した。ある刺繍屋から聞いてきた案をもちだしたのだ。

「刺繍屋だと!」アンジェロが小声でぼやく。「きれいなスカートでも作って股間を隠すか。品のいい付属品だと。馬鹿めが」

その馬鹿な刺繍屋の提案というのは、庁舎前にあるドナテッロ作のライオンの大理石像《マルゾッコ》をどけて、そこにダヴィデ像を置くというものだった。ギルランダイオはそれが「最高の場所だ」と言った。

「なにも考えてないな。やつが知っているのは、おれの望みの場所じゃないということだけだ。おれが子どもの頃に兄さんのドメニコ・ギルランダイオの工房をさっさとやめたのをまだ根にもってるとはな！　あれは単なる嫌がらせだ」

新たな意見は出ないまま会議はだらだらと続いた。サンガッロ兄弟の弟のほう、アントニオが、巧みに言葉を選びながら、大理石の繊細さを考慮しなくていいなら庁舎前もいいのだが、と述べた。政府お抱えの音楽家のひとりがロッジアに設置すると暴漢にねらわれやすいと言い、ぼくは不安になった。会場内でも、ピエロ・デ・メディチへの服喪のために黒い服を着ているメディチ派支持者はぼくだけではなかった。ぼくはメディチ派の連中が像を壊すなどという発想を抱かないことを願った。彼らがダヴィデ像を共和派の象徴とみなし、嫌っているのをよく知っていたからだ。

最後に、もうひとりの画家ピエロ・ディ・コジモがサンガッロ兄弟に賛同しつつも、作者本人の意向を最優先すべきだと述べた。

会議が終わったとき、ぼくはアンジェロに感想をきいてみた。

「こんなもんだろう。大理石や鑿のことをなにも知らないやつらの話し合いだからな。セッティニャーノ村の石切り場から、おまえのような石工の集団を呼んで意見をきくほうが、よっぽどよかったんだ」

「けど、サンガッロ兄弟はうまくやってくれたよな。あれは兄さんの考えを代弁したんだろ?」

「そうだ。おれはダヴィデ像がロッジアの真ん中のアーチ下で、暗闇を背景に白く輝くところを見たい」

「それは会議にいた人ほとんどが同じことを思ってるよ。レオナルドだって」

「はっ、レオナルドめ! 品を保つよう服を着せろだと!」

アンジェロはほかのどの意見よりもそれが腹立たしかったらしい。ぼくも同感だ。

「いいか、ガブリエル。会議で決まったからといって、この先どうなるかわからないぞ。本当の決定は閉じた扉の向こうで下されるものだ。まあ、サンガッロ兄弟はがんばってくれたな。彼らを探して一杯おごろうか」


翌日、仕事のあと、デッラ・ストゥーファ通りのジョコンド家へ行ってみた。制作中のモナ・リザの肖像画を見てから何か月かたっていて、そのあとどうなっているか、どうしても知りたくなったのだ。今回はブオナローティ家の兄弟から用を頼まれたわけではなく、町で話題になっている絵を自分の目で見たい一心だった。

家に着くとジョコンド自身が温かく迎えてくれて、「妻のいとこと知り合いだそうだね？」と言った。

ゲラルドはその日も部屋にいて、リザの前で笛を吹いていた。もう夜だったが、運よくレオナルドがまだ絵を描いている最中で、サライやほかの従者の姿はなかった。「やあ、ガブリエル」レオナルドは明るく声をかけてきた。「こっちに来てモナ・リザの肖像を見るがいい」

すばらしい肖像画だった。凡人なら見逃してしまいそうな特徴をしっかりと捉えている。正直なところ、リザはパン屋のガンディーニの妻ほどの美人ではなかったが、顔だちや体つきとは無関係の、もの静かな存在感――ぼくにはそれ以外の言葉がみつからない――があった。もう若くはないし、何人もの子持ちだが、まだ円熟という言葉が似合う歳でもない。それでも、アンジェロ作の大理石像のようにじっとすわって、全身から静寂を放っている。

レオナルドは絵の顔の部分に気になる箇所があるのか、手直ししていた。ぼくが入っていくと、リザはわずかに目を広げ、笑みを深めた。そのほほ笑みは魔法のようにぼくを魅了した。

彼女は若いぼくの情欲をかき立てたわけではない。ただ彼女の存在感を前に、ぼくは確かな穏やかさを感じていた。彼女が肖像画に与え、レオナルドの芸術性が百倍にして彼女に返している存在感。レオナルドの描くモナ・リザの肖像を見る機会を得た幸運な人なら、だれもが感じとったはずだ。レオナルドがリザの姿の中に自分自身を見ているのが絵から伝わってくる。リザの夫はこの肖像を喜ぶことだろう。

「すばらしいですね」ぼくは言った。レオナルドはぼくの目がキャンバスと本人のあいだを何度も行き来するのを興味深そうに見ていた。

「この気持ちをどう表現したらいいのか……。マエストロ、あなたのような天才には言葉など意味がありません。でも、この絵を見ていると、描かれているのはモナ・リザ本人ではなく、あの……なにを言っても生意気に聞こえるでしょうけど、女性の本質そのものが描かれているように感じるんです」

ぼくは口をつぐんだ。リザにも、肖像画にも、画家にも、賞賛の念をうまく伝えられていないような気がした。

そのとき、混乱しながらも、はっきりと自分の願望を感じとった。今まで経験したどんな感情よりも強烈に。アンジェロの偉大な作品を前にしたときよりも鮮明に。こんな美しいものを自分のものにしたい。女性なのか、その肖像なのか、それはわからないが、限りある自分の生涯のうちに、この永遠の美をつかみとりたい。そのとき、偉大な芸術作品という不朽の存在を前に、初めて自分が生身の人間であり、自分の命には限りがあることに思いいたった。

そのとき、ゲラルドが笛でまちがった音を出して、部屋の空気が変わった。きっとゲラルドは、ぼくがあまりに口下手なのがおかしくて笑いそうになったのだろう。モナ・リザのほほ笑みは明るい笑いに変わり、彼女はふつうの女性に戻った。

「少し休もうか」レオナルドが言うと、もてなし上手の主婦リザはさっと立ちあがってみんなの飲み物を用意しにいき、ゲラルドもついていった。

その日、ぼくは生涯忘れないあることを学んだ。真の芸術家は、人物の天賦のきらめきを見抜き、それを自分だけではなく他人にも見えるように表現することができるのだ。

レオナルドは、連れのサライが粗野なのとは対照的に、とても繊細な人で、ぼくの気持ちに気づき、少し落ちつくのを待ってから話しかけてきた。

「きみも親方といっしょに会議に来ていたな」

ぼくはうなずいた。

「あの像が町に設置されたら、すごいことになるな。あれが燦然《さんぜん》と輝くのを見るのが楽しみだ。観覧日以来ずっと、フィレンツェじゅうがあの話題でもちきりだ」

「あなたの肖像画もです。こんな偉大なふたつの作品が同時に作られているとは、フィレンツェはなんて幸運な町でしょうね」

もうその肖像がサライの顔に似ているとは思わなかったが、あの美しい若者の特徴がどこかにひそんでいる気がした。レオナルドがこの肖像画の依頼を引き受けたのは、ジョコンドの妻に、溺愛する若い男の面影を見たからなのだろうか？　あるいは、愛するあまりに他人の肖像にまで彼の顔を重ねてしまうのだろうか？

アンジェロが彫ったぼくの顔をもつ聖母の像を思い出して、落ちつかない気分になった。モナ・リザが部屋に戻ってきたら、彼女の顔にあの小悪魔に似たところがないかじっくり見てしまいそうだ。

「もしぼくがこんな絵をもっていたら、死ぬまでそばに置いておくでしょうね。天国で再会したいから」

レオナルドは笑った。「ガブリエル、きみは詩人だな！　その顔にふさわしい大らかで偏見のない心をもっている。いつかきみの絵を描きたいものだ」

だが、レオナルドはなにやら考えこみ、その表情は悲しげにさえ見えた。「わたしもこの絵には愛着がわいてしまった。完成しても離れがたいだろうな」

ぼくはそれを聞きながら、アンジェロが「もしジョコンドが完成した肖像画を手にすることがあったら、おれは靴を食ってもいいぞ」と言っていたのを思い出した。

レオナルドはまた気分が変わったようで、ぼくをじっと見た。

「きみには危険が迫っているようだな」占い師か予言者のような口ぶりだった。「あの会議のあと、あちこちで噂になっている。穏やかではない話も聞こえてくる。ソデリーニはダヴィデ像は共和制の象徴になると吹聴しているから、メディチ家支持者はおもしろくないだろう」

その話ならぼくも知っていた。

「きみはメディチ派の集団に入っているらしいな。今はやつらのお気に入りかもしれないが、思っていたような人間ではないとばれたら、やつらは復讐をしかけてくるぞ。きみにだけじゃない。ダヴィデ像にも」

ともに特別な一時間を過ごしたレオナルド・ダ・ヴィンチとぼくには、そのどちらがより悲惨かがよくわかっていた。


次にコンパニャッチの集会に行くと、雰囲気がふだんとちがった。

「おれたち、ジョヴァンニ様から連絡を受けたんだ」ぼくを友だちとみなしているゲラルドが、こっそり教えてくれた。

「へえ、おれたちね」ぼくはふざけた調子で返した。モナ・リザのいとこのこの若造が中核メンバーから信頼されるようになって、まだほんの数か月だ。

ゲラルドはぼくの態度をまったく気にせず話を続けた。「アルトビオンディとヴィスドミーニが密《ひそ》かにジョヴァンニ枢機卿に会いにいくことになったんだ」

ついに計画が動きはじめたようだ。

アルトビオンディが近づいてきた。「ガブリエル、もう話は聞いたようだな。メディチ家の新たな当主に会いにいくことになった」

アルトビオンディはメディチ家とのつながりや枢機卿との近しさを鼻にかけている自分に気づかないのだろうか？

「屈強な護衛集団を同行させたい。おまえ、入らないか？」

「ぼくは兵士じゃないですよ」引き受けるべきか、断るべきか迷っていた。「武器の訓練なんてしたことがないし」

「武器は必要ないだろう。鋭い眼と腕力さえあればいい。出発はあさってだ」

それは依頼ではなく命令だった。

アンジェロに打ちあけると、快く休みをくれたものの、ぼくの身を心配していた。

「フラテスキの仲間たちにはちゃんと知らせておけよ。誤解されると、本当にあっちに寝返ったかと疑われるぞ。今日は仕事はもういい。今から会ってこい」

アンジェロの不安がうつったように、ぼくはすぐにサン・マルコ修道院そばのジャンバッティスタの家に向かった。約束なしには訪ねないと決心していたのも忘れていたが、運よくジャンバッティスタが家にいて、シモネッタとふたりきりにならずにすんだ。

「願ってもない機会だ、ガブリエル。ぜひ行ってきてくれ。ジョヴァンニ枢機卿に接近するんだ」

「アルトビオンディの護衛のひとりとして行くだけだから、枢機卿には会えないと思うなあ」

ジャンバッティスタの家に入り浸っているダニエルが、話を聞いて声をあげた。

「チャンスだ！　メディチの枢機卿を暗殺するんだ！　手配はすべておれたちがやる。おまえは実行役だ」

19章　巨人の歩み

貴族の馬に乗るのは初めてだった。農場に囲まれた田舎で育ったので乗馬の経験はあったが、アルトビオンディの護衛団のひとりとして与えられた茶色の牝馬《ひんば》は、田舎で干し草作りのために乗っていた穏やかな馬とはまったくちがった。

ブルネッラという名のその牝馬は、浮《うわ》ついた女のように気まぐれで、道端の小石や飛んでくる小鳥にもいちいち怯える臆病な馬だった。耳のあいだをやさしくなでつづけると、ようやく落ちついてまっすぐ歩いてくれたが、ただでさえ難題だらけの一日にさらなる厄介ごとを起こしてくれるのは目に見えていた。

枢機卿暗殺！　それがフラテスキの望みだった。メディチ家の狩り用の古い別荘でおこなわれる会合で、メディチ家支持者たちに囲まれた中でそれを実行したら、ぼくはどうなる？　報復としてその場で殺されるなら、まだいいほうだ。運が悪ければ、仲間の名前を吐くまでじわじわと拷問がつづくことになる。

サヴォナローラの処刑の話を思い出して身震いした。

「馬に乗るのがうまいな」ゲラルドが声をかけてきた。ゲラルドは護衛団に選ばれて興奮気味だ。

ブルネッラは道に落ちている小枝に恐れおののいては横に飛びのく。

「騎士の乗るような馬には慣れてないんだ。こいつは手に負えないよ」

「今回の遠出には本当に護衛団が必要だと思うか?」

「いらないと思うよ」それは本心だった。フラテスキはぼくに暗殺を指示したのだから、枢機卿との密会の情報をつかんでも道中で襲ってくることはないはずだ。

ゲラルドは理由もきかずにうなずいた。安心したのか、がっかりしたのか、よくわからなかった。もの静かなリザ・デル・ジョコンドのいとこのくせに、ゲラルドは熱い若者で、喧嘩っ早そうだ。

何時間か馬を進めると、目指す別荘が見えてきた。ジョヴァンニ枢機卿はすでに到着しているようで、乗ってきた馬車の後ろには猟犬が二頭つながれていた。ジョヴァンニは密会が終わったら本当に狩りをするつもりなのだろうか?

狩りに使う別荘にしては豪華な建物で、フィレンツェ市内のあちこちにあるメディチ家の館より少し小さいものの外観はよく似ていた。枢機卿は事前に召使いたちを送りこんだらしく、あちこちで召使いが食べ物や飲み物を並べていた。

ぼくはジャーキンの中に隠しもっている白い粉の包みのことを考えた。ダニエルはそれをぼくに手渡しながら告げた。「毒がいちばんだ。おまえがやったと簡単にはばれないからな。けど、もしジョヴァンニの飲み物に毒を盛るすきがなければ、刺してしまえ」

短剣も渡された。フィレンツェに着いてすぐにアンジェロからもらった短剣がブーツの中に隠してあるのはだれも知らない。さらにアルトビオンディからも武器をもたされた。枢機卿を暗殺する手段はじゅうぶんある。ただし、ぼくにはその意思がなかった。

そして、ついにジョヴァンニ枢機卿があらわれた。初めてメディチ家の人間をじかに見られる！

と思ったが、期待はずれだった。ジョヴァンニはでっぷりと太り、あごのたるんだ男で、アンジェロと同じ歳なのにはるかに年上に見えた。出された豪勢な食事を見ると、太るのも納得だった。食べ物にまったく金を惜しまないのだ。われわれが席につき、おざなりの食前の祈りがすむと、ジョヴァンニは夢中で食べはじめた。

ただし、毒見役がついていて、一品ごとに待ったがかかる。ダニエルの毒殺案はこれで消え去った。こんな守りの堅い人物に毒を盛るなど、あまりに馬鹿げていた。右隣に立った召使いが料理ひと皿ごと、ワイン一杯ごとに毒見をしていく。左隣には頑強な用心棒が武器を構えている。

ジョヴァンニは毒見役が体に異変がないか確かめるのを待ちきれずに、むさぼるように延々と食べつづけ、ひとまず満腹になると、椅子にふんぞり返ってすわった。

フィレンツェから来た護衛団のわれわれはジョヴァンニから遠く離れた末席だったが、じゅうぶんな食事にありついた。食事がすむと、ジョヴァンニはアルトビオンディやヴィスドミーニと話し合うため、用心棒たちをつれて別室に入った。ぼくたちは外で配置についた。

長い午後だった。たらふく飲み食いしたあとの若いぼくたちは、もし何者かに襲撃されたらあっさりやられていただろうが、いちばん厄介な敵は眠気だった。すわりこんで居眠りしていたのは、ぼくだけではなかったはずだ。

ようやく両開き扉が開いて、アルトビオンディたちが出てきた。われわれは素早く立ちあがって、いつでも指示に従って動けるよう警戒していたふりをした。ぼくたちの前を通りすぎたジョヴァンニ枢機卿が、ふと立ちどまってぼくの顔を見あげた。

「この若者は?」意外なほど太い声だった。

「こちらはガブリエル。猊下《げいか》の家系を支持する忠実な男でございます」ヴィスドミーニが答えた。

「ほう?」ジョヴァンニは絵でも描くのかと思うほどしげしげとぼくを見た。「美しい子だ」

そして金貨を一枚くれた。互いの体が触れ合うほど近づいた。その瞬間、やる気さえあれば、武器を一本出してメディチ家の当主をひと突きで刺すのは簡単だっただろう。

だが、やらなかった。

ぼくをとめたのは恐怖ではなかった。ただ、殺したいと思わなかっただけだ。ジョヴァンニが父親のような優れたリーダーではなく、世俗的で放埒《ほうらつ》で、神への献身より肉体的な快楽を好む男なのは明らかだった。

だからといって、人ひとりを殺す理由になるか? ぼくは金貨の礼に頭をさげた。寝床の下の貯金に加えればいい。ジョヴァンニはそのまま外に出ていった。

アルトビオンディ一行の出発の支度がすんだとき、ジョヴァンニは狩り用の服に身を包み、灰色の美しい牝馬に乗っていた。ぼくが乗っているブルネッラは朝と同じく落ちつきがなく、ジョヴァンニの馬にちょっかいを出しにいったが、馬の扱いが下手なぼくは制止できずにいた。

ジョヴァンニはぼくの不器用さを笑いながら、馬を寄せてきて隣にぴったりくっつき、太い指でぼくのあごを持ちあげた。

「かわいい坊やだ」馬同士が鼻を寄せ合い、またもや暗殺の機会が巡ってきた。「わたしに頼みごとがあれば、いつでもローマにおいで」

全員の視線を浴びてぼくは戸惑ったが、ブルネッラが後ずさってくれたおかげで流血沙汰もその他の事件も起きなかった。馬に揺られて離れながら、精いっぱい申し訳なさそうな顔をして見せると、ジョヴァンニは声をあげて笑った。

「大人気のガブリエルも、馬上では冴えない男だな」アルトビオンディが言った。

フィレンツェから来た一行は帰途につき、ローマから来た一行は狩りへ向かった。ぼくはジョヴァンニ・デ・メディチを自分の手で始末しようとは思わなかったが、もし彼がイノシシの牙に刺されて死んでも悲しまなかったことだろう。

フィレンツェに戻ると、ブルネッラをアルトビオンディ家の馬屋番に返してほっとひと息ついた。馬が連れていかれると同時に、召使いがひとり走り出てきて、主人に急を告げた。クラリスが産気づいたという。アルトビオンディは館に駆けこんだ。

われわれは夕食に誘われていたので、立ち去るべきか迷いながらうろうろしていたが、まもなく館に招き入れられた。

応接間でアルトビオンディがわれわれを迎えた。「食事中にもうひとり息子が誕生することだろう。息子と妻の健康のために祝杯をあげたい。月足らずだが、クラリスは体が丈夫だし、いい産婆が集まっている。めでたい知らせが来るまで飲んで待つとしよう」

口実を作って帰ろうと思ったとき、アルトビオンディが幼いダヴィデを呼んだ。乳母に連れられてきたダヴィデは、初めは男たちに囲まれて面食らっていた。みんながダヴィデをもてはやすのを見ていると、アルトビオンディがダヴィデを大事にしているのがよくわかった。アルトビオンディはダヴィデを膝にのせ、巻き毛をくしゃくしゃとなでながら、もうすぐお兄ちゃんになるんだぞ、と話しかけている。

ぼくはぎょっとした。ダヴィデには父親が必要だし、裕福で愛情深い父親のほうがいいに決まっている。それでも、ぼくはアントネッロ・デ・アルトビオンディの胸に短剣を突き立てたい衝動に駆られた。ジョヴァンニ枢機卿に対してはわかなかった感情だ。

ダヴィデは父親の膝からおりると、すっかり場に慣れてよちよちと歩きまわり、父の仲間たちになでられたり、菓子をもらったりした。そのうち、まっすぐにこちらに向かってきた。そして、もう一年近く会っていなかったのに、まるでぼくを覚えているかのように両腕をあげた。ぼくが抱きあげるとアルトビオンディは笑った。

「ガブリエル、おまえもそろそろ結婚して息子をもったらどうだ？　いい父親になりそうだ」

ぼくはいくつもの偽りを胸に秘め、幼子を抱き寄せて髪をそっとなでた。


「設置場所はまだ決まらないらしい」アンジェロが言った。「ただ、大聖堂に置くことはなさそうだ。ということは、これをシニョリーア広場まで運ぶ方法を編み出さなければならない」

工房には、アンジェロに呼ばれたサンガッロ兄弟が来ていた。建築家としての技術で移設を助けてもらおうというわけだ。

「これ」というのは、工房の中で足場の向こうにそびえ立つ五メートルの重い大理石だ。四人でダヴィデ像を見つめた。ぼくはそれをどこかへ移せるとは思えず、おじけづいていた。シニョリーア広場まで、距離は五百メートルもないが、この巨人を工房から外に出すのさえ不可能に思えてくる。扉の上の壁は壊さなければならないだろう。ぼくでさえ扉をくぐるときは背をかがめるほどなのだ。

だが、技術者には別の考え方があった。

「ガブリエル、大丈夫だ。もともとこの大理石の塊はカッラーラのファンティスクリッティ採石場から切り出されたものだろ？　そして、はるばるフィレンツェまで運ばれてきたんだ。おれたちがこれからやるのは、それを削ったものをここからあそこの広場に移すだけのことだ」

だが、もはや四角い大理石のように帯や鎖で巻いて何人もの屈強な男の腕で持ちあげるわけにはいかないではないか？　生身の人間にそっくりの手足をもち、しかも人間の何倍もの重さのある像なのだから。

「ダヴィデに頼んで、自分で扉をくぐり抜けてシニョリーア広場まで歩いてもらうしかないんじゃないかな」ぼくが言うと、アンジェロはまじめに答えた。

「これは人間に似ているかもしれないが、歩かせるのは無理だ」

像が実質的に完成してからは、兄が像のことを「彼」とか「ダヴィデ」とは呼ばなくなっているのに気づいていた。作品と自分を切り離し、自らの頭の中で制作中のものから過去のものへと転換させるための、自分なりのやり方だったのだろう。これから像は兄のもとを離れ、芸術作品として評価されることとなる。ゴリアテを倒した羊飼いの若者の像は、同じ題材の作品を残したドナテッロやヴェロッキオの解釈と比較されるだろう。

サンガッロ兄弟は芸術のことなど考えていなかった。ふたりは寸法を測り、ぼくが歩けば十分とかからない数百メートルの距離を巨人に移動させるための装置のスケッチを描いた。

そのあとの数か月で、木製の巨大なかごがついた荷車が作られた。ダヴィデはそのかごの中でロープで吊《つ》りさげられ、さらにかご全体も巻きあげ機を通したロープで引きあげられる。路上でロープを引くのに必要な男は、計算の結果四十人に決まった。大聖堂造営局はこの仕事に向いている力自慢の男をフィレンツェじゅうから募った。

ぼくはダヴィデ像移設の晩までずっと、自分もロープの引き手のひとりになるつもりだったが、その予想ははずれることになった。

クラリスは二番目の息子を産み、アルトビオンディを喜ばせた。赤ん坊は二日後に洗礼堂に連れていかれ、シプリアーノ・フランチェスコ・ディ・アントネッロ・ディ・ニッコロ・デ・アルトビオンディと名づけられた。

ダヴィデが本当にわが子かという疑惑がアルトビオンディの胸に生じたのは、シプリアーノの誕生がきっかけだったのだろうか？　次男は父親にそっくりで、黒い直毛とがっちりした体をもって生まれた。二歳上の兄は金髪の巻き毛で、すでに歳のわりにすらりと長身だったというのに。

実際、シプリアーノが生まれた晩に、ダヴィデがコンパニャッチの仲間たちにかわいがられていたとき、ひとりがダヴィデはぼくに似ていると言いだした。

何気ないひとことで、たしか「兄弟みたいに似てるな」という調子だった。だが、そのあとに自分にそっくりな次男が生まれて、アルトビオンディは疑いはじめたのかもしれない。男の子が生まれるのを望んでいたぼくだが、息子同士が比較されるという危険にようやく気づいた。

確かなことは言えない。だが、人生最悪の瞬間へと歯車がまわりはじめたのは、その晩だったように思う。

それ以来、アルトビオンディの館を訪ねると、冷たい視線を感じるようになった。ジョコンドの家でゲラルドに会ってもよそよそしい。ゲラルドが仲間たちと小声でしゃべっているところに近づいていくと、急に会話がとまることがあった。

だが、新たな危険が迫っていることを教えてくれたのは、グラツィアだった。女たちの情報網から警戒すべき知らせが入ったのだ。

「アルトビオンディは奥様に結婚前の暮らしについて問いつめたらしいわよ。それにダヴィデが生まれるまでの日数を勘定したんだって」

一時は、シプリアーノが臨月より早く生まれたことで、ダヴィデも早産だったという話がもっともらしくなっていた。クラリスは早産しやすい体質だと聞いて、アルトビオンディはダヴィデが自分の子だと再確認したのだ。

「でも、新しく生まれた子はアルトビオンディにそっくりなんだって。奥さんは長男が背が高くて金髪なのは、母方の祖母の血だと説得したんだけど、アルトビオンディはだまされていると疑いはじめたのよ」

ぼくはいよいよ危険が迫っているのを悟った。アルトビオンディが召使いに詰問すれば、クラリスが再婚を承諾する前に、ぼくが頻繁に彼女を訪ねていたことはばれるだろう。そもそも、ぼくはフィレンツェに出てきて最初の数週間、クラリスの館に住みこんでいたのだ。小間使いのヴァンナや意地の悪い従僕がクラリスを裏切らないともかぎらない。いよいよアルトビオンディ家でのぼくの立場は苦しくなっていった。

おまけに、サン・マルコ地区のフラテスキの集まりでも、居心地が悪くなっていた。ジョヴァンニ暗殺をしくじったことで、ダニエルは嫌悪感をむき出しにするようになった。それには納得がいかない。ぼくは暗殺者などではないのに！　ぼくはただの石工、せいぜいが、乳兄弟である親方に彫刻の技をいくつか習ったばかりの石彫り人だ。

ジャンバッティスタやほかのメンバーは少しはわかってくれた。

毒見役がついていたんだ、馬が暴れて離れてしまった、ずっと用心棒がジョヴァンニのそばについていた——そんな言い訳を受け入れてくれた。とはいえ自分では、死ぬ覚悟さえできていれば、ジョヴァンニ暗殺はできたはずだと思っていた。

レオーネのモデルをしに行くのもほとんどやめていて、ヴィスドミーニ家へはたまにグラツィアの客として、貴族の暮らしから切り離された彼女の地下室を訪ねるだけになっていた。アルトビオンディ家でたまに会うヴィスドミーニは相変わらず礼儀正しく、やさしかったが、ぼくは不安を打ち消せなかった。

ぼくの時間は、大聖堂の裏の工房にこもって、自分の巨大な像をシニョリーア広場に運ぶ問題に費やされていた。サンガッロ兄弟もその時期はアンジェロとぼくとともに工房に泊まりこんでいた。そして五月にはダヴィデ像を動かす準備が整った。

五月十四日の晩、われわれは屈強な四十人の引き手にたっぷりワインを飲ませた。ぼくはアンジェロからその集団に入るなと言われていた。アンジェロやサンガッロ兄弟とともに監督する側にまわってほしいというのだ。

作業は工房の扉の上の壁をくずすことから始まり、そのあと巨人はゆっくりと慎重に大聖堂広場に運び出された。

真夜中だった。広場には松明が焚かれ、見物の人が詰めかけていた。そこへダヴィデ像が牢を突き破るように出ていった。男たちは木の巨大なかごをのせた荷車の前に油を塗った十四本の木材を並べ、荷車を少し前進させては、いちばん後ろの木材を前に移す。慎重に時間をかけて進められた。カッラーラの石切り場で見た、切り出した大理石を山からおろす方法を思い出した。ただし、あちらでは傾斜を利用して石を滑らせることができる。ダヴィデ像のもとの石もあんなふうに堂々と山をくだったのだろうか？ きっとそうだだろう。しかし、この完成した像はなにも語ってくれない。ダヴィデは左に厳しい視線を投げ、その存在感に圧倒されている広場の群衆を見おろしていた。

ぼくは慌ただしく前後に行き来しながら木材の位置を確かめていたので、初めは周囲の張りつめた空気に気づかずにいた。作業開始は一日でもっとも涼しい時間帯を選んだが、男たちはみんな汗だくだった。

ほんの二十メートルほど進んだところで、襲撃が始まった。

石が次々と飛んできて、引き手の男たちとぼくに当たり、いくつかはダヴィデ像のかごの中に落ちた。

メディチ家支持者が一世紀以上使っている「パレ！ パレ！」（訳注・メディチ家の紋章の玉を意味する）という叫びが飛び交った。それでも今のぼくはメディチ派のふりをするわけにはいかない。

アンジェロが荷車に飛びのって、かごのすきまから中に入った。

ぼくはサンガッロ兄弟に市の警備を呼んでくれと告げると、アンジェロの後を追うように柵のすきまに無理やり体をねじこんだ。木のかごの中は不気味な空間だった。広場の喧噪《けんそう》が中までしみこんでくる。かごの中にいるのは兄とぼくと大理石の巨人だけだ。兄は片腕を像の右足に巻きつけていた。巨人の右手が兄の頭をなでている。そして、兄は泣いていた。

初めは傑作を壊される怒りと恐怖の涙かと思ったが、見ると兄の片方の腕がおかしな角度で垂れさがっていた。涙を流しているのは激痛のせいだったのだ。

「ガブリエル、骨が折れた。大きな石が当たったんだ。これではもうダヴィデを仕上げられない」

20章　大理石の男

かつてなかったほど頭が素早く回転し、ぼくはすぐに悟った。アンジェロの怪我が知れわたったら、メディチ派の大勝利になってしまう。とはいえ、兄をこのまま苦しませておくわけにはいかなかった。

「ここにいてくれ。助けを呼んでくるから」ぼくは兄に告げ、柵をくぐり抜けて外に出た。

広場は大混乱に陥っていた。怒号が飛び、小競り合いがくりひろげられ、警備の役人たちが少しずつ群衆をかき分けて進んでいく。逃げる者や追う者がいる。暴徒が壁に固定されていた松明を奪い、頭上にかかげて歩く。叫び声が遠くの脇道や路地へ消えていく。

ぼくは工房へ走った。像を動かすには四十人がかりで長時間かかったが、自分が走ればほんの数秒だ。工房の床に転がっている木切れの中からとげの少ないものを二本選び、立ち往生している荷車へ駆けもどった。

引き手の男たちは持ち場を離れ、石を投げたと思われる連中と喧嘩を始めていた。警備の役人が両者を引き離すのに四苦八苦している。ぼくは手にした木切れが武器だと思われないよう暴徒を避けて進み、アントニオ・ダ・サンガッロに小声で呼びかけた。

「こっちに来てくれ！　早く！」

アントニオはぼくよりずっと細身だったので、荷車の柵を楽にくぐった。アンジェロはさっきと同じ格好だったが、きつく目を閉じて痛みをこらえていた。

ぼくは石切り場にいた頃、手足を折った人を何度も見たことがあった。アンジェロは骨折しているが、重い大理石につぶされていないだけまだましだ。ただし、手当てには痛みがともなう。この混乱の中では医者を呼ぶことはできない。しかも、アンジェロの怪我は人に知られてはならないのだ。

アントニオはひと目で状況を察した。幸運にもアントニオがジャーキンの中に蒸留酒の小瓶をもっていたので、アンジェロに差しだした。アンジェロが酒をひと口飲むと、ぼくは厚手のシャツの裾をちぎり、アンジェロの腕にそっと添え木を当てた。少し動かすたびに激痛が走るようで、こちらも辛かった。

アントニオに怪我の手当ての心得があったのがありがたかった。ぼくがアンジェロの肩を押さえ、アントニオが腕を引っぱって骨を伸ばした。くぐもった叫びのあと、アンジェロは気絶した。それでかえって気楽になった。アントニオとふたりで腕を二本の添え木ではさんでしばった。アンジェロが意識をとりもどしたときには手当てはすんでいて、さらに蒸留酒を飲ませた。

三角巾を作って腕を吊ると、ぼくのシャツはほとんど布が残っていなかった。アントニオがアンジェロの肩に外套をかけると、顔面が蒼白な以外はふつうの姿になった。松明の灯りでは顔色を人に見られることはないだろう。

「ガブリエル、ミケランジェロを家に連れていけ。この馬鹿騒ぎが落ちついたら、ジュリアーノとおれで運搬の続きを指示する。大丈夫だ。やることはわかってる」

アンジェロにはもう反論する力もなかった。腕を吊ったまま柵をくぐるのはひと苦労だったが、なんとか人に見られずに脱出できた。ぼくは兄に手を貸しながらゆっくり大聖堂前の喧噪から離れ、サンタ・クローチェ地区の家に向かった。

何度も立ちどまりながら少しずつ進んだ。短くなったシャツの下の腹に夜風が冷たかった。

「おまえとアントニオがおれの腕を直してくれたんだな」アンジェロは痛みと蒸留酒のせいでろれつがまわらなかった。「だれがダヴィデを直すんだ?」

「それは朝になってから考えればいいよ。今は休んでくれよ。兄さんの怪我は人に知られちゃまずいんだ」

翌朝、兄が眠っていたので、起こさないよう家政婦に告げて、ひとりで町の中心部に走っていった。像は大通りを一ブロック分前進していたが、驚いたことに番兵にとり囲まれていた。引き手の男たちの姿はなかったが、アントニオとジュリアーノが巻きあげ機の上にすわって、ガンディーニの店の特上ペストリーらしき朝食を頰ばっていた。ダヴィデ像はじっと遠くをにらんでいた。

「ミケランジェロの具合は？」アントニオがペストリーをのみこみ、ジャーキンのパンくずを払いながら言った。

「眠ってます。あのあと、なにがあったんですか？」

「ずいぶん長く立ち往生したが、引き手たちがよくやってくれた」とジュリアーノ。

「夜明けまでかかって、ここまで来たんだ。家で少し寝てくるように告げていったん帰らせた。危険な仕事になったから特別手当を出す約束をした」

「番兵を手配したのは？」

「大聖堂造営局に頼んだんだ。さもないと大芸術家の傑作が破壊されるからとね」アントニオが言った。

「ふたりともひと晩じゅうここにいたんですか？　お疲れでしょう？」

「きみだって疲れてるだろ」ジュリアーノが言った。「まずはガンディーニの店に行って朝食でも買ってこいよ。そしたら交代してもらって、おれたちが何時間か休む」

ぼくは急《せ》かされるまでもなくガンディーニの店に走った。毎朝ガンディーニの店には人がおおぜい集まり噂話が飛び交う。その日の話題はひとつだった。

「暴漢が三人、逮捕されたぞ」熱心な共和派のガンディーニがぼくに言った。

「名前は？」

ガンディーニが指を折りながら名前を挙げていったが、それを聞いて驚いた。

「ヴィンセンツォ・ディ・コジモ・マルテッリと、フィリッポ・ディ・フランチェスコ・デ・スピーニと、ゲラルド・マッフェイ・デ・ゲラルディーニの三人だ」

モナ・リザのいとこと、その仲間たちだ。

「ラファエロ・パンシアティーチもスティンケ牢に放りこまれるところだったんだが、雨どいをのぼって屋根づたいに逃げたんだ」客のひとりが言った。

ラファエロもゲラルドの仲間だ。アルトビオンディの集団に最近加わった若手メンバーばかりだったが、全員が昔からメディチ家を支持してきた家の息子だった。

しかし、これは若手が仕組んだ単なるいたずらと見ていいのだろうか？　それとも、大理石像のダヴィデに対する戦いの序章なのか？

「スティンケ牢に入ってる三人だって、すぐに釈放されるぜ」ガンディーニが言った。その朝ぼくはブオナローティ家から大聖堂に来る途中にスティンケ牢のすぐそばを通っていた。「やつらの父親が罰金を払うんだ。ああいうお坊ちゃまは長く牢屋で過ごすことはない」ガンディーニの言ったとおり、ほんの数時間頭を冷やしただけで、若い活動家たちは牢から出ることになった。

「怪我人は？」客がたずねた。

「たいしたことない。頭が痛いとか、目が腫れたとかいう人は出てくるだろうがね」

よかった。アンジェロの怪我はだれにも知られずにすんだ。

急いで大理石の巨人のそばに戻ると、ありがたいことに、引き手たちは束の間の休息からすでに戻ってきて、荷車の前に油を塗った木材を敷きはじめていた。四十人の仕事を指揮するのは責任重大だったが、みんなぼくのことをわかっていて、進んで従ってくれた。

一日じゅう働いて、かなり前進したところで、作業を中断した。番兵に見張りを頼み、引き手たちにはひと晩たっぷり寝るように言って家に帰らせた。その日はトラブルなく終わったが、ぼくはいつ次の襲撃が来るかとずっと気を張っていた。

ブオナローティ家に帰った頃にはくたくたで、朝食以降なにも食べていなかったので腹もぺこぺこだった。それでも真っ先に兄の様子を見にいった。

兄はベッドの上で体を起こしていたが、顔は真っ青だった。昨夜の松明の灯りでは気づかなかったが、額にも深い傷ができていた。腕は胸の前に吊ったままだ。

「どうなった?」アンジェロは左手でぼくの腕をつかんだ。「像は無事だと言ってくれ!」

「無事だよ。昼も夜も番兵が見張ってくれてる」

兄の手の力がゆるんだ。「やつらはまた来たか?」

「今日は来なかった。三人がつかまって、スティンケ牢に入れられたんだ。もうひとりは逃げたけど」

「何者だったんだ? アラビアーティか?」

「というより、コンパニャッチだな。古い家柄の息子たちで――ぼくもアルトビオンディの家で会ったことがある。血の気の多い若造たちだ」

アンジェロは襲撃されてから初めて安堵したようで、声をあげて笑った。

「おまえ、頭の固い年寄りみたいな口ぶりだな」

「そりゃ、あんなの認めるわけにはいかないよ。ダヴィデ像が共和派の象徴とみなされてるといっても、やつらには優れた芸術性がわからないのか？」

「ガブリエル、これからどうする？　像は仕上げの作業がまだまだ残ってる。表面を磨かないといけないし、台座にのせるときはおれが指揮をとらないと。それも、像が壊されずにシニョリーア広場に到着したらの話だがな」

「まずはなにか食べさせてくれよ。それから考えるから。腹が減ってると頭がまわらない」

「おれも食事をとろう。像が無事だと聞いたら、少し食欲が出てきた」

ふたりで台所におりていき、何時間も前に夕食を片づけて寝ていた家政婦を起こした。家政婦は空腹をまぎらす程度のパンとチーズと肉とオリーブを出してくれたが、アンジェロの腕の三角巾を見て目を丸くした。アンジェロは唇に指を当てた。

「マルタ、怪我のことは秘密にしておいてくれ」そして金貨を一枚渡すと、マルタは梨を煮たデザートにクリームを添えて出してくれた。

食事を終えて、二本目のワインとカップを持って兄の部屋に戻ると、兄はさぐるような目でぼくを見た。

「さて、これで頭がまわりはじめたか？」

「ああ、方法はひとつしかない。ぼくが兄さんの代わりに像の仕上げをする」

兄のぎょっとした顔をみて、すぐにつけ加えた。

「もちろん兄さんには監視していてもらうよ。前にやったことがある、磨きや、細かい手直しだ。やり方を教われば、金箔《きんぱく》を貼るのだってできる。だれにも知られないようにやればいい」

「だが、おれがその場にいないと、ばれるだろ」

「兄さんも行くんだよ。そこはちゃんと考えてある。サンガッロ兄弟とぼくが移設の監督をする。兄さんはときどき来て、進み具合にあれこれ口を出せばいいんだ。もちろん外套で腕を隠して」

「そうだな」

「像の設置がすんだら、ふたりで木箱の中にこもって作業すると言いふらせばいい。ときどき足場の上から顔を見せておけば、作業しているのが本人じゃないとはだれも気づかない。サンガッロ兄弟以外にはね。あのふたりなら信頼できるだろ」

しばらくだまりこんでから兄が言った。「ガブリエル、おまえはたいしたやつだな。その作戦で行けるだろう。で、この腕が治るまでどのくらいかかると思う?」

「さあ、早くてもひと月半はかかるかな。けど、少しならすぐに動かせるようになるよ。

今は痛むのか?」

「地獄のようだぞ」アンジェロは明るく笑った。「だが、ワインを飲んで、おまえの案を聞いたら、ずいぶん楽になった」

そのあと、像がシニョリーア広場に達するまでほぼ四日間かかった。五月十八日の正午、政府庁舎前に到着したダヴィデ像を見るために、信じられないほどの人が集まった。アンジェロもその場にいて、ゆったりした長い上着で怪我した右腕を隠し、さも元気そうに指示を飛ばしていた。混乱にまぎれて、怪我はだれにも気づかれずにすんだ。

政府はブロンズ像の《ユディト》を庁舎前からどけることを決め、すでにロッジアへ移動していた。ダヴィデ像は結局、政府庁舎の入口前に置かれることになった。ほかに心配ごとが増えたせいか、アンジェロは像の設置場所が希望どおりではないことは、あまり気にしていないようだった(訳注・史実では、政府庁舎の入口がミケランジェロの希望だった)。今は巨人を壊さずに台座の上にあげることが最重要だった。

それからの三週間、兄とぼくは計画を実行するために、ほぼ巨人とともに暮らした。巨人は六月八日についに台座の上に固定され、移動用の荷車を手直しして作った木の〈砦《とりで》〉に囲まれていた。外から見えるのは像の頭の先だけだ。

その慌ただしい時期に、政府からアンジェロへ、レオナルドの《アンギアーリの戦い》とおなじ大会議室にフレスコ画を描いてほしいという話が来た。もうひとつのフィレンツェの勝利を表現した《カッシーナの戦い》だ。

「どうせ依頼してきたのは、レオナルドの尻に火をつけるためだろうよ。競争相手がいると知れば、さっさと絵を仕上げると踏んだんだろう」

すでにいくつもの仕事を抱えているうえになぜこの依頼を引き受けるのか、ぼくには理解できなかったが、だまっていた。さしあたっては、ダヴィデ像のことだけでも手いっぱいだ。

木を組んで作った砦は、足場の上でふたりが歩きまわれる広さがあり、われわれは食事も仮眠もそこでとった。ぼくは兄の尿瓶《しびん》の始末までした。すべてはフィレンツェ随一の彫刻家がメディチ派に傷を負わされたことを隠し通すための作戦だった。

兄の腕は順調に回復していた。兄の指示のもと、ぼくは像の左肩から背中に垂れさがり、大きな右手へ伸びている投石器に金箔を貼っていった。右足の支えになっている木の切り株にも貼ることになっていた。

像のごく一部だったが、初めての作業だったので、失敗しないよう慎重にゆっくりと進めた。

臆病者と言われるかもしれないが、ぼくは人に会うのを避け、仕事に没頭した。グラツィアにも、コンパニャッチにも、フラテスキにも会わなかった。そして作業をしながら、故郷に帰ることを考えはじめていた。

ところが、ついにグラツィアがやってきて、見つかってしまった。

グラツィアとはしばらく会っていなくて、彼女との熱い情事は自然消滅に向かっていると感じていた。彼女に愛情を感じないわけではない。グラツィアのことは好きだった。だが、最近は気になることが多すぎて、恋愛などすっかり頭から抜け落ちていた。それに、今グラツィアに邪魔されたくはなかった。ぼくは背後の像と同じように、きつく眉をしかめた。

「なんの用だ?」ぼくが無愛想に言うと、グラツィアは悲しげな顔をした。

「警告しに来たのよ。秘密がばれたわ。アルトビオンディが奥さんの衣装箱の中にあったあなたの裸の絵を見つけたの」

女たちの情報網はすごい。警告はありがたかったが、ぼくはすでにメディチ派の集まりに顔を出すのは避けていた。フラテスキのスパイだとばれることはずっと恐れていたが、クラリスの愛人だったことがばれるとは、ほとんど考えていなかった。

ぼくはグラッィアを冷たくあしらったことをすぐに後悔した。これを告げるために危険を冒してここまで来てくれたのだ。

「ありがとう」ぼくはグラッィアの手を握った。「伝えにきてくれて感謝してるよ。ほかに知っていることは？　あの……あの子のことは？」

「わからないわ。アルトビオンディは奥さんにもあなたにも、かなり怒ってる。子どもに対してどう思ってるかは知らないけど、その子に罪はないわよね。痛めつけるようなことはしないんじゃない？」

その言葉を信じたかった。アルトビオンディの怒りが爆発したときの様子なら前に見たことがあった。どの召使いがぼくの秘密を主人にばらしたのだろう。ますます厄介なことになってしまった。像の仕上げとアンジェロの怪我だけでも精いっぱいだったのに。巨人の移動が始まった最初の晩に襲撃があって以来、なにごともなく過ぎていたので、七月の暑い晩に暴動が起きたそのとき、ぼくはすっかり油断してグラッィアが言ったことばかり考えていた。それが破滅につながった。

それは真夜中過ぎのことで、アンジェロとぼくは固い足場の上で眠っていた。兄の腕の添え木はすでにとれて、骨折は治りかけていたが、まだ腕に力が入らず、皮膚は長いあいだ湯に浸かったように白くふやけていた。グラッィアは来たときと同じようにこっそりと、セルヴィ通りの館に帰ったあとだった。

像の見張りの番兵もすっかり気をゆるめていた。最初の飛礫《つぶて》が落ちてきて目が覚めたとき、ぼくは寝ぼけて雨かと思った。

「ちくしょう！」アンジェロがもがくように起きあがった。「なぜ今なんだ？　もう仕上がるというときに！」

「落ちついて。外套を頭まですっぽりかぶるんだ」

木の柵のすきまから外をのぞいて、ぼくは凍りついた。

広場じゅうがコンパニャッチで埋めつくされている！

前回のように数人の若造が石を投げてきた程度ではない。私設の軍隊とも呼べる規模の集団が、剣やナイフやマスケット銃を構えていた。一方的に襲われたら、ダヴィデ像もアンジェロもぼくもおしまいだ。

そのとき、奇跡が起こった。

別の集団があちこちからなだれこんできて、コンパニャッチを包囲した。フラテスキだ！　その中には仲間の顔も見えた。両者がにらみあい、一瞬の静寂が生まれた。

そして、夏の夜の雷雨のように戦闘が始まった。

ぼくは木の砦の中でうずくまっている腰抜けではなかった。ぼくには短剣があるし、強い拳もある。血は熱く燃えていた。偽りで身を固めていた日々にはうんざりだ。命を懸けて像を守り、フラテスキの同志たちとともに戦うのだ。

「パレ！　パレ！」コンパニャッチは叫びながら、敵に飛びかかる。

「マルゾッコ！　マルゾッコ！」フラテスキは共和派のもうひとつの象徴であるフィレンツェのライオン像の名を叫んだ。

激しい衝突だった。

ぼくは最後に一度、詫《わ》びるように自分の姿をした像と兄に目を向けると、足場から飛びおりて、戦いの最中に着地した。

「マルゾッコ！」声が枯れるほど叫び、そばにいた紫と緑の服の男に体当たりした。

21章　地獄の甘い部屋

最初の相手はぼくが短剣を抜くまでもなく、拳で殴っただけで倒れた。頭に血がのぼっていたぼくは、ダヴィデ像と、それを作った男を守るためなら、なんでもしてやると思っていた。制作に費やした月日、工房からここまで運んで台座にのせるまでの最後の苦労、それを最後の最後になってコンパニャッチの暴徒に台無しにさせるわけにはいかない。このぼくが許さない！

木の「砦」を見あげると、メディチ派が何人かよじのぼろうとしていた。ぼくは叫びながら足場へのぼり、その男たちをベルベットについた毛玉のように引きはがして、広場の石畳にたたきつけてやった。全身から自然と力がわいてくるのは初めての経験だ。そのとき、脚をつかまれるのを感じた。力強い手がぼくを足場から引きずりおろそうとしている。

アントネッロ・デ・アルトビオンディその人だった。

「悪魔め！」アルトビオンディは両手でぼくの首を絞めつけ、ひざまずかせた。「おれの家に忍びこみやがって！」

クラリスとの関係は再婚前に切れていたなどとここで告げてもしょうがない。声が出せても言わなかっただろう。男がその手の嫉妬を抱くとき、期間や時期など意味はないのだ。

それに、アルトビオンディの気持ちもよくわかった。クラリスが再婚したとき、ぼくだって嫉妬したではないか？

「おまえの子にはなにもやらんから、そのつもりでいろ」アルトビオンディのほうが窒息しかけているかのように、顔が紫色になっていた。「あいつは女子修道院に送って修道女に育てさせる。女に貞節を守らせるには隔離するしかないと、あいつもいずれ学ぶだろう」

アルトビオンディの手の力はすさまじかった。ダヴィデが母親から引き離されると思っただけでも気を失いそうだった。アルトビオンディは少しだけ手をゆるめ、ぼくにわずかに息をさせた。まだ告げたいことがあるのだ。

「母親のほうは、別の女子修道院に入れる。二度とふたりの息子たちに会えなくなる。

シプリアーノは乳母に育てさせる。あの子がおれの家名と財産をすべて受け継ぐ。おまえがあの女に産ませた汚らわしい子には、なにひとつやらんぞ」

ひどい仕打ちだ。罪のない子が母親から引き離されるだけではない。母親のほうも、結婚後は一度も夫を裏切っていないのに、一度にふたりの息子を失うのだ。下の子はまだ産まれたばかりだというのに。最初の結婚で産まれたふたりの娘の行く末は、辛すぎて考えられなかった。

ぼくは腿《もも》の筋肉にすべての力をこめ、アルトビオンディを地面に投げ倒した。肺に空気が一気に流れこみ、むせてせきこんだが、すかさずベルトから短剣を抜いた。とどめを刺してやるのだ。

だが、その瞬間にふたつの人影が突進してきた。

フラテスキのドナートとジュリオ兄弟だった。アルトビオンディはふたりに任せることにした。殺されようが生き延びようがかまわない。ぼくにはメディチ派との戦いを差し置いてでもやらねばならない重要なことがあった。

アルトビオンディの口ぶりでは、クラリスとダヴィデを追放する計画はまだ実行に移されていないようだ。ぼくは胸が引き裂かれる思いで拳や怒声をかわし、広場の戦闘をあとにして走りだした。もしわが子が痛い目に遭わされていたら、広場に戻ってやつの心臓を串刺しにしてやる!

ポルタ・ロッサ通りを走り、トルナブオーニ通りに向かいながら、兄を見捨てていく罪悪感に駆られ、心の中で兄に詫びていた。兄の作品は、われわれがこの世を去ったあとも世に残るものだ。そして、もし今夜兄が命を奪われたら、世界は今後数多くの傑作を手に入れる機会を失うことになる。

それでも自分をとめられなかった。血と肉は大理石のように長くは残らないが、息子ダヴィデの血と肉はぼくから産みだされたものなのだ。ダヴィデはぼくの傑作。ぼくはなによりも先にあの子を救わなければならない。彼が灰色の世界に送られるのを阻止してやる。

アルトビオンディの館に着いたときには息が切れ、のどを絞められたせいで、まだせきが続いていた。大きなオークの扉が開いている前で一瞬立ちどまって息を整えた。家の中は混乱していて、立ち働く召使いの姿は見えない。上の階から女たちの泣き声が聞こえてきた。

階段を駆けあがり、クラリスの部屋に飛びこんだ。クラリスは怯えるダヴィデを抱いてむせび泣きその横でゆりかごに寝かされたシプリアーノも泣いていた。まわりには女たちがいて、やはりすすり泣いている。クラリスはぼくを見て声をあげた。

「ガブリエル！　夫になにもかも知られてしまったの」

「本人から聞きました。広場でつかまったんです」

「つかまったのに生き延びられたの？」クラリスは袖で涙を拭いた。

「ごらんのとおり。ただ、彼が生き延びるかはわかりません。フラテスキふたりに渡してきたから。彼が死のうが生きようが、ぼくにはどうでもいいのです。仲間が来なければ、自分がとどめを刺していたでしょう」

ぼくはクラリスのそばにひざまずき、なにが起きたかわからないまま怯えている幼いダヴィデをなだめようとした。

「大丈夫だよ」ぼくはぎこちない手つきでわが子の髪をなでた。「クラリス、この子をぼくに預けてください。セッティニャーノ村の両親のもとに預けます。それなら、あなたもいずれ会えるでしょう」

「なら、わたしも連れていって。修道院に送られるなんていやよ」

ぼくにどうしろというのだ？　父母はぼくの子どもなら温かく迎えて世話をしてくれるだろうが、貴族の妻クラリス・デ・アルトビオンディに対してできることなどないではないか？　もうひとりの赤ん坊や、ふたりの娘たちはどうする？　どう考えても無理だ。

クラリスはぼくの表情を読みとり、また激しく泣きだした。ダヴィデだけはぼくが連れていくとしても、彼女自身はやはり息子たちとも、ふたりの娘とも引き離されてしまうのだ。

ぼくは熱い怒りとともに駆けこんだものの、その勢いはしぼみ、抗《あらが》いようのない悲しみに襲われていた。自分がなにをしても、その先には悲劇しかない。だが、そんな状況でも、どうにかしなければならない。

少し冷静になると、室内の状況が見えてきた。クラリスに同情して涙し、なぐさめようとしているのは、召使いばかりではなく、身なりのいい貴族の女たちもいる。フィレンツェの女たちのつながりが目の前にあった。

ふいに、そこにシモネッタがいるのに気づいて驚いた。

ぼくと目があって、シモネッタは悲しげな笑みを浮かべた。女たちは政治的な派閥とは無関係につながっているのだ。サヴォナローラを敬愛する女が、共和派の思想のもと、メディチ派の男の妻に救いの手を差しのべようとしている。

ただし、シモネッタにぼくとクラリスとの関係を知られてしまったことになる。シモネッタにだけは隠しておきたかったのに。だが、そんなことを気にしている場合ではなかった。目をあげると、もうシモネッタの姿はなかった。さっき見たのは幻だったのだろうか？

ぼくはクラリスの手をとった。「みなさんに手伝ってもらって、ダヴィデの服やお気に入りのおもちゃの荷造りをしてください。時間がない。ダヴィデが修道院に送られるのをとめるには、今夜連れ出すしかありません」

そのとき、背後で音がした。クラリスの表情からなにが起きたのか察しがついたが、ぼくは振り返って自分の目で確かめた。

「その子は連れていかせんぞ！」入口に立つ悪夢のような姿が言った。

顔も髪も服も血まみれのアルトビオンディだった。それでもしっかりと自分の足で立ち、剣をぼくに向けていた。

「こうなったら殺してやる。まずは父親のほうを始末してからだ」

アルトビオンディが突進してきて、ぼくは飛びのいた。その瞬間、だれかが椅子でアルトビオンディの頭を強打した。ぼくが動くより先に、クラリスが素早く息子を横にどけ、ぼくのブーツから短剣を抜きとって、夫を押し倒した。

ゴボゴボというおぞましい音とともに、クラリスが夫ののどを切り裂いた。

恐ろしい静寂が部屋を包んだ。倒れているアルトビオンディの向こうで椅子の残骸を持って立っているのは、シモネッタだった。

アルトビオンディは死んだ。だが、ぼくは呆然として、迫りくる危険について考えることができずにいた。

クラリスが意識を失うように床に倒れこみ、その手から短剣が落ちた。その瞬間、ダヴィデが大声で泣きはじめた。


シニョリーア広場での激闘はひと晩じゅう続き、ようやく警備の役人に鎮圧された。ぼくが広場を離れてからの話をすべて聞いたのは、しばらくたってからだった。最悪の知らせだった。

ドナートがアルトビオンディに殺され、ジュリオは怪我を負った。双方に何人もの死者と怪我人が出た。フラテスキは中核メンバーのひとりを、コンパニャッチはリーダーを失ったのだ。

アルトビオンディは広場で瀕死の重傷を負い、這うように家まで帰って愛する妻の腕に抱かれて息絶えたという話が広まっていた。なんとロマンティックな物語だ。クラリスの悲劇を語る美しい歌が流行《はや》ることだろう。

そんなことはぼくにはどうでもよかった。その場にいた女たちは、アルトビオンディはそうして死を迎えたと、全員が口裏を合わせることになっていた。もちろん、そこにぼくはいなかったと。

動揺する女たちをとりまとめたのは、シモネッタだった。ダヴィデを連れ出してハチミツ入りのホットミルクにナツメグを少しかけて飲ませるよう召使いに指示し、ほかの女たちにはクラリスの手と短剣を洗うように、ドレスの血はそのままにするように告げた。

それがすむと短剣をぼくに返してから、ほかの召使いに警備の役人を呼びに行かせた。そのすきに、シモネッタはぼくを連れて館から抜け出した。

「どこか隠れられる場所はありませんか？　ブオナローティ家にいたら追っ手が来るでしょう。わたしの家も危険です」

その時点では、ふたりとも広場の戦闘の状況はわからずにいた。フラテスキの中核メンバーの家はさぐられる恐れがあった。

「ぼくはアルトビオンディになにもしていないのに？　絞め殺されそうになったのはこっちですよ」

「服に血がついています。それに、広場でアルトビオンディと格闘しているところを人に見られているでしょう。しばらくはどこかに身を隠すほうが賢明です」

そのとおりだった。ぼくは安全な場所など思いつかなかったが、しばらくしてレオーネを思い出した。コンパニャッチの中核メンバーであるヴィスドミーニを頼るわけにはいかないが、そのお抱え画家にならば助けを求めてもいいはずだ。

レオーネは川向こうに住んでいた。トルナブオーニ通りを走り、サンタ・トリニタ橋を渡った。橋の中ほどで立ちどまり、木の欄干にもたれて、アルノ川の穏やかな水面を見つめた。頭がずきずき痛んだ。

今夜、見たこと、したこと、聞いたことは、一生忘れることはないだろう。だが、なんとかクラリスとわが子を悲惨な運命から救うことはできた。急に手足が震えだした。のどが苦しく、全身が痛んだ。熱病におかされた老人の気分だった(もちろん当時は老人の感覚など知る由もなかったのだが)。

息を整えて歩けるようになるまで、数分かかった。自分の後ろ、ほんの数百メートルのところで、役人がアルトビオンディの死体を調べている。

ぼくの、そして今夜クラリスの部屋にいた人たちの今後はどうなるのだろう? レオーネの家に行くこと以外、なにも考えられずにいた。重い体を欄干から離し、サント・スピリト地区を目指してよろけるように進んでいった。幸いにも通りに人けがなく、ぼくを見てダヴィデと呼びかけてくる人はいなかった。

堂々たるサント・スピリト教会を目印に進んでいった。かつて兄が死体の解剖をしたという場所だ。殺戮の晩にふさわしい不気味な場所に思えた。

レオーネの家は教会のそばの路地沿いにあった。扉をたたくと、幸いにもレオーネ本人が出てきた。友人に出迎えられるのをこれほどにありがたいと思ったことはなかった。

レオーネはぼくの姿を見てぎょっとし、だれかわかるまでに数秒かかった。

「ガブリエルなのか?」

「ええ、入ってもいいですか?」

よろめきながら扉をくぐり、倒れこむように椅子にすわった。レオーネは扉にかんぬきをかけ、ワインと湯を張った器を持ってきた。

「なにか食べるか?」レオーネはぼくの傷を洗いながら言った。

ワインを勢いよく飲むと、のどにしみた。「腹は減っているけど、さっき絞め殺されそうになったばかりだから、食べられるかどうか」

「だれにやられたんだ?」レオーネは手早くミルクにパンを浸した。

ぼくは二歳児のように音を立ててミルクをすすった。「アルトビオンディに」

町では何日も混乱状態がつづき、ぼくはずっとレオーネの家にひそんでいた。最初に目が覚めたときには、すでに丸一日がたっていた。体の傷のせいだけでなく、クラリスが息子の前で夫を殺すのを目撃したショックで、感覚が麻痺したように二十四時間もの深い眠りに陥った。

目が覚めてからも緊張と痛みが残っていたが、ひとまず体を休めることはできた。あのあとどうなったのか気になって、情報と食べ物を求めて起きあがった。レオーネは台所にいた。

「やっと起きたか。二度と目を覚まさないかと思ったぞ」

「なにか食べ物はありますか？」

「のどの調子はよくなったか？」レオーネはパンとハチミツとワインを出してくれた。

「少し痛むけど、ずいぶんよくなりました。ブロンズの鋳物みたいに体がからっぽになった気分です」

「大理石の像じゃないのか」

「生身の人間です。残念ながら」

「なにがあったか話してくれないか？　おとといの夜きみが来たときには、言葉がろくに聞きとれなかった」

そう言われて初めて丸一日眠っていたのを知った。

思い出せることをすべて話した。クラリスと息子との関係も隠さなかった。

「グラツィアが警告してくれてよかったな」

「グラツィアはどうしてますか？　会いましたか？　日にちの感覚がおかしくなってるんです。レオーネさん、きのうはアトリエに行ったんですか？」

「ああ、町を歩くのは大変だったがな。シニョリーア広場は血の跡があちこちにあって、通りの角ごとに武装した役人が立っていた」

「像は見ましたか？　無事でしたか？　ミケランジェロの消息は？」

レオーネは両手をあげた。「まずはグラツィアの話からだ。やっとのことでヴィスドミーニの家に着いたら、あそこも大騒ぎになっていた。ヴィスドミーニが乱闘を起こした罪で逮捕されたんだ。奥さんがとり乱していたから、グラツィアが騒ぎを収めて家じゅうのことを切り盛りしていた」

「グラツィアにぼくのことをきかれましたか？」

「うちに来ていると話したら、安心してたよ。あんなに気にかけてもらって、おまえは幸せな男だな」

非難めいた言い方だった。レオーネは前からぼくのグラツィアへの態度が許せないと思っているのだ。確かに、自分でもそう思う。

「グラツィアが無事でよかった。それで、町の様子は？」

「ああ、像は無事だ。また見張りがついている。ミケランジェロは昼も夜も像に張りついているらしい」

「ぼくのことを心配してるでしょうね。伝言をお願いしてもいいですか？」

レオーネはうなずいた。

「アルトビオンディの話はどう広まってますか？」

「広場で重傷を負って、家にたどりついてすぐに息を引きとったと」

「クラリスと息子のダヴィデの情報は？」

レオーネは首を横に振った。

だが、まもなく知らせが届いた。レオーネが出かけてすぐに訪問者があったのだ。最初は扉をあけるのが怖かったが、ノックがやわらかい音だったので役人ではないと踏み、かんぬきをはずした。

そこにいたのはシモネッタだった。たったひとりで危険な町を抜け、川を渡って来てくれたのだ。レオーネの家にいるぼくに会うために。

ぼくはシモネッタの手を握った。会えて本当にうれしかった。

「あれからどうなったか教えてください。ぼくはすっかり動転していました。ずっとここに隠れていたから状況をまったく知りません。クラリスは？　あの子は？」

「警備の役人が来たとき、クラリスはまだ動転していたけれど、役人たちはそれもそうだと思ったようです。明日が葬儀です。クラリスは遺体が運び出されたあとは少し落ちついたようで、長いあいだ眠っていたそうです」

「ぼくも丸一日眠っていました。それで、ダヴィデは？」

「わたしが毎日会いにいってますが、だんだん元気になっています。幼い子どもは怖かったことをいつまでも覚えているとはかぎらないんじゃないかしら」

「そうだといいけれど。悪夢のような事件だったから」

「ダヴィデは母親が刺す瞬間は見ていないんです。そのうち、世間に広まっている話を信じるようになるでしょう。父親は広場の戦いがもとで死んだと」

ダヴィデはわが子ではないとアルトビオンディが言ってたのを聞いていなかったのか？　あえて父親という言葉を使ったのか？

「あなたがクラリスやダヴィデの世話をしてくれてよかった。クラリスに、ぼくがここにいることを知らせてもらえませんか？　アルトビオンディ家には主が葬られるまでは近づかないつもりです」

「汚れていない服が必要ですね」シモネッタはぼくの姿を見て言った。「血のしみがたくさんついてます」

「ここには着替えがないけれど」ぼくはアルトビオンディの首からドクドクと噴き出していた血を思い出して身震いした。「今日レオーネさんが兄を訪ねているので、なにか持ち帰ってくれるでしょう」

「この服を燃やすまでは、町で人に見られるのは避けたほうがいいですね」シモネッタはぼくの袖にさわると、椅子にすわりこんで両手で顔を覆った。ここ何日か過酷な時間を過ごしてきて、ろくに寝ていないのだろう。ダヴィデはいずれあの晩のできごとを忘れるかもしれないが、シモネッタはすべてを目撃してしまった。

レオーネが着替えを持ち帰ってくれたが、それは憎きメディチ派の衣装だった。ピエロの死後に与えられた黒い服をアンジェロが選んだのは、アルトビオンディの死を悼んでいるように見せかけるためだろう。とはいえ、ぼくは大聖堂でおこなわれるアルトビオンディの葬儀に出るつもりはなかった。

アルトビオンディは仲間たちにぼくとクラリスの関係を話しただろうか？　あのとき牢に入っていたメンバーを除いてだが。コンパニャッチは、たとえぼくのアルトビオンディの死への関与を疑わなくても、妻との関係のことで復讐をしかけてくるかもしれない。

それでも、ぼくはシニョリーア広場へ、木の砦から外を見つめている自分のレプリカに会いにいった。

石畳の血が目立つところはすでに洗い流されていたが、まだ怒号が飛び交い、剣と剣が当たる金属音が響いているように感じられた。この町を離れたいという思いがさらに強くなったが、まだやり残していることがたくさんあった。

見張りの兵士は黒いベルベットに身を包んだぼくを見ても無反応だった。声をかけると、アンジェロが木の柵のすきまから顔を出した。

「ガブリエル！」アンジェロは飛びおりてきて、ぼくを抱きしめた。

「無事でよかった。さあ、のぼれ」

ぼくは像にへばりついて作業する服装ではなかったが、兄がひとりで苦労しているのは見てとれた。この大理石像のことをよく知る者は、兄とぼくのほかにいない。

「兄さん、腕が動くようになったんだね」

兄は腕を曲げて力こぶを出す真似をした。

「おまえとアントニオの手当てがよかったんだな。この怪我のことはだれにも知られていない。ありがたいことだ」

「兄さん、ごめん。乱闘の最中に残していって」急に涙があふれてきた。

「気にするな。レオーネからすべて聞いている。あの画家はいいやつだな」兄はぼくの腕を軽くたたいた。「おまえはなにも気に病むことはない」

「それが本当だったらいいのにな。兄さん、葬儀には行かないんだね」

「行く理由もない。アルトビオンディは友だちでもなんでもなかった。おまえの話を聞いたかぎりでは、ろくでもない男だな。今はおまえのことが心配だ」

「ぼくはうまく逃げきれたみたいだ」

「逃げきれたとは？　おれが聞いた話では、おまえは自分の身を守っただけじゃないか。この無法地帯の町でも、正当防衛は罪にはならないぞ」

「手を下したのがクラリスだと知られたらまずい。そんな話が浮上したら、ぼくが責めを負うつもりだった」

「心配するな。そんなことにはならないだろう」

しかし、われわれはアンドレア・ヴィスドミーニの存在を忘れていた。

22章　かつて我は汝の姿だった

町がふだんの落ちつきをとりもどし、ぼくはブオナローティ家に帰った。像には常に見張りがつくことになったので、アンジェロも夜は家に帰るようになった。ぼくはクラリスの家やヴィスドミーニ家には近づかないようにした。ヴィスドミーニには、ぼくがあの乱闘で死んだと思わせておけばいい。牢から釈放されたらしいが、もう二度と会うことはないと思っていた。

町では人目につかないよう用心した。アンジェロが作業を免除してくれたので、ぼくが人前に出たのは、アルトビオンディの葬儀の翌日にサンタ・マリア・ノヴェッラ教会でおこなわれたドナートの葬儀だけだった。

サンタ・マリア・ノヴェッラ教会はアンジェロのお気に入りの教会だったが、ぼくは入るのが初めてだった。棺《ひつぎ》が運びこまれるとき、ぼくは深い自責の念を抱いてひざまずいた。ドナートの両親と弟のジュリオが棺の後ろについて歩いていた。ジュリオは腕を三角巾で吊っている。

ぼくがアルトビオンディと戦わなければ、この兄弟は助けにくることはなかっただろう。だが、ぼくとのつながりがなければあの晩を無傷で生き延びられたとは、だれも言い切れないはずだ。

左の側廊の壁にある《聖三位一体》のフレスコ画に何度も目が吸い寄せられた。隣の席の人がマザッチョの作だと教えてくれた。川向こうの教会で魅了されたアダムとイヴを描いたのと同じ作者だ。あの絵を見た日、アンジェロは共和派であることをぼくに打ちあけ、この町ではどちらの派閥につくか意識するのが重要だと教えてくれた。果てしなく遠い日のことに思えた。

フレスコ画の下には、棺に横たわる骸骨が描かれていて、「かつて我は汝の姿だった。汝もいずれ我の姿になる」と文字がきざまれている。それを見てぼくは震えた。ドナートはあの骸骨のように変わっていく途中なのだ。自分の手足のたくましい骨や頭蓋骨の形を想像した。マザッチョの言葉は正しい。彼自身も葬られてから長く、今はあの絵の骸骨のようになっているのだ。

葬儀のあと、ジュリオが近づいてきた。

「アルトビオンディに罰が下ってよかったよ。やつは兄さんを殺し、おれの腕を骨に届くほど深く切ったんだ。きみのおかげで復讐の手間が省けた」

「ぼくがやったわけじゃない」ところが、ジュリオはぼくの肘を軽くたたいた。

あの頃はしょっちゅう寝床の下の貯金を数えていて、ダヴィデ像の木の砦がはずれる頃には故郷に帰りたいと思っていた。

新たな危険を知らせてくれたのは、ジスモンドだった。

ジスモンドは息を切らして家に帰ってきた。「ガブリエル、急いで身を隠せ。警備の役人が逮捕しにくるぞ」

「逮捕？　なぜだ？」あの戦闘から何日もたっていたので、今さらぼくが疑われるとは信じがたかった。

「アントネッロ・デ・アルトビオンディ殺人の罪だ」

ぼくはそれ以上聞かずに動き出した。金をつかみ、少しの着替えを包んで、裏庭から脱出するあいだ、ジスモンドがずっと横で急かしていた。

「アンジェロには、レオーネの家に行くと伝えてくれ」ジスモンドに言い残した。

サンタ・クローチェ地区の迷路のような細い道をあえて迂回《うかい》し、グラツィエ橋でアルノ川を渡った。追っ手の足音は聞こえなかった。

また身を隠す日々になるかと思うと憂鬱だった。この暑くて湿気の多い町にはうんざりだ。この町の暴力や、秘密や、派閥争いや、確執にもうんざりだ。

丘の上の空気のきれいな村に帰り、昼は石を切り、夜は恋人を抱いて暮らしたかった。だが生き延びてその暮らしにたどりつくためには、身を隠さなければならないのだ。

すぐに舞い戻ったぼくを見て、レオーネは驚いた。そして今度はなぜか戸惑っているようにも見えた。それでも温かく迎えてくれ、市の警備の役人に追われていると打ちあけると親身になってくれた。ぼくは自分の金を渡してローストチキンとワインを買ってきてもらった。レオーネのやさしさにつけこみたくなかったからだ。

ふたりでチキンの骨をはずしているとき、扉を激しくノックする者がいた。

レオーネは警戒の目でぼくを見た。荷物をまとめて脱出しようとしたとき、聞き慣れた声がレオーネの名を呼んだ。

「大丈夫です。うちの兄さんだ」

入ってきたアンジェロはクマのような姿だった。知らせを受けて広場からまっしぐらに走ってきたのだ。レオーネがワインを出すと、一気に飲み干した。

「ああ、助かった。ガブリエル、状況は聞いたな」

「警備の役人がアルトビオンディ殺しの罪でぼくを探していることだけ。ジスモンドから聞いた」

「ヴィスドミーニが、アルトビオンディの死の経緯に納得いかなかったらしいんだ。それで、広場でおまえとやつが格闘していたのを目撃した人間を探しだした。おまけに、やつが息絶えたときにおまえがアルトビオンディ家にいたと証言する人間もいるらしい」

ぼくはうめいた。だれに見られていたというのだ？　あの女たちの中のひとりか？　あの晩だれがいたか、クラリスとシモネッタ以外はよく覚えていなかった。

「厄介なのはヴィスドミーニが、どんなに愛妻家でものどを切り裂かれたあとに家までたどりつけるわけがないと言いだしたことだ。墓場から遺体を掘り起こして調べるらしい」

三人ともだまりこんだ。もうおしまいだ。アルトビオンディの死因が明るみに出れば、あのとき部屋にいた者に容疑がかかる。クラリスだと知られるくらいなら、ぼくが犯人になりすましたほうがいい。

幼いダヴィデからもうひとりの親を奪うわけにはいかない。

アンジェロはぼくの思いを読みとってつぶやいた。「だめだ。おれは反対だ」

「ほかにどうしろっていうんだ？」吐きそうな気分だった。あと少しで町から逃れられれるところだったのに。

「おまえを町から逃がす。怪我が悪化して死んだと言いふらそう。おまえの評判は悪くなるが、命は助かる」

アンジェロがクラリスを当局に突きだせと言わなかったのはありがたかった。

また扉をたたく音がして、レオーネは恐る恐るかんぬきをあげて外をのぞいた。開いた扉から入ってきたのはジスモンドだった。

「まだここにいたのか」アンジェロの戦争好きの弟はぼくに言った。「もう逃げたかと思ったのに。町のすべての城門に番兵がついてる。ガブリエルを町から出すなと命令が下っているんだ」

「きみの顔はすでに知られている」レオーネが言った。「そっくりな像をみんな見ているからな」

「ならば、変えるしかないな」アンジェロは深刻な顔でぼくを見つめた。

どういうことなのか、少なくともすぐにはわからなかった。それでも、アンジェロに命を預ける覚悟はできていた。

そして、アンジェロの拳がぼくの顔にめりこんだ。

意識が戻ってからも、ろくに目が見えなかった。アンジェロは両手で頭を抱えてすわっていた。レオーネが麻布を冷たい水に浸して顔に当ててくれた。少しは痛みがやわらいだが、目のまわりにひどい痣ができるだろう。鼻がひどく痛んだ。骨が折れて、鼻が二倍の大きさに腫れている気がした。さぞかしひどい顔だろう。

ジスモンドが興奮気味に室内を走りまわった。「もうダヴィデ像とは似ても似つかないぞ。これで大丈夫だ」

アンジェロがうめき、近づいてきてぼくの肩を抱き寄せた。「許せ、ガブリエル。これしか道がなかったんだ。その痛みならよく知っている。昔おれもトリジアーニに同じことをされたからな」

衝撃と痛みで、しばらくはしゃべれなかった。アンジェロの不安げな顔と、つぶれた鼻を見つめた。

「これでほんとの兄弟みたいだな」ぼくはもごもごとつぶやいた。

「ああ、勇敢な弟だ。美しいものを破壊するのは辛い。美を生み出すのがおれの役割なのに、壊すなんて」

「痛みはどうだ？　この状態では町を出るのは無理そうだな」レオーネが言った。

「そうだな」アンジェロが言った。「レオーネ、しばらくかくまってやってくれるか？

おれたちは町なかで噂を広めてくる。ガブリエルは一週間前の戦いの傷が悪化して死んだと」

ぼくはあれから何人の人間に姿を見られたか考え、声をしぼりだした。「ぼくはドナートの葬儀に行った」

「ドナートの家族を訪ねて、そのことは伏せておいてくれと頼んでくる」アンジェロが言った。

「弟のジュリオは、ぼくがアルトビオンディを殺したと思ってる。そのことを喜んでいた。ジュリオはぼくを当局に売り渡したりはしないと思う」

「ガブリエル、おまえは顔の怪我が癒えるまでここにいろ。動けるようになったら、父の荷馬車で町から逃がす」

こうしてぼくは町を出ることになった。鼻が折れたときの痛みは六十年たった今も忘れられない。息苦しさも覚えている。そのあと、アンジェロたちは台所のはさみでぼくの巻き毛を短く切った。ひげはすでに二週間そっていなかった。

荷馬車に乗りこんでフィレンツェを去ったときのぼくは、ひどくみすぼらしい姿だった。懸賞金目当てに戦うボクサーにでも見えたことだろう。鼻はつぶれ、目のまわりには黄色と緑の痣が残り、短く刈りこんだ髪に、ひげ面だ。服装は、アンジェロの弟子のガブリエルと、メディチ派の洒落男のガブリエルと、どちらが町で知られているか迷ったすえ、石工の作業着を選んだ。

危険なのはコンパニャッチとの関係だとみんなが言ったからだ。上等な服はすべて燃やしてもらうことにした。まったく未練はなかった。

ひそかに療養しているあいだに、グラツィアが何度も来て看病してくれた。シモネッタも一度か二度来てくれた。ふたりとも変わり果てたぼくの姿を見て涙した。

ぼくはグラツィアとシモネッタそれぞれに、厄介なことに巻きこんだことを詫びた。シモネッタがアルトビオンディを椅子で殴り倒したときの勇気と冷静さは、生涯忘れないだろう。そしてグラツィアが、クラリスとの過去の関係が夫にばれたと警告しにきてくれたことも。

フィレンツェを去る準備ができたとき、三年半前にこの町に来たときのことを思い出していた。あまりに無垢《むく》で未熟だったせいで、最初の晩にクラリスのベッドで眠ることになった。当時のぼくはいかに世の中を知らなかったことか。あの晩のできごとがどんな結末につながるか、想像すらしていなかったのだから。

「用意はできたか?」レオーネがたずねた。

「準備万端です」ぼくは答えた。兄の拳をくらってから声が変わった。自分の耳にも、鼻にかかった声に聞こえる。

アンジェロとはすでに別れをすませていた。アンジェロの弟子だと広く知られているので、旅立ちにはつきそわないほうがいいとアンジェロが考えたのだ。

ぼくの鼻をつぶした日から、兄は黒い服ばかり着ていた。ぼくの美貌を悼んでいたわけではなく、ぼくが死んだという噂をもっともらしくするためだ。ブオナローティ家のみんなもそうしていたのだろう。兄は大理石の巨人像で高く評価されていたので、人々は兄の偽りの悲しみを信じた。

自分が死んだと世間が思っているのは妙なものだった。ある意味、本当に死んだようなものだった。かつての自分、気ままで世間知らずのガブリエルはもういない。

ロドヴィーコの農場の野菜を町へ運んできた荷馬車に乗ることになった。帰りの荷馬車にはぼくのほかに、ブオナローティ家の兄弟の店の鍋や布地が積まれていた。ぼくが楽な姿勢をとると、荷馬車はフィレンツェの北東の城門へと進みだした。

荷馬車の御者には、ぼくはピサのほうから来たミシェルという名の百姓で、問題を起こして地元にいられなくなり、仕事を探していたところ、セッティニャーノ村のロドヴィーコの農場で雇われることになった、と告げてあった。御者はそれだけで納得した。

ぼくには道中、御者としゃべる気はなかった。

「とまれ！」城門で番兵から声がかかった。

胸の中で心臓が高鳴っていた。もしばれたら、町に連れ戻され、スティンケ牢に放りこまれる。アルトビオンディ殺しの罪が確定すれば――そうなるのはまちがいないと思っていた――バルジェッロ宮殿の中庭に連れていかれ、あっさりと首をはねられるだろう。食卓にのせるニワトリの首のように。

口がからからに渇いていた。御者のヴァンニは番兵に布や鍋の入った荷袋を調べさせた。ぼくは長身がばれないよう背を丸め、古い荷袋をかついだままじっとすわっていた。

「この男は？」番兵のひとりがたずねた。

「ミシェルです」御者が答えた。

「名字は？」御者はぼくの顔を見た。

「ミシェル・ポッギ」ぼくはしゃがれた声を出した。

「セッティニャーノ村で雇われた男です。ブオナローティ家の農場に連れていきます」

とヴァンニが言った。

番兵は松明をかかげてぼくの顔を見た。

「不細工なやつだな」番兵は手を振って通した。

こうして、ぼくはかつて憧れだった町を去った。一生戻れない流刑のようなものだった。

一五六四年

ひきだしから手紙の束を出して机の上に広げた。兄はずいぶんと手紙をくれたものだ。最近の、つまり最後の手紙は二か月前の日付だ。うちまで届いたいちばん古い手紙は、町を離れた三か月後の十月のものだった。

「親愛なるガブリエル、痛みが引いて元気にしているだろうか。石切り場でちゃんと仕事に就いているといいのだが」

数か月で顔の腫れはすっかり引いたというのに、兄は手紙の中で何度もくりかえしそのことに触れていた。

「ロザリアの婚礼衣装のために絹を送った。ふたりにとって幸せな日になることを心から願っている。

残念な知らせがひとつ。ダヴィデ像は今、レオナルドの提案した品位を保つための付属品をまとっている。政府が金細工師に依頼した、二十八枚の銅製の葉がついたブロンズの腰巻をつけられて、〈まともな姿〉になってしまった。おまえがあれを目にすることがなくてよかった」


昔の手紙はもう残っていないが、九月八日に像が公開されたときのことも書かれていた。頭には金色の月桂冠がのせられ、だれもが彫刻家の才能とモデルになった若者の美しさを称えた。

そんなことが書かれていたから捨ててしまったのだろうか。今となってはもう思い出せない。

変わり果てたぼくの顔を見て、母は泣き、ロザリアは悲鳴をあげた。数年前に出ていった恋人の面影はもう残っていなかったのだ。

それでも日にちがたつにつれ、少しは見てくれがよくなっていった。変装のための汚らしいひげはそったし、巻き毛は少しずつ伸びた。顔の痣は消え、フィレンツェでの冒険を思い出させるものは、つぶれた鼻だけになった。

やさしいロザリアは、それでもハンサムだと言ってくれたが、ぼくはなにもかも打ちあけなければもとの恋人同士には戻れないだろうと思った。

裏切りのすべてを包み隠さず話すと、ロザリアは泣いた。まだ十八歳の美人で、ずっとぼくを待っていたとはいえ、ほかのもっとまともな男と人生を歩める娘だった。

その日ロザリアと別れたあと、ふられるのはまちがいないと思っていた。ところが次の日、彼女はうちに来て、なにも言わずにぼくに抱きついた。それ以来、彼女が亡くなるまで、ぼくは彼女ひとりを愛しつづけた。亡くなってからの十五年は独り身だ。

結局、レオナルドは政府庁舎の大広間のフレスコ画《アンギアーリの戦い》を仕上げなかった。制作中に壁画の絵具が溶けて流れてしまったのだ。アンジェロは《カッシーナの戦い》の原寸大の下絵を描いただけで、壁画には手をつけもしなかった。アンジェロはぼくが去った翌年の春に新たな教皇に呼ばれてローマへ行き、大がかりな作品にとりかかった。レオナルドはフランスに行ったらしいが、そのあとの消息は聞いていない。だが、モナ・リザの肖像を手放さずに持っていったという話は聞いた。ジョコンドは肖像画を手にすることはないだろうと言ったアンジェロの言葉は正しかったことになる。

クラリスには一度だけ会った。ぼくが慈悲聖母教会でロザリアと誓いを交わしてまもない頃、クラリスがふたりの息子を連れて訪ねてきた。ぼくがブオナローティ家からの援助をもとに買った小さな石造りの家の前に馬車がとまったとき、ロザリアにはきっぱりと、貴婦人の来訪のことはなにも知らされていなかったと告げた。

ダヴィデは三歳になる直前で、小さな足でしっかりと歩いていた。ダヴィデとまだ一歳にならない弟は対照的で、それぞれの父親の特徴を受け継いでいた。シプリアーノはアントネッロ・デ・アルトビオンディにそっくりで、子どもにはめずらしいほど肌や髪の色が濃く、鼻は父のように大きくなりそうだった。まあ、ぼくも人の鼻のことをとやかく言える顔ではないのだが。

ダヴィデは美しい子どもだった。たくましい体つきで、背も高くなりそうだった。弟にはとてもやさしく接していた。ぼくは唯一自分が彫ったクピドの像をダヴィデにあげた。おもちゃにしては妙だったが、ダヴィデは気に入ってくれたようだった。

ふたりの女は互いに礼儀正しくふるまっていたが、ロザリアはクラリスが帰ったあとに「もっと若いひとかと思ってたわ」と言い、それ以降クラリスのことは一度も口にしなかった。

兄の手紙で知ったのだが、アルトビオンディ殺しの件は抹消され、クラリスは偉大な男の未亡人としてまわりから敬われながら暮らした。アルトビオンディの地所と財産は、本人が結婚直後に書いていた遺言に従って将来ふたりの息子に等分されることになり、クラリスは生涯アルトビオンディ家の地代や小作料を受けとって裕福な暮らしを送った（おまけに最初の夫の財産もあった）。

クラリスは二十年前に亡くなったが、それまで四人の子どもに囲まれて幸せに暮らしたことだろう。あれ以降は結婚はしなかったらしい。

ダヴィデとシプリアーノは仲がいいらしい。ダヴィデはぼくが実の父だとは知らないが、ぼくにはアルトビオンディの名字をもつ孫が、男の子が三人、女の子が二人いる。ダヴィデは芸術家を庇護する有名なパトロンになっているらしい。

ヴィスドミーニ家の人々についてはあまり情報がないが、アンジェロの昔の手紙に、レオーネがグラツィアと結婚したと書かれていた。レオーネは以前からグラツィアに好意を募らせていたものの、ぼくがそばにいるかぎり太刀打ちできないと諦めていたらしい。もちろんぼくには口をはさむ権利などなく、ふたり宛てに結婚祝いの手紙を送るだけにした。

結婚といえば、驚いたのはシモネッタがフラテスキのダニエルの妻になったことだ。ダニエルの短気な面を知っているだけに、その結婚には腹が立ったが、シモネッタや生まれてくる子供たちにやさしくしてくれることをひそかに願うしかなかった。しかし、シモネッタが女子修道院に入ると言っていたのを思い出し、そのほうがよかったのにと勝手なことを思ったりもした。

ぼくがフィレンツェを去った八年後に、メディチ家支配が復活し、終身ゴンファロニエーレだったピエロ・ソデリーニは解任された。ただし、結局のところ、次の支配者になったのは、ジョヴァンニ枢機卿ではなく、ロレンツォの三男ジュリアーノだった。翌年に、アンジェロに過酷な仕事を強いた教皇ユリウス二世が死ぬと、ジョヴァンニ・デ・メディチは教皇に選ばれ、レオ十世となった。

自分が暗殺しそこなった貪欲でわがままな男が教会の頂点の座にいると知り、自分の判断が誤っていたのかと思った。そのあと、ジョヴァンニのいとこのジュリオが教皇クレメンス七世になり、ローマ教皇の座には当分メディチ家の人間がいすわることになった。なにもかもコンパニャッチの望みどおりになってしまった。フィレンツェのフラテスキの旧友たちを思いながら、さぞ落胆しているだろうと思っていたが、物語はまだ幕切れではなかった。一五二七年にメディチ家はまたもや追放されたのだ。ただし、三年後にはまたしても復興を遂げた。

そのときには、アンジェロは共和派の危険分子として捕らえられて追放されないようにと、教会に隠れるはめになった。

メディチ家の支配はすでに三十年以上続いており、没落する日をこの目で見ることはなさそうだ。しかし、メディチ家は兄の遺体をフィレンツェ人として、偉大な芸術家として、温かく迎えた。

数日中にもう一度町へ行って、兄の墓を見てくるつもりだ。孫のダヴィデがつきそってくれるだろう。ロザリアが産んだ五人の子のうち、いちばん上の娘の子だ。

昔の思い出をたどるために、フィレンツェにいるあいだにシニョリーア広場の像を見てこようと思う。ダヴィデ像は一五二七年にフラテスキが勝利した暴動の折に腕が傷つけられたが、すっかり元どおりに修復されたそうだ。

罪に問われる恐れはないだろう。もはやこの老人をあのたくましい若者と同一人物だとみなす者などいない。

フィレンツェでの冒険の日々にぼくがどんな姿だったか知りたければ、ミケランジェロ作の王者になった羊飼いの若者、《ダヴィデ像》を見にいくといい。

まだあの場所にあればの話だが。

完

メアリ・ホフマン Mary Hoffman

イギリスのハンプシャー州生まれ、現在オックスフォードシャー州在住の児童書作家。児童書を中心に著書は一〇〇冊を超える。一九九一年に出版した〝Amazing Grace〟は世界中で一五〇万部を売り上げたベストセラー。作家として国際的に高く評価されている。イタリアには頻繁に赴き、イタリア語も堪能。邦訳に『ストラヴァガンザ』シリーズ三作、『聖人と悪魔―呪われた修道院』（以上、小学館）があり、すべてイタリアを舞台にした歴史フィクション。その他の邦訳に、絵本『ヘンリーのごじまんは…』（評論社）、共著『今夜はだれも眠れない』（ダイヤモンド社、十二篇のうちの一篇）、絵本『いろいろいろんなかぞくのほん』、絵本『いろいろいろんなからだのほん』（以上、少年写真新聞社）がある。

西本かおる（にしもと・かおる）

翻訳家。訳書に『チェスターとガス』、『救助犬エリーの物語』、『レイン 雨を抱きしめて』（以上、小峰書店）、『12のバレエストーリー』、『ひとりよみ名作 バレエものがたり』、『ルーシー変奏曲』、『リアル・ファッション』、『やせっぽちの死刑執行人 上・下』（以上、小学館）、『レジェンダリー 魔鏡の聖少女』、『カラヴァル 深紅色の少女』（以上、キノブックス）、『ガラスの封筒と海と』（共訳金原瑞人・求龍堂）、『骨董通りの幽霊省』（共訳金原瑞人・竹書房）、『賢者の贈りもの』（ポプラ社）、『アニマル・アドベンチャー』（静山社）、『クリスマス・セーター』（宝島社）、などがある。

ダヴィデ――ミケランジェロの美《うつく》しき〝弟《おとうと》〟

発行日　二〇二二年三月十八日
著者　メアリ・ホフマン
訳者　西本《にしもと》かおる
発行者　足立欣也
発行所　株式会社求龍堂
〒一〇二-〇〇九四
東京都千代田区紀尾井町三-二三　文藝春秋新館一階
電話　〇三-三二三九-三三八一（営業）　〇三-三二三九-三三八二（編集）
https://www.kyuryudo.co.jp

協力　蒲池由佳
本文デザイン　近藤正之（求龍堂）
校正　磯貝江里子
編集　深谷路子（求龍堂）
編集補佐　和田寧路（求龍堂）
地図製作　小野寺史（求龍堂）
印刷・製本　公和印刷株式会社

ISBN978-4-7630-2118-2 C0097